KB036203

울렁
우웨에
울렁
에엑……
울렁
울렁
류에
바다 내음과 파도 소리,
배를 따라 나는 갈매기,
유유자적 흘러가는 구름.
우아한 선박 여행……?!
가자, 세미피나르 대륙으로!
백수, 마왕의 모습으로 이세계에
가끔은 치트인 유유자적 여행
3

백수, 마왕의 모습으로 이세계에

Bored, Sacrod and Now a Davil!

〈 가끔은 치트인 유유자적 여행 〉

Contents

아이아츠시 지음
카츠라이 요시아키 일러스트
김장준 옮김

프롤로그

일찍이 용신이 맹위를 떨쳤고, 수많은 희생을 치러 싸움을 종식한 바 있는 세계 최북단에 위치한 대륙.

그런 역사가 깃든 대륙을 다스리는 나라, 『엔드레시아』의 수도 라크에서 국왕과 알현한 나는 그 후 며칠 동안 도시를 관광하거나 길을 떠날 채비를 하는 등 다음 여행을 위한 준비를 진행하고 있었다.

그러던 어느 날, 곧 도시를 떠나려는 차에 나는 두 소녀에게 면회를 요청받았다.

"저는 이제, 렌 님을 따라가지 못하겠어요……."

"만약 렌이 포기한다면 이쪽에 붙을래."

두 사람은 『해방자』라고 불리는 렌 군의 동료였다.

그 기 센 소녀를 제외한 두 명이 면회를 요청해 이렇게 길드 응접실을 빌린 것이었다.

"렌 군은 지금도 해방자야. 아무리 공작, 아니, 전(前) 공작인 레콘이 실추됐다고 해도 그 입장은 변하지 않아. 그래도 동행을 그만두겠다고?"

해방자란 먼 옛날 봉인된 『칠성』을 해방하기 위해 이세계에서 소환된 존재였다.

칠성은 오랜 세월에 걸친 봉인으로 이미 옛날의 흉포함을 잃었으며, 그것을 해방하면 봉인에 사용하던 대지의 힘을 땅으로 되돌려 풍요롭게 할 수 있다고 전해진다.

렌 군도 이 땅에 잠들었다고 **전해지던** 용신을 해방하기 위해 소환된 존재였다.

하지만— 알다시피 용신은 이미 내가 완전히 소멸시켜 버렸다.

"그래도 저는……."

말을 꺼내길 꺼리듯 수녀복 차림의 소녀가 고개를 숙였다.

렌 군은 현재 길드에서 벌칙을 부과해 마음대로 의뢰를 받을 수도, 나라의 도움을 받을 수도 없는 상태다.

그리고 그것은 당연히 그의 파티 멤버인 그녀들에게도 적용됐다.

즉, 쉽게 말해 그녀들은 그를 버리려 하고 있었다.

"미안하지만, 나는 칠성 해방에 관심도 없거니와 너희를 함께 데리고 갈 생각도 없어."

"어째서요! 그렇게 강한 힘을 가지셨으면서, 왜죠?!"

……힘을 가진 인간에게는 그만한 책임이 따른다고 말하고 싶은 것일까?

그럴 리가 없잖아. 그렇다면 이 세상의 부자들은 모두 가

난한 사람에게 자신의 재산을 나눠줘야 할 의무라도 있단 말인가?

물론 그런 사람도 있기야 하겠지만, 안타깝게도 그것은 의무가 아니다.

그리고 무엇보다— 너희, 한 동료 아니었어?

불쾌하다. 그를 지탱해줄 기개가 있는 사람은 그 기 센 아이뿐인가?

"그만 됐어. 착각하는 모양인데, 나는 원래 너희가 쉽게 말을 걸 수 있는 사람이 아니야. 주제를 파악해."

설명해줄 마음도 없었고 내 생각을 설파할 마음도 없었다.

그래서 나는 『SS랭크 모험가』, 그리고 『차기 공작』이라는 권력을 내세우기로 했다.

그러자 수녀복 차림의 소녀는 비난의 목소리를 삼키고 황급히 고개를 숙였다.

"죄, 죄송합니다. 제가 실수했습니다."

소녀는 도망치듯 물러섰다. 한편 다른 한 소녀는 여전히 졸린 얼굴로 소파에 앉아 있었다.

……이 애는 뭘까? 남의 눈치도 보지 않고 시종일관 이 모양인데.

"해방하러 가지 않겠다면 렌한테 돌아갈래. ……여기 폭신폭신하다."

"……자려면 이거 베고 자."

"응……."

아무래도 이 아이는 순수하게 효율만 생각한 모양이었다.

그대로 소파에 드러눕는 터라 쿠션을 건네주고 나는 방을 나왔다.

남의 시선에 아랑곳하지 않고 자신의 길을 걷는 그 자세는 싫지 않았다.

§ § §

"본본, 수고했어요. 면회는 별 탈 없이 끝났나요?"

"어서 와, 카이 군."

길드가 빌려준 VIP룸으로 돌아오자 두 미녀가 나를 반겨줬다.

나와 함께 여행하는 류에, 그리고 나와 같은 플레이어였던 오잉크였다.

나와는 달리 약 30년 전에 이 세계로 넘어온 오잉크는 우여곡절 끝에 현재 길드라는 거대 조직의 총수 자리에 앉아 있었다.

일단 나도 길드에 소속된 이상 이 녀석이 상사란 말이지…….

"……에잇."

"무흔 지히에효?"

"아하하, 오잉크 뺨은 쭉쭉 늘어나네!"

왠지 분해서 나도 모르게 손이…….

"그래서 결국 면회 목적은 뭐였나요?"

오잉크는 빨갛게 부은 뺨을 문지르며 물었다. 나는 간결하게 방금 있었던 이야기를 전달했다.

그러자 오잉크는 지친 얼굴로 한숨을 쉬며 이렇게 말을 꺼냈다.

"처벌을 받은 후 렌이 조금 거칠어진 탓에 곁에 있기가 거북한 거겠죠……."

"아, 그러고 보니까 그 애는 길드에서 파견한 사람이라고 했던가?"

렌 군이 다시 일어서려면 아직 조금 시간이 걸릴 듯했다.

그래도 그 기 센 소녀가 곁에 있어 준다면 괜찮겠지. 인간은 혼자가 아니라면 제법 끈질긴 생물이니까.

일어서지 못해도 일어선 것처럼 보일 수는 있다. 서로를 지탱하면 말이다.

"그런데 왜 이 방에 오잉크가 있는지, 류에 씨, 해설 부탁합니다."

"이제 곧 엔드레시아를 떠나니까 추천하는 선물 가게를 묻고 있었어."

"이보셔, 길드 총수. 너 일 안 하냐?"

"본분을 배웅하는 것도 엄연히 업무의 일환이에요. 그런

고로 항구까지 배웅해드릴게요."

최근 사건으로 격무에 쫓기고 계시군요. 알 만합니다.

한 나라의 중진, 국왕과 쌍벽을 이루는 사람이 실추되었다. 그 여파로 그녀에게 부담이 가는 것은 어쩔 수 없는 일이리라.

별수 없군. 오잉크의 기분 전환을 위해서라도 항구까지 동행을 부탁해 볼까?

§ § §

말이 아니라 달리기 속도가 빠른 마물이 견인하는 마물마차.

그 맹렬한 속도 덕분에 도시를 떠난 지 고작 이틀이라는 단기간에 이 대륙 최남단에 있는 항구에 도착할 수 있었다.

"기껏 바다로 나가는데 이 날씨는 좀 아니지."

"추추추추추, 추워, 카이 군……. 더 가까이 붙어줘……."

"어쩌겠어요. 겨울 항구가 다 이렇죠, 뭐."

다섯 대륙 중 최북단에 위치한 땅이며 계절이 겨울이기도 한 탓에 출항일의 하늘은 무거운 잿빛이었다.

항구 마을에 도착한 순간, 싸락눈 섞인 바닷바람에 우리 집 엄살쟁이가 완전히 나가떨어지고 말았다. 가엾게도, 잠깐 이거라도 껴입고 있으렴.

"아, 카이 군의 마왕 망토다."

망토로 푸근하게 몸을 감싼 류에를 본 뒤, 나는 오잉크와 작별 인사를 나눴다.

떠나려니 아쉬웠지만, 그녀에게는 그녀의 길이 있었다.

내가 류에와 둘이서 세상을 돌아보며 칠성과 관련된 장소를 돌려고 하듯이 그녀에게도 해야만 하는 일, 이루고 싶은 바람이 있으리라.

"오잉크, 신세 많이 졌어."

"그건 제가 할 말이죠. 덕분에 제 계획이 10년은 앞당겨졌는걸요."

"전 인류 돼지화 계획인가……. 튀김 기름이나 준비해 둘까."

"으앙~! 정말이지 마지막 순간까지 당신이란 사람은……."

여유를 잃지 않는 그 태도에 조금 분하기도 하고 안타깝기도 한, 하지만 분명히 신뢰가 있는 것 같기도 한 신비한 감각에 사로잡혔다.

아, 그렇구나. 나는 외로운 거다.

게임에서 함께했다곤 하나, 오잉크와 실제로 만난 것은 바로 얼마 전 일이었다.

그래도 오잉크는 게임에서 함께 지낸 시간이 가장 긴 사람이었다.

바로 그렇기에 이렇게 함께한 시간이 짧아도 마치 오랜 시간 곁에 있었던 **친구**와 헤어지는 것 같은 마음이 치밀어 오르는 거겠지.

"후후, 별일이네요. 당신이 그런 표정을 다 짓고……."

"남의 낯빛을 마음대로 살피지 마."

"안심하세요. 이 앞에 있는 대륙『세미피나르』도 제 관할이에요. 무슨 곤란한 일이 있으면 길드에 상담하세요. 이미 그쪽에도 연락해 놓았으니까요."

"뭐야? 장거리 통신 마도구도 있어?"

"아직 위성 중계 수준으로 시간차가 발생하지만 있긴 있어요."

세미피나르에서는 이미 귀족제가 폐지되고, 대신 주민들이 선출한 인물이 영주가 되는 곳이었다.

나와 류에는 그런 영주와 대등한 행동의 자유를 보장하는 파격적인 대우를 약속받았다.

이 또한 오잉크가 마련해 준 권한이었다. 정말로 그녀에게는 하나부터 열까지 고마웠다.

왜 길드 총수가 다른 대륙에서 그런 권력을 행사할 수 있는지는 의문이지만…….

그래도 지금은 고맙게 받아들일 수밖에 없겠지.

"그럼 이제 슬슬 가야겠네요. 류에, 추우면 배에 탄 첫날은 갑판에 나가지 말아요."

"그그그, 그래? 아, 알았어, 오잉크."

"혹시 이틀째부터 기후가 변해?"

"네. 지금 세미피나르의 기후는 일본으로 치면 3월과 비슷할 거예요."

"그렇게 차이가 커……?"

"이것도 저쪽 칠성이 해방된 영향 아닐까요?"

"그렇군. 뭐, 시간 나는 대로 그 부분도 조사해 볼게."

나는 배로 이어진 계단에 발을 올리며 대답했다.

시린 잿빛 바다를 내려다보며 승선한 뒤 다시 오잉크를 돌아봤다.

……나는 탈것에 오르는 이 순간이 가장 싫다.

고작 수 미터밖에 떨어지지 않았을 텐데 급격히 멀리 떨어져 버린 것 같은 기분이 들었다.

오잉크는 내가 있는 곳을 올려다보며 조금 쓸쓸한 표정을 짓고 있었다.

그 모습을 보자 말로 표현하기 힘든 이 기분에 박차가 가해졌다. 그런데—.

"오잉크~! 또 봐~! 가끔 이쪽에도 놀러 와~!"

옆에 있던 류에가 기운차게 손을 흔들었다.

그 천진난만한 모습과 재회를 당연시하는 말에 가슴속에 내려앉은 무거운 공기가 소리를 내며 빠져나갔다.

이쪽을 쳐다보던 오잉크도 같은 심정이었는지, 다시 돌아봤을 때는 희미한 웃음을 띠고 있었다.

그래, 그렇지.

"오잉크! 잠깐 다녀올게! 다음에 보자!"

"네! 건강하셔야 해요!"

이리하여 나에게는 시작의 땅, 그리고 류에에게는 악연의 땅이기도 한 최북단 대륙, 엔드레시아를 뒤로했다.

1장 흔들리네, 흔들려

높푸른 하늘과 끝없이 펼쳐진 초원.

나는 그 두 가지 색 사이에 끼어 우두커니 섰다.

아무도 없고, 아무것도 없는 이곳에 오로지 나 홀로 서 있었다.

……그것이 이곳에서 얻은 첫 기억.

그리고 뒤를 쫓듯 내 머릿속에 무수한 영상이, 기억이 흘러들었다.

그것은 이곳에 오기 전, 먼 옛날의 기억.

뿌연 안개가 껴 모호하고 잘 알 수 없는 나의 과거.

그렇지만 그런 애매하고 불명확한 나라도 확실하게 떠올릴 수 있는 사실이 있었다.

누가 나에게 멋진 옷을 마련해줬다.

누가 나에게 아름다운 액세서리를 마련해줬다.

곱게 장식한 나를 보고 주변 사람들은 모두 「예쁘다」, 「근사하다」고 말해줬다.

하지만 나는 그것을 보내준 사람이 누구인지 몰랐다.

구멍이 뻥 뚫린 것처럼, 누군가에 대한 기억이 내 속에서 빠져나간 것처럼…….

당신은 누구죠?

왜 제게 다정하게 대해주시나요?

저는 이렇게 많은 것을 받아도 아무것도 돌려주지 못하는데―.

의식이 깨어났다.

마치 깊은 물속에서 천천히 부상하는 듯한 편안한 감각에 휩싸인 후, 나는 크게 기지개를 켰다.

……정말 옛날 꿈을 꿨다.

초원을 빠져나와 도시를 전전하고 남자를 전전하던, 양지에 도착하기 전의 나.

현재의 내가 시작된 그 순간의 꿈을…….

그로부터 벌써 몇십 년이 지났을까?

그 무렵 나는 아무것도 모른 채 그저 과거의 잔재를 버팀목 삼아 살았다.

지금은 「예쁘다」, 「아리땁다」― 그런 말을 듣기에 이르렀다.

기억에 남아 있는 말과 비슷한 그 찬사들이 내 빈 가슴을 채우고, 향수를 자극하는 고향의 노래처럼 스몄다.

후후, 정작 내 고향은 어딘지조차 떠올릴 수 없지만…….

“그럼 오늘도 일하러 가자.”

나는 다시 정신을 가다듬고 몸단장을 마친 후 방을 나섰다.

"어머니, 안녕히 주무셨어요?"

식당에 들어서자 자리에 앉은 여자아이들이 입을 모아 인사했다.

그녀들은 나와 동년배로 보이지만, 나는 그 아이들의 어머니로 몇 년이나 살아왔고, 그녀들을 거두어 함께 사는 방법을 가르쳤다. 어떤 풍파에도 꺾이지 않는 강한 마음과 자신의 존엄을 지키는 기술과 함께.

오늘도 활기차게 웃는 그녀들의 얼굴을 바라봤다. 그녀들은 훌륭하게, 정말로 훌륭하게 자랐다.

오늘 아침에 꾼 꿈 때문에 묘하게 감상적인 기분에 젖은 건지도 모르겠지만…….

"마더, 무슨 일 있으세요?"

최고참인 엘프족 아이가 말을 걸었다.

종족 특성상 그녀도 나처럼 오랜 세월을 살아왔다. 비유하자면 이 집의 장녀나 마찬가지였다. 그런 그녀에게 걱정을 끼치고 말았다.

"아니야, 아무것도. 다들 잘 잤니? 오늘 아침 메뉴를 알려줄래?"

"오늘 아침엔 웬일로 시장에 토마토가 나왔어요. 하우스 재배라서 비쌌지만, 오늘은 특별한 날이니까 기분을 좀 냈어요."

"어머, 기뻐라! 그럼 메뉴는…… 라타투유겠구나?"

"네, 맞아요. 후후, 저희는 모두 마더의 라타투유를 먹으며 컸으니까요."

"후후, 딸들이 그걸 만들어준다니, 나는 복 받은 사람이야. 그럼 다들 자리에 앉으렴."

자, 그럼 다 함께—.

"잘 먹겠습니다."

오늘은 한 달에 한 번 있는 대목, 영주 일행이 도시를 방문하는 날이었다.

딸들도 모두 밤을 대비해서 꼼꼼히 화장하고 의상을 골라 정성스럽게 개점 준비를 시작했다.

자신의 가치를 높이기 위해, 손님을 조금이라도 기쁘게 하기 위해—.

그리고 나도 혼자 치장해 결전에 대비했다.

귀여운 딸들이 안심하고 일용할 양식을 얻을 수 있도록, 이 장소를 지키기 위해서…….

이윽고 날이 저물 무렵, 약속 시각이 다가왔다.

문 앞에 정렬해서 그 순간이 오기를 마음 졸이며 기다렸고, 그 때가 왔다.

"어서 오세요, 여러분. 오늘은 저희 『프로미스 메이든』을 찾아주셔서 정말로 감사합니다."

나타난 사람, 영주인 부크 님에게 이제는 입에 배어 버린 인사를 건넸다.

후후, 여전히 아이처럼 기쁜 표정을 짓는 사람이다.

"그랜드 마더 아닙니까! 언제나 마중 나와 주셔서 감사합니다! 오늘은 엔드레시아에서 온 귀한 손님을 모셔 왔습니다. 최고의 접대를 하기 위해 이곳으로 온 것이지요."

"어머나, 영광이에요. 그럼 성심성의껏 모시겠습니다. 하지만 이곳의 규칙을 잊지는 말아주세요."

"아무렴, 알고말고요. 『딸들에게는 손을 대지 않는다. 추파를 던지지 않는다. 그리고 닿아도 되는 곳은 마음뿐』이죠?"

조금 답답하게 느껴지기도 하고 주위에서는 구식이라며 야유하는 일도 있지만, 내 저택에서는 엄수해야 할 규칙이었다.

그는 내 방식을 긍정하고 이렇게 때때로 새로운 손님을 데리고 와준다.

그가 토씨 하나 틀리지 않고 외워 버린 문구에 응답하듯 나는 이어진 내용을 읊었다.

"네. 마음에 닿아, 만약 마음이 통한다면 부디 딸을 오래오래 행복하게 해주세요."

"하하하, 따님들이 워낙 똑 부러진 터라 제 병사들은 마음에 닿기도 전에 혼이 쏙 빠지고 말 겁니다."

그는 눈웃음 지으며 명랑하게 웃었다.

영주라는 직위를 가지고서도 빈번히 이곳에 출입하는 그에게 내가 몇 번이나 도움을 받았던가.

내가 저택을 지키는 어머니라면 그는 이 땅에 사는 모든 이의 아버지였다.

우리를 포함해 이 도시에서 밤일에 종사하는 사람들이 손가락질당하지 않는 것도 모두 그가 조치해준 덕분이었다.

그런 그가 『귀한 손님』을 접대하기 위해 우리를 선택해줬다면 나는 이 집안의 가장으로서 힘닿는 데까지 그 역할을 다할 것이다.

나는 부크 님 뒤에서 조금 황송하다는 양 한 발 뒤로 물러나 있는 손님에게 다가갔다.

"오늘 이렇게 찾아와 주셔서 감사합니다. 저는 이 아이들의 어머니인—"

§ § §

선박 여행은 운치가 있어서 참 좋죠.

바다 내음과 파도 소리, 배를 따라 나는 갈매기, 유유자적 흘러가는 구름.

때때로 수면 위로 튀어 오르는 물고기와 갑판에서 저마다 바다 여행을 만끽하는 승객들.

그런 모습들을 구경하기도 하고 하늘과 바다의 경계선, 아득한 수평선을 바라보기도 하고…….

그런 우아한 여행을 만끽하고 있으면 그만 시간 가는 것도 잊게 된다.

……그러니까 그 시간을 잊어버릴 정도로 평화로운 순간을 망치지 말아주실래요?

"우웨에에엑…… 우에엑, 우에에, 우워어어어어어억……."

"더러워. 어디 안 보이는 곳에 가서 해."

"살려저어어, 가이 구우운……."

처음 탄 배에서 정신을 차리지 못하는 엘프 아가씨가 한 명 존재했다.

이 아가씨, 점점 이미지가 망가지는 속도에 박차가 가해지지 않나?

그리고 회복 마법은 놔뒀다 뭐 하게?

"마법에 의존하면 시간이 지나도 익숙해지지 않을 거 같아서……."

"쓸 수 있는 방법은 뭐든지 써. 모처럼 바다 여행인데 즐겨야지."

류에는 그 말도 일리가 있다고 생각했는지 자신에게 회복 마법을 발동했다.

퍼렇게 질린 얼굴이 빠른 속도로 혈색을 되찾았고 평소처럼 기운 넘치는 류에가 곁으로 다가왔다.

"카이 군은 낚시하는 중이야?"
"응. 방금 갑판에서 낚시 도구를 세트로 팔더라고."
엔드레시아를 떠난 지 벌써 이틀이 지났다.
오잉크 말대로 첫날은 날씨가 험해서 갑판에 눈이 쌓일 정도였지만, 오늘은 엔드레시아를 뒤덮는 한기의 소용돌이를 빠져나왔는지, 아직 쌀쌀하긴 하지만 이렇게 바다낚시를 즐길 수 있을 정도로 기후가 회복되었다.
어제까지 심하게 흔들린 탓에 류에가 완전히 그로기 상태였지만.
"그나저나 설마 동력선일 거라고는 상상 못 했어. 그 폭풍 속에서도 항해할 수 있다니……. 이것도 역시 마도구의 일종인가?"
"글쎄? 나도 안쪽을 보지 않는 한 잘 모르겠어. 이렇게 규모가 큰 건 마족이 만드는 경우가 많긴 한데……."
"마족은 마도구 제작이 특기야?"
"응. 우리 엘프는 원래 마술이나 술식을 사용해서 생활했지만, 그것을 간략하게 개조하고 누구든 사용할 수 있도록 마도구를 만들어 낸 종족은 마족이야. 즉, 이 방면의 개척자라고 할 수 있어."
흠, 이미 존재하는 기술을 응용하고 사용하기 쉽게 개량한다, 라……. 마족이란 건 마치 일본인 같군.
"원래 다툼을 싫어하는 온화한 종족이었어. 하지만 창세기가 끝나갈 즈음, 마도구를 악용하는 사람이 나온 탓에 내가 살던 숲 너머, 산 속 깊은 곳에 숨어 살게 된 거야."

"흐음, 좀 의외인데?"

"그것도 꽤 오래전 이야기야. 지금은 제법 보이던걸? 솔트버그에도 있었잖아."

"그랬지. 어느 시대건 바깥세상으로 나가고 싶어 하는 젊은이가 있다는 뜻이겠지."

나는 종족의 문화와 역사에 관해 생각하며, 수면에 뜬 채 배를 따라 끌려오는 찌를 바라보았다. 그때 등에 턱 하니 무게가 실렸다.

"읏차, 그럼 나는 카이 군이 낚시하는 동안 등을 좀 빌릴까?"

"그러셔."

류에의 온기를 느끼며 등을 맞대고 갑판에 주저앉았다.

잔잔한 배의 흔들림에 몸을 맡기며 똑같이 수면에서 흔들리는 찌를 바라봤다.

정말이지 바다 여행은 좋은 것이다.

§ § §

"오, 걸렸다, 걸렸어!"

"오오! 힘내, 카이 군. 점심을 낚는 거야!"

낚싯줄을 드리우길 십여 분, 드디어 수면에 뜬 찌가 불규

칙하게 물속으로 빨려 들어가며 낚싯대를 통해 묵직한 손맛이 전해졌다.

천천히 줄을 감으며 힘을 실어 낚싯대를 쑥 당겼다.

그러자 물속에서 얼핏 은색 물비늘이 반짝였다. 그리고—.

“작지만, 전갱이인가?”

10센티미터 정도 되는 작은 유선형 물고기가 떠올랐다.

약간 무늬가 다르지만, 익숙한 물고기를 낚았다.

“오~! 바닷물고기는 이렇게 생겼구나!”

“옳지, 옳지. 어디 보자…… 류에, 얼음으로 양동이 같은 걸 만들어줄래?”

“좋았어.”

류에에게 부탁하자 해수면에서 사각형 얼음 덩어리가 나타났다.

바닷물은 잘 얼지 않을 텐데 마술로는 어려운 일도 아닌가 보다.

그 얼음이 점점 가공되더니 순식간에 얼음 수조가 완성됐다.

바닷물로 내부를 채운 수조가 배 위에 쿵 내려와 설치됐다.

“다 만들었어, 카이 군.”

바늘에서 뺀 물고기를 막 완성된 수조에 던져 넣자 기운차게 그 안을 헤엄쳤다.

류에가 마치 어린아이처럼 미소 지으며 그것을 구경했다.

“이런 식으로 물고기를 보는 건 처음이야. 후후, 내 손가락을 쫓아오는 것 좀 봐. 귀여워."

류에가 얼음 수조 표면을 손가락으로 콕콕 찌르고 거기에 반응하는 물고기를 보며 재미있어했다.

……이 세계에는 수족관이 없나? 나중에 꼭 데려가 보고 싶다.

"그러는 너도 만만찮게 귀엽단다."

"으응?!"

느닷없는 칭찬에 류에까지 얼음이 되어 버렸다.

그 후 약 한 시간이 지났다. 어군이 가까이 있는지 고기가 연달아 낚였지만, 모두 처음 낚은 것과 마찬가지로 작은 전갱이뿐이었다.

그 수가 약 80마리. 작긴 하지만, 나쁘지 않은 어획량이었다.

그런데 근처에서 낚시를 하던 다른 승객들이 엄청나게 놀려 댔다.

"하하하하! 형씨, 많이도 낚았구만?"

"뭐야? 그걸 먹으려고? 난 또 미끼로 쓰려고 낚는 줄 알았네."

"코딱지만 해서 간에 기별도 안 가겠다. 나중에 우리 거라도 나눠주랴?"

자칭 낚시 명인 중에는 가끔 이런 사람이 있단 말이지.

됐네요, 됐어. 두고 보라지. 작은 물고기도 나름대로 즐기는 법이 있다는 걸 보여주겠어.

낚시 도구를 팔기 때문인지 배에는 승객용 주방도 마련되어 있었다.

오잉크가 구해준 이 배는 제법 호화로운 여객선이었는데, 약 일주일이나 걸리는 바다 여행을 쾌적하게 보낼 수 있도록 다양한 설비도 갖추고 있었다.

이 주방도 그 많은 오락 시설 중 하나로 보였다.

"그럼 오랜만에 요리를 해 볼까…… 제1회 본본 쿠킹을 시작하겠습니다."

"뭘 하려고? 갑자기 거창해졌는데?"

"그냥 분위기 내려고 해 본 말이야. 류에, 싱크대에 그 수조를 올려줄래?"

"정말로 먹어? 이렇게 작고 귀여운데……."

류에의 그 말을 듣고 다른 조리대에서 작업하던 낚시꾼이 웃음을 터뜨렸다.

끄으응…… 류에, 너까지 이러기냐.

"일단 보고 있어. 그럼 요리 시작이다."

우선 물고기가 움직이지 못하게 수조에서 물을 뺐다.

얼음으로 만든 수조라서 그대로 둬도 신선도가 잘 떨어지지 않았고, 체온이 떨어지자 물고기도 날뛰지 않았다.

우선 한 마리를 꺼내서 도마 위에 놓고 날뛰기 전에—.

"얍."

어둠 마법으로 손끝에 칼날을 만들어서 몸을 쓰다듬듯이 긁어 비늘을 얼추 제거했다.

이 사이즈라면 그렇게 꼼꼼히 제거하지 않아도 되겠지.

이어서 빠르게 배를 가르고 그곳으로 내장과 아가미를 순식간에 제거했다.

그러자 이미 내장을 잃었는데도 전갱이가 도마 위에서 파닥파닥 경련했다.

"아직 실력이 녹슬지는 않았군."

페티 나이프보다 훨씬 쓰기 쉬운 마술을 구사해서 차례차례 전갱이를 손질했다.

내장을 꺼낸 전갱이를 바로 얼음 수조에 죽 늘어놓자 그것을 보던 류에가 눈을 동그랗게 떴다.

"빠, 빠른데, 카이 군. 나도 생선구이는 잘하지만, 이렇게는 못해."

"익숙해지면 할 수 있어. 좋아, 이게 마지막이다."

"수고했어. 그래서 이걸 어떻게 할 생각이야?"

이번에는 류에의 가방을 빌려서 필요한 재료를 꺼냈다.

류에의 가방은 집 저장고와 이어져 있다. 일방통행이긴 하지만, 국민적 인기를 자랑하는 모 고양이형 로봇[#1]의 주머니 같은 기능을 가졌다.

#1 모 고양이형 로봇 만화 『도라에몽』의 도라에몽은 4차원 주머니를 가졌다.

그 안에 있는 식료품은 익숙한 것부터 일본에서는 볼 수 없는 것, 장담컨대 지구에는 존재하지 않는 것까지 가지각색이었다.

참고로 저장고로 돌려놓을 때는 길드에 설치된 작은 신전에 봉납해야 하는 점이 묘하게 불편했다.

"류에, 밀가루 좀 꺼내줄래?"

"밀가루가 뭐야?"

"오케이. 넌 얌전히 옆에서 구경이나 하렴."

"네~."

이것 봐요, 이 도우미 붙여준 사람 누굽니까?!

그래, 생선구이와 샐러드와 수프밖에 못 만드는 아이한테 뭘 바라겠어.

나는 생선에 밀가루를 입히고 주방에 있던 커다란 냄비에 튀김용 기름을 부어 열을 가했다.

그리고 생선을 넣어 저온으로 천천히 튀겼다.

치이익, 듣기 좋은 소리와 함께 먹음직스러운 냄새가 주변에 감돌기 시작했다.

"류에, 냄비만 좀 봐줄래? 만약 까맣게 탈 것 같으면 알려줘."

"응, 알았어."

그럼 남은 재료를 다듬어 볼까?

류에의 가방에서 향미용 채소로 당근, 양파, 피망, 빨간

고추를 꺼내 얇게 썰었다.

가능한 한 얇게, 투명하게 비칠 정도로. 이것으로 준비는 완료됐다.

마지막으로 오잉크에게 추천받은 가게에서 산 조미료를 꺼냈다.

일본주 양조가 번성했을 뿐 아니라 아마 함께 전파되었을 간장과 식초도 팔고 있어서 바로 닥치는 대로 사들였다.

원래 일본인이다 보니 이런 맛은 그리워지게 마련이었다.

간장과 식초를 섞고 가볍게 달궈 양념을 만들었다.

둥글게 썬 고추와 얇게 썬 채소를 절인 후 류에에게 지키게 한 냄비를 보러 갔다.

류에는 한순간도 튀김의 변화를 놓치지 않겠다는 양 진지하게 냄비를 들여다보고 있었다.

"황금색으로 변했어……. 맛있겠다……."

"침 흐른다, 침."

이 배고픈 아가씨를 위해서라도 어서 완성해 보자.

조리 완료 후 약 30분이 지났다.

이번에 만든 요리는 튀긴 생선을 사용한 마리네(Marine), 『전갱이 튀김 절임』이었다.

생선이 작아서 뼈도 잘고 천천히 튀겨 내어 통째로 먹을 수 있었다.

그것을 채소와 함께 절여 30분 정도 얼음에 넣고 식혔다. 과연 맛은 어떨까?

"이제 먹어도 돼?!"

"그래. 이제 열도 식었고 맛도 뱄겠지."

요리를 그릇에 나눠 담고 아이템 박스에서 술병을 꺼냈다.

라크에서 팔던 일본주였다.

술을 사들이지 않으면 라크를 떠날 수 없었다. 그래서 모든 종류의 술을 사들일 수 있을 만큼 사들였다.

"아, 내가 따를게."

"그럼 한 잔 받을까?"

식탁이 아니라 주방에서 만들어 그 자리에서 먹는 것도 제법 멋스러운 일이었다.

키친 드렁커라는 말도 있지 않은가. 버릇이 될지도 모르겠다.

"그럼 잘 먹겠습니다."

"잘 먹겠습니다~."

맛이 잘 배어든 전갱이를 머리부터 덥석 물었다.

튀김옷에 밴 양념맛과 자기 존재를 선명하게 과시하는 전갱이의 풍미.

튀겨서 기름이 스며 더해진 고소함.

그리고 산미 있는 양념으로 뒷맛이 깔끔했고 함께 절인 향미 채소가 입맛을 개운하게 씻어 냈다.

으음, 바로 이 맛이야.

문득 시선을 돌리니 류에도 대단히 만족스러워하는 눈치였다. 입에 넣은 전갱이가 꼬리만 입 밖으로 빼꼼 내밀고 있었다.

입안에 여운이 남아 있을 때 마시는 한 잔. 크으, 끝내준다.

류에와 함께 요리를 음미하고 있자니 어느샌가 사람들이 옆으로 다가와 있었다.

그들의 시선은 접시에 담긴 요리에서 떨어질 줄 몰랐다.

"이, 이봐, 형씨. 그거 나한테도 조금 나눠줄 수 없을까?"

"어허, 저런 대어를 낚으신 분에게 이런 미끼로나 쓸 고기를 대접할 수야 있나요?"

낚시 명인님(내가 명명)의 조리대를 보니 큼지막한 참돔이 떡하니 놓여 있었다.

부럽지 않다. 전혀 부럽진 않지만 다시마 숙성 회가 먹고 싶네, 제길.

흠흠, 나도 그렇게 야박한 사람은 아니다. 한번 등가 교환을 해 보자.

"그럼 저 고기를 나눠주시면 저도 나눠드릴게요. 뭣하면 제가 요리까지 해드리고요."

그러자 말이 끝나기가 무섭게 모두 자기 조리대에서 생선을 끌어안고 돌아오는 것이 아닌가.

오호라, 여러분, 낚시는 잘하지만 요리는 못하시나 보군요?

"류에, 아까 내가 꺼낸 재료…… 그, 다시마 같은 것 좀 꺼내줘."

"다시마 같은 거……? 이 검은 나무껍질 같은 거 말이야?"

"그래, 그거."

자, 그럼 우선 돔으로 다시마 숙성 회를 만들어 볼까?

주위 사람들에게 나눠 받은 고기를 재료로 내가 요리를 만들고, 그것을 안주 삼아 저마다 가져온 술을 꺼내 술판이 벌어졌다.

우리는 그런 소란스러우면서도 조금 경망한, 하지만 즐거운 시간을 만끽했다.

"류에, 즐기고 있어?"

"당연하지! 바닷물고기도 맛있는걸?"

"그렇지? 특히 바로 낚아 먹으면 일품이지. 이런 음식을 먹는 것도 여행의 묘미야."

"그렇구나……. 여행오길 정말 잘했어. 세미피나르 대륙에 도착하는 날이 기대돼."

완성된 요리를 한 손에 들고 활짝 웃음 짓는 류에를 보며 나는 새삼스럽게 생각했다.

「아아, 정말로 류에를 바깥세계로 데리고 나올 수 있어서 다행이다」라고…….

그로부터 얼마 후, 주방에 승객이 대거 몰려들어 술판은 거의 파티로 변했다.

잔치 분위기도 한껏 무르익었다. 앞으로 분위기가 더욱 달아오르려는 차에 나와 류에는 몰래 그 연회를 빠져나가기로 했다.

거나하게 취해서 자신에게 회복 마법조차 쓸 수 없는 류에를 데리고 나오기 위해서였다.

"괜찮아? 류에."

"우웅…… 바람 좀 쐴래……."

나는 류에를 업고 갑판으로 향했다.

귓가로 조금 열이 오른 숨결을 느끼며 계단을 올라 바깥으로 통하는 문을 열었다.

그러자 눈앞에 펼쳐진 광경은—.

"류에, 주변을 돌아봐."

"으으…… 응?"

넓은, 한없이 넓디넓은, 아무리 넓다는 말을 거듭해도 모자랄 만큼 광대한 칠흑빛 망망대해.

그리고 그 위로 펼쳐진 것은 그 무엇에도 가려지지 않고 온 하늘을 수놓은 별들.

기온 때문일까, 아니면 주위가 바다이기 때문일까? 투명하리만큼 맑은 그 광경에 숨이 막혔다.

밤하늘을 가득 메운 별들의 총총함이 칠흑빛 바다에 반사됐다.

"장관이야."

"영차…… 응, 장관이야!"

등에서 내린 류에가 조금 휘청거리는 걸음걸이로 난간으로 다가갔다.

나는 류에를 쫓아갔다. 그리고 똑같이 바다를 내려다봤다.

"별이 아래에 있어! 마치 하늘을 나는 기분이야……."

"응. 그러게."

흔들리네, 흔들려. 배의 리듬에 맞춰 수면의 별들도 흔들흔들.

"조금 춥다."

"응. 그러게."

류에와 조금 거리를 좁혔다.

한 팔로 안을 수 있을 정도로 작은 몸이었다.

이 작은 몸으로 그녀는 얼마나 긴 시간 동안 고독을 견뎌왔을까.

"그만 방으로 들어가자. 내일도, 그리고 모레도, 그다음 날도 여행은 이어지니까."

"응. 슬슬 들어갈까? 카이 군."

빼앗아야만 한다.

그녀에게 주어졌던 고독을 송두리째 빼앗아야만 한다.

이 여행으로 너에게서 모든 고독을, 외로움을 빼앗고 말리라.

조금 졸린 눈으로 하늘을 올려다보는 류에의 옆얼굴에 나

는 내심 그렇게 맹세했다.

§ § §

“좋아. 오늘은 여기까지. 슬슬 항행 속도가 오를 시간이야.”

“알겠습니다. 오늘도 덕분에 많이 낚았어요.”

“겸손은~. 형씨, 제법 실력이 있어.”

“오늘까지 고마웠습니다, 정말로요.”

“에이, 별말을 다 하는구먼! 그럼 또 보자고!”

바다 여행을 시작한 지 일주일이 지났다. 지금은 다른 승객들과도 마음을 트고 이렇게 낚시 지도를 받을 만큼 친해졌다.

이미 세미피나르 대륙 해역에 들어온 영향인지, 아직 밤공기는 쌀쌀했지만 해가 떠 있을 때는 기온이 높았다. 덕분에 지금은 우리 집 엄살쟁이 아가씨도 로브를 벗었을 정도였다.

그런데 이 엄살쟁이 아가씨는 어디로 가셨을까—.

“카이 군~! 오늘은 이런 걸 받았어~!”

그때, 선미 쪽에서 류에가 커다란 오징어를 끌어안고 다가왔다.

사교성 좋은 성격 때문인지, 그녀는 가끔 남이 낚은 고기를 받아오곤 했다.

류에만이 아니었다. 저번에 술판을 벌인 이후로 나에게도 고기를 가져오는 낚시꾼이 늘어나, 요리를 하는 대가로 그것을 나눠 먹고 함께 술을 마시는 윈윈 관계를 구축했다.

"이건 어떻게 요리해? 마물이라고 생각했는데 먹을 수 있다지 뭐야."

"용케 매일 얻어오네? 류에도 낚시를 하면 될 텐데."

"나는 낚시하는 카이 군의 등에서 자는 게 좋아."

"나는 좌식 의자가 아니네요, 이 아가씨야."

매일 즐겁게 배 안을 휘젓고 다니고, 함께 갖가지 요리를 즐기고, 때로는 함께 식칼을 쥐었다.

마치 꿈만 같은 시간. 영원히 이어졌으면 좋겠다고 바라게 되는 바다 여행이었다.

하지만 배에 오른 지도 오늘로 일주일째였다. 이 즐거운 여행도 슬슬 끝을 맞이하려고 하고 있었다.

"육지가 보인다~!"

그때 마침 뱃머리에서 들린 외침에 승무원들이 어슬렁어슬렁 상륙 준비를 시작했다.

"류에, 그 오징어는 넣어 두고 방으로 돌아갈까?"

"그렇구나, 드디어 도착이구나?"

"바다 여행은 즐거웠어?"

"최고였어! 하루하루가 신선하고, 이런저런 요리를 먹고, 정말로 꿈만 같았어."

그래. 그건 나도 마찬가지야.

이런 식으로 누군가와 바다 여행을 한 것은 처음이었다.

그것도 이런 귀여운 아이와 함께라니, 너무 행복해서 겁이 날 정도였다.

하지만 그건 그렇다 치더라도!

"일단 방으로 돌아가서 손부터 씻어. 오징어 냄새 나."

"……헉!"

전속력으로 방으로 돌아가는 모습을 보자니 웃음이 절로 나왔다.

……오징어 냄새 나는 엘프 아가씨가 웬 말이냐.

§ § §

부두와 연결된 계단을 한 칸 한 칸 확인하듯 밟으며 마지막 계단까지 내려와 육지에 발을 붙인 순간, 나는 양팔을 번쩍 들고 속에서 북받쳐 오른 감정을 토해내듯 큰 소리로 외쳤다.

"나는 지금! 세미피나르 대륙으로 첫발을 내디뎠다!"#2

"으악! 갑자기 멈추면 어떡해? 다른 사람한테 방해되잖아. 자, 얼른 가, 얼른."

#2 나는 지금! 세미피나르 대륙으로 첫발을 내디뎠다! 게임 『포켓몬스터 골드/실버』의 대사. 「너는 지금! 관동 지방으로 첫발을 내디뎠다!」의 패러디.

"앗, 죄송합니다."

드디어 도착했다, 세미피나르 대륙에!

엔드레시아에서 바다로 나온 그날과는 대조적인 날씨였다.

그야말로 청천이란 말이 어울리는 하늘을 보고 있노라니 기분이 상쾌해지고 마음이 들떴다.

실제로 배로 일주일 거리인데도 불구하고 기후는 엔드레시아와 크게 달랐다.

엔드레시아의 항구에서는 살을 에는 칼바람이 불었거늘 이곳은 조금 쌀쌀한 정도일 뿐 바람도 파도도 잔잔했다.

조금 한산하지만, 무척 소박한 인상을 주는 항구 마을이었다.

마을 이름은 『엔디아』. 어쩐지 RPG 게임 종반에 나올 법한 도시 이름이었다.

무구점에 가면 초고성능 장비라도 팔지 않을까?

뭐, 실제로는 무구점은 고사하고 가게다운 가게도 보이지 않지만.

"류에, 일단 이 마을 길드로 가자."

"그래. 숙소도 정해야 하니까 말이야."

마을 안을 걸으며 주위를 돌아보자 모험가보다 승무원이나 어부 같은 풍모를 한 사람들이 눈에 들어왔다.

그리고 역시나 무구점 같은 가게는 보이지도 않았다. 기껏

해야 있는 것이라곤 작은 여관 몇 채와 술집 같은 가게 두 곳이 고작이었다.

심지어 그것들도 대부분 이 마을에 사는 뱃사람을 위한 가게 같았다.

얼마 가지 않아 『모험가 길드 엔디아 지부』라는 간판을 내건 건물이 보였다.

마지막으로 본 길드가 엔드레시아의 수도 라크의 모험가 길드 본부였던 탓도 있어서 그 차이 때문에 유난히 작아 보였다.

그 조그만 길드 문을 열고 안으로 발을 들이자—.

"어서 오세요~. 오늘은— 응?"

"아, 안녕하세요?"

"안녕, 안녕? 반가워."

접수원 아가씨가 카운터에 엎드린 채 찌뿌둥하게 얼굴을 들었다.

……되게 한가해 보이네.

"시, 실례했습니다! 죄송합니다. 항상 오는 마을 손님인 줄 알고……."

"방금 배로 도착했습니다. 이 마을에 관한 설명과 숙소 안내를 부탁드려도 될까요?"

길드에서는 관광 안내처럼 설명을 들을 수도 있었다.

여관을 추천받거나 랭크에 따라서는 할인 혜택이 있는 소개장을 받을 수 있으며, 그밖에도 의뢰와 관련된 범위 내에서 인근 명소 같은 것을 알려주기도 한다.

옛날에는 이렇게 서비스가 좋지 않았다고 하지만, 오잉크가 총수로 취임한 뒤로 이런 서비스를 받을 수 있게 되었다라나…….

굿 잡, 꿀돼지. 줄여서 굿 돼지.

"이 마을과 여관 설명이요……? 실은—."

접수원의 말에 의하면 이 항구 마을 엔디아는 필요 최소한의 시설밖에 갖추지 않은 관문 마을일 뿐이라고 했다.

바로 옆 도시에 번듯한 숙박촌이 있어서 이 대륙을 찾은 사람들은 모두 곧장 그곳으로 이동해 버린다고 한다.

그래서 나는 여관 소개가 아니라 마차를 준비해 달라고 부탁했다.

이것도 길드에서 하는 업무 중 하나이며, 호위 의뢰를 접수하고 승합 마차나 인근 마을로 이동하는 상인을 소개해주기도 한다. 또한, 일정 랭크 이상이거나 필요한 금액을 지불한 사람은 마차를 빌릴 수도 있다. 종합 서비스 센터가 따로 없었다.

어쨌거나 그런 이유로 우리는 푸르게 빛나는 길드 랭크 SS 카드 두 장을 척 내밀었다.

"히엑! 죄, 죄송…… 죄송합니다!"

……놀라는 건 이해하지만 웬 사과?

이 카드를 본 순간 그녀가 보인 표정은 아무리 봐도 놀라움이 아니라 공포에서 비롯된 것이었다.

꿀돼지가 대체 공지를 어떻게 내렸길래?

"그 숙박촌까지 마차를 빌리고 싶은데, 괜찮을까요?"

"물론이에요! 그런데 저……."

정말로 간담이 서늘해졌는지, 지금도 식은땀을 흘리는 접수원이 조금 주저하며 손을 들었다.

무슨 일인가 싶어 고개를 갸웃거리자 그녀가 어떤 제안을 해 왔다.

"저기, 지금 이 지방을 다스리는 영주님이 저희 길드장을 만나러 오셨거든요……. 두 분께선 영주와 동등한 입장이시니 괜찮다면 만나 뵙는 게 어떨까요?"

기막힌 타이밍이었다.

지금부터 이 대륙에서 활동해야 하므로 인사는 해두는 편이 좋다고 생각하지만, 어떻게 할까?

나는 옆에 있는 류에와 얼굴을 마주 봤다.

"영주…… 그다지 좋은 추억은 없지만, 어떻게 할까? 카이 군."

"길드를 직접 방문하는 사람이고, 지금은 우리도 대등한 입장이야. 만나도 괜찮지 않을까?"

류에는 아직 솔트버그 사건을 신경 쓰고 있구나.

하지만 이번에는 대등한 입장이니까 만약 문제가 생겨도 얼마든지 대처할 수 있다.

접수원의 제안을 받아들이고 우리는 길드 안쪽으로 안내받았다.

여기서 잠깐. 드물게 내가 직접 조사한 이 대륙의 현재 통치 체제를 정리해 놓겠다.

이 대륙은 전에 들은 대로 유사 민주제를 취하고 있다.

체제가 변한 자세한 경위나 발단까지는 조사하지 않았지만, 예전에는 귀족이 각자 영지를 통치했고, 그 시대에 종지부를 찍은 큰 전쟁이 일어난 것만은 알고 있었다.

지금으로부터 약 20년 전, 왕정 국가였던 이 대륙에서 쿠데타가 발발했다.

그 결과 지금은 귀족제가 폐지되고 각 영지가 통합되어 크게 다섯 개의 영지로 나뉘었다.

그리고 체제가 변하기 전 일부 유력자 외에도 주민들에게 선발된 사람이 『중앙 의회』라는 조직을 결성, 그 후 의원이나 대륙 주민들의 투표로 통치자를 선출하게 됐다.

즉, 현재 이 나라의 영주란 국민의 뜻으로 선출된 영예로운 5인의 정치가 중 한 명이었다.

……지금에서야 드는 의문이지만, 오잉크는 어떻게 그런 권한을 쉽사리 우리에게 넘겨줄 수 있었을까?

"—그러니까 지금부터 만나는 사람은 아마 솔트버그 영주와는 비교하는 게 실례일 정도로 대단한 사람이란 뜻이야. 아무쪼록 실수하지 않도록 조심해."

"하지만 우리도 영주와 대등하게 대우받으니까 친구 같은 거 아니야?"

"호의적인 건 좋지만, 선은 지켜."

영주와 길드장이 면담 중인 응접실로 향하면서 류에에게 대륙 통치 체제에 관해 설명했지만, 지금부터 만날 사람의 지위가 어느 정도인지 아직 채 이해하지 못한 느낌이었다.

나야 이미 한 나라의 주인과 면회한 경험도 있으므로 그다지 긴장되지 않지만, 류에의 경우는 어떨까?

우리 류에 씨가 무슨 폭탄이라도 던지는 게 아닐까 걱정하는 사이, 접수원 아가씨의 걸음이 멈췄다.

그녀 앞에는 대단히 훌륭하고 아름다운, 나이테가 드러난 커다란 목제 문이 있었다.

아무래도 이곳이 목적지인가 보다. 그녀는 곧바로 문에 노크했다.

"길드장님, 면담 중에 실례하겠습니다. 엔드레시아에서 오신 SS랭크 모험가 카이본 님과 류에 님을 모셔 왔습니다."

"그래, 들어오게."

"으음?! 방금 이야기로 들은 두 분입니까?!"

실내에서 인상이 순할 것 같은 두 남성의 목소리가 들렸다.

어깨에 들어간 힘을 조금 빼고 방으로 들어가자 테이블을 끼고 대면한 두 사람이 동시에 이쪽을 돌아봤다.

한쪽은 호호 할아버지 같은 모습의 백발노인이었다. 길드 제복과 비슷한 의상을 입은 것으로 보아 아마 그가 길드장이리라.

한편, 대면한 사람은 약간 통통한 중년 남성이었다.

그 또한 믿음직스러운 느낌은 조금 부족하나, 성격이 좋아 보이며 어딘지 모르게 부드러운 눈빛을 가진 인물이었다.

그렇다면 저 중년이 영주일까?

"오오…… 보아하니 아직 한창 젊은 사람들 같은데, 오잉크 님이 직접 소개할 정도의 모험가라니, 대단하군요!"

"아니, 『부크』 공. 듣기로는 두 분은 모두 총수님과 같은 시대를 살아온 분들이라고 하네. 그렇다면 우리가 더 어리지 않겠나."

"이런! 제가 실례했군요."

우리가 인사나 자기소개도 하기 전에 두 사람은 이야기로 달아올랐다.

뭐랄까, 넉살 좋은 친척 아저씨들 같다고 해야 할까? 그런 독특한 분위기가 있었다.

여하튼 일단 이 분위기를 바로잡고자 나는 자발적으로 자기소개를 했다.

"처음 뵙겠습니다. 이번에 SS랭크로 승격한 카이본이라고 합니다."

"같은 랭크인 류에야. 혹시 두 사람은 나를 할머니라고 부르고 싶은 거야? 나는 영원한…… 스무 살 언저리야."

"자신 있게 말하지도 못하면서 모호하기까지……."

묘하게 어색한 자기소개를 마치자 상대방도 일어나서 응답했다.

"그럼 저부터 인사드리죠. 저는 부크 웰드라고 합니다. 북쪽의 현관인 북방 일대를 다스리는 영주지요."

역시 이 통통한 남성이 영주인 모양이었다.

다른 대륙으로 이어진 지방이라면 변경백과 비슷한 입장일까?

얼핏 봐선 미덥지 않은 풍모였지만, 실상은 상당한 수완가일 것이라고 예상했다.

"다음은 내 차례군. 보다시피 이 항구 마을에서 길드장을 맡고 있는 란트라고 하네. 이 마을은 비록 이 모양이지만, 옆 도시에는 숙박촌이 있으니까 그곳에서 여독을 풀게나."

두 사람을 보니 영주와 길드의 관계는 양호한 것 같았다.

자세히 보니 두 사람 사이에 있는 테이블 위에는 체스판이 놓여 있었다.

나의 시선을 알아차렸는지, 두 사람은 함께 멋쩍은 미소를 지었다.

"아, 하하하…… 실은 말이 좋아 면담이지 이렇게 한 달에

한 번 대국을 두는 것이 주된 일이지요. ……이건 오잉크 님에겐 비밀로 해주셔야 합니다?"

"이, 이보게, 부크 공! 끄응, 이 불량 영주에게 맞춰줬을 뿐이지 나는 지극히 성실한 직원이네. 모쪼록 총수님에겐 그렇게—."

"아니, 란트 공, 치사하게 이러기요?"

……음, 역시 넉살 좋은 친척 아저씨 같은 사람들이었다.

곧 마련된 자리에 앉자, 우리가 나타나 진지한 이야기를 해야 한다고 생각했는지 두 사람은 생뚱맞게 최근 정세를 논하기 시작했다.

그 노골적인 변화에 내심 어이없게 웃으면서도 조금이라도 이 대륙에 관한 정보를 얻고자 귀를 기울였다.

이야기 중에 이 일대 기후가 예년보다 약간 높아졌다는 말이 들렸다.

"으음, 그렇다면 엔드레시아를 감싼 냉기가 약해졌다고 생각하시나요?"

"그래. 적어도 총수님은 같은 생각일세. 스스로 엔드레시아 최북단에 있는 도시로 조사하러 가셨다는군."

……제 탓 아닙니다?

설마 용신 격파의 영향이 이런 곳까지 미치기라도 했단 말인가?

만약 큰 문제로 발전한다면……. 그렇게 생각하자 심장 고동이 빨라졌지만, 그 직후 영주인 부크 씨가 환하게 웃으며 말했다.

"그거 다행이군요! 매년 우리 영지의 수확이 다른 지방에 비해 적은 탓에 영민에게 많은 세금을 부과해야만 했으니까요! 이제 그들의 부담을 더 줄일 수 있겠습니다!"

"그래. 『그 농법』은 아무래도 장비 유지가 힘드니까 말일세."

"하하, 이대로 가면 올해는 수확제가 조기 개최될지도 모르겠군요!"

……크게 기뻐하신다.

그래, 악영향이 없다면 그게 가장 좋은 일이지.

당분간 이 이야기는 오잉크와 나만의 비밀로 해 두자.

그 후로도 최근 옆에 있는 숙박촌에서 난투극이 늘어났다는 이야기나 타국에서 해방자가 소환됐다는 화제가 그들 입에서 나왔다.

흠…… 아마 렌 군이겠지.

"……헉."

"잘 잤어? 류에."

그때, 아까부터 조용하던 류에가 갑자기 몸을 흠칫 떨었다.

당신, 자고 있었군요? 긴 여행 탓에 피곤한가?

그런데 그때, 피로에 지친 류에를 보고 부크 씨가 일어섰다.

"이런, 이야기에 빠져서 정신이 없었군요! 두 분도 옆 마을로 가시나요?"

"아, 네. 숙박촌이 있다고 들어서 거기서 숙소를 잡을까 합니다."

"음, 그게 좋을 걸세. 괜찮다면 길드에서 마차를 내줄 생각이네만……."

"아뇨, 그러실 필요는 없습니다! 저도 갈 생각이니까 함께 타고 갑시다!"

또 이야기가 척척 진행되어 부크 씨와 함께 옆 마을로 가게 됐다.

음, 역시 이 두 사람은 남의 이야기를 듣지 않는 오지랖 넓은 아저씨 같은 인상이었다.

§ § §

마물 마차는 진동이 적으며, 생물의 힘을 빌렸다고는 생각할 수 없는 속도로 달렸다.

영주인 부크 씨는 역시 시간에 쫓기는지, 이동 시간이 단축되는 마물 마차를 보유하고 있었다.

이미 오잉크의 마물 마차를 한 번 타 봤지만, 그것보다 진동도 훨씬 적고 쾌적한 승차감을 제공했다.

"이 마물 마차는 진동이 꽤 적군요."

"그러게 말이야. 태워줘서 고마워, 북 군."

북 군이라니…… 이 애가 또 사람에게 그런 별명을…….
"아, 사실 그게 아닙니다. 창을 열어 보시겠습니까?"
하지만 정작 본인은 기분 나빠하지도 않고 밝게 웃으며 말했다.
뭔가 비밀이 있는 것일까? 나는 창을 열어 밖을 봤다.
엔드레시아 대륙과는 달리 길에 눈이 남아 있지도 않았고, 땅에서 새싹이 얼굴을 드러내는 광대한 토지가 펼쳐졌다.
이제나저제나 봄을 기다리는 그 광경을 보고 역시 칠성 해방으로 인한 영향의 지대함을 새삼 실감했다.
하지만 아마 부크 씨가 나에게 보여주고 싶었던 것은 이 광경이 아니지 싶었다.
나는 마물 마차 바퀴 부분으로 눈을 돌렸다.
언뜻 보아선 별다른 특징 없는 단순한 바퀴 같았다.
오잉크가 기술을 전파했는지, 충격을 흡수하는 소재로 코팅되어 있었다. 하지만 그건 오잉크가 탄 마차에도 똑같이 있었다.
특별히 별난 구석도 보이지 않아 항복 표시로 그를 돌아봤다.
"후후, 길을 잘 보십시오. 모르시겠습니까?"
"……아!"
가도가 흙길이 아니라 돌로 포장되어 있었다.
더구나 간격이 넓은 벽돌도 아니었다. 이음매가 거의 보이지 않을 정도로 촘촘했다.

"이 대륙의 가도는 포장도로입니다. 그게 진동이 적은 비밀이지요."

"대륙 전토가 말인가요……? 이곳은 교통 환경이 잘 정비되어 있군요."

"그렇죠. 과거에 소환된 해방자님의 지식과 이 대륙을 방문한 오잉크 님의 지혜 덕분입니다."

"오~! 오잉크는 모르는 게 없는걸!"

흐음, 오잉크는 이 대륙의 발전에도 기여한 건가? 그 꿀돼지는 발도 넓구나.

가도를 바라보며 동료를 떠올리고 있자니, 시야 한쪽으로 익숙하지만 동시에 엄청난 이질감을 내뿜는 물체가 보였다.

그 정체는 햇빛을 반사하며 광대한 토지에 점점이 존재하는—.

"……저기, 부크 씨? 저 멀리 보이는 저거, 비닐하우스죠?"

"오오?! 카이본 씨는 하우스 재배를 알고 계신가요!"

아니, 잠깐만 있어 봐, 이 소박한 판타지 세계에 저게 무슨……!

지금 내가 탄 건 자동차가 아니라 마물 마차! 마물이 끄는 중세 분위기의 탈것!

그런데 네가 왜 이 세계에서 나와?

고향에서 자전거를 타고 잠깐 달리다 보면 보이는 광경이 왜 여기 있냐고!

아무리 그래도 이건 이질감이 너무 심하잖아!

"저건 일찍이 이 땅에 소환된 전설의 프런티어맨, 해방자 『이구조 요시다』 님이 저희에게 전수한 마법 같은 작물 재배법입니다!"

"이구조…… 요시다 씨요?"

이건 우연인가? 아니면 그 국민 가수#3의 팬이기라도 한 걸까?

설마 고향을 뛰쳐나와 도쿄로 가서 한탕 벌고 싶었는데 이 세계로 소환됐나?

……아니, 깊이 생각하지 말자. 있는 그대로 받아들이자. 그냥 그러자.

"그나저나 여러분, 지금 가고 있는 숙박촌 『윙레스트』 말입니다만……."

"윙레스트…… 날개를 쉬게 한다는 뜻인가요? 좋은 이름이네요."

"후후, 그렇죠? 실은 말이죠, 꼭 안내하고 싶은 곳이 있습니다만…… 괜찮으신가요?"

"응? 맛있는 가게라도 소개해주려고?"

부크 씨가 기대돼서 어쩔 줄 모르겠다는 태도로 제안했다.

#3 국민 가수 일본의 가수 요시 이쿠조. 시골에서 상경하고 싶다는 내용의 『나 도쿄에 갈란다』라는 히트곡이 있다.

그의 얼굴에는 어딘지 모르게 들뜬 듯한, 꿈꾸는 소년 같은 표정이 떠올라 있었다.

"요리보다는 술을 즐기는 곳인데…… 제가 매달 다니는 살롱이라고 해야 하나, 가게라고 해야 하나……."

미묘하게 말을 흐리는 애매모호한 표현. 그리고 『살롱』이라는 단어.

『숙박촌』에 있으며 남자인 부크 씨에게 이런 표정을 짓게 하는 장소.

어이쿠? 이 형이 잠깐 야성에 눈뜰 것 같은 느낌을 받았는데?

그것도 아주 풀풀. 하지만 잠깐만 있어 봐.

나는 옆에 있는 파트너의 모습을 돌아봤다. 기대에 찬 모습이고 무언가를 눈치챈 기색도 없었다.

나는 목소리를 낮춰 부크 씨에게 물어봤다.

"저기…… 거기는 류에를 데리고 가도 괜찮은 곳인가요?"

"아이고, 저 때문에 오해하셨군요. 뭐라고 설명해야 좋을까요. 다른 곳과는 취지가 조금 다른 가게입니다."

그의 말에 따르면 윙레스트에는 윤락가 같은 구획도 분명히 존재한다.

아니, 오히려 그쪽이 주류라고 해도 과언이 아닐 정도로 그쪽 장사를 하는 사람이 많다고 한다.

하지만 부크 씨가 안내하고 싶은 가게는 윤락가 가장 안쪽에 있지만, 『그런 목적』을 가진 가게는 아니라고 했다.

순수하게 여성과 대화를 즐기며 술을 마시는 오래된 사교 클럽이라고 한다.

그의 설명으로는 품격 있는 공간과 시간을 제공하는 가게 같았다.

하지만 설사 건전한 가게라도 우리 집 엘프 아가씨가 불만을 토로할지도 몰랐다.

「다른 여자에게 너무 달라붙잖아!」 같은 소리를 하면서 불쾌해하지 않을까?

"응? 왜 그렇게 빤히 바라봐? 부끄럽잖아."

"아, 아니야. 지금부터 가는 가게는 여성에게 접대받으며 술을 마시는 가게일지도 몰라서……."

"와아! 뭔가 특이한걸? 조금 기대돼."

하지만 돌아온 대답은 예상과 달리 호의적이었다. 흠, 생각해 보면 그럴 수도 있겠다.

아마 류에게는 낯선 문화일 테니까 선입견이 없을 것이다.

나도 처음에는 젊은 『깜찍이(사어)』들에게 둘러싸여 『유후~(피식)』하는 곳을 떠올렸지만, 류에게는 그런 지식조차 없겠지.

이야기에 따르면 고급 클럽 같은 가게 같으니까 괜히 심통 날 일도…… 없으려나?

"그곳 주인은 주민들에게 『그랜드 마더』라고 불리는 대단히 인망이 넓은 분입니다. 얼굴을 알아두면 앞으로 도움이 되지 않을까 싶어서요."

"그랜드 마더……. 조금 무섭기도 하고 긴장되기도 하는군요."

순간 여자 야쿠자나 야쿠자의 아내 같은 사람을 상상하며 어깨를 움츠리고 말았다.

무슨 무례한 짓이라도 했다가는 가게 안쪽에서 검은 양복으로도 모자라 검은 광택이 나는 물건을 든 사람들이 우르르 몰려나올 것 같은 예감이 들었다.

"그리고 함부로 가게 여성의 몸에 손을 대지는 말아주십시오."

"응? 왜 굳이 그런 주의를 하지? 여성의 몸을 함부로 만지면 안 되는 건 상식이잖아?"

……이걸 순진하다고 해야 할까, 순수하다고 해야 할까.

윤락가의 의미를 알아도 그쪽 가게에서 어떤 일을 하는지는 모르는구나. 괜찮아, 너는 그 모습 그대로 있어 주렴.

"카이 군, 알고 있겠지만 이상한 짓은 하면 안 돼."

"그건 이런 거 말인가?"

착하지, 착해.

§ § §

항구 마을 엔디아를 나온 지 불과 20분밖에 지나지 않았다.

곧 윙레스트에 도착한다는 마부의 보고를 듣고 창으로 머리를 내밀어 전방을 확인했다.

그러자 앞쪽에 벽돌로 만든 멋진 문이 보였다.

그 문 위에는 같은 벽돌로 만든 커다란 아치가 걸렸고 철제 부조가 장식되어 있었다.

보아하니 접힌 날개 같은 형상이었지만, 새보다는 박쥐나 내 마왕 룩의 날개 디자인에 가까웠다.

밤의 마을이라는 의미일까?

"저는 귀빈관에 한번 들러야 하는데, 괜찮으시면 두 분도 거기에서 묵으시겠습니까?"

"아뇨, 아무리 그래도 그렇게까지 도움을 받을 수는 없죠. 먼저 길드에 들러 어디 여관이라도 알아보겠습니다."

"그럴까? 좋아, 그럼 오랜만에 누가 먼저 숙박비를 버는지 내기해 볼까?"

"마인즈밸리 이후로 처음인가? 이번에는 내가 이길 거야."

류에는 이미 마음속으로 이 마을 체류를 결정한 모양이었다.

생각해 보면 지금까지 대부분 장기 계약으로 숙소를 잡았었지.

"그럼 길드까지 모시겠습니다. 마중할 사람을 보낼 테니

숙소가 정해지면 길드에서 기다려주십시오."

길드를 방문하자 마을 특색 때문인지 묘하게 젊은 남성이 많이 보였다.

하지만 반대로 직원은 대부분 여성이었다. 아마 직원까지 유곽에 정신을 팔지 않도록 하기 위한 조치가 아닐까?

……나중에 잠깐 구경만 하는 건 괜찮겠지? 그 윤락가.

우리가 길드 카드를 제시하자 아니나 다를까 접수원이 눈물을 글썽이며 덜덜 떨었다.

잠깐만요, 오잉크 씨. 정말로 무슨 공지를 내린 겁니까?

"숙소를 잡고 싶은데, 여기서 직접 예약할 수 있나요? 여기서 사람을 기다려야 해서요."

"여, 여기서 예약 가능한 곳은, 길드 산하 여관뿐입니다만…… 그게, 일반 모험가가 이용하는 곳인데 괜찮으신가요?"

옆에서 주변을 두리번거리는 류에게 「특별히 고급스러운 숙소는 아니지만, 괜찮겠어?」라고 물어보자 돌아온 대답이 이것이었다.

"지붕과 벽이 있고, 가능하면 침대가 있었으면 좋겠는데……."

좋아, 아무 말 없이 안아주자.

"카, 카이 군, 이거 봐!"

"그렇게 됐습니다. 그 숙소로 예약해주세요."

“네, 네에.”

우리 집 아가씨는 옛날 처지가 얼마나 불우했는지 자연스럽게 말한단 말이지.

오~, 착하지, 착해. 마찰열로 불이 날 정도로 머리를 쓰다듬어 줄게요.

그 후 얼마 지나지 않아 길드에 부크 씨의 마부가 나타났다.

그를 따라 밖으로 나가자 헤어질 때보다 훨씬 신경 써서 옷을 차려입은 부크 씨가 기다리고 있었다.

“아…… 혹시 조금 격식을 차리는 게 좋을까요?”

“아, 아닙니다! 제 호위병이나 마부도 이용하는 곳입니다. 딱히 신경 쓰지 않으셔도 문제없습니다.”

“그런가요? 의외로 문턱이 높지 않은 곳인가 보죠?”

“손님을 가리진 않습니다. 예의를 아는 사람이라면 귀천을 묻지 않고 접대해주지요.”

“저기, 카이 군. 지금부터 가는 가게는 술집 아니야? 여자 종업원이 이야기 상대가 되어주는…….”

“뭐, 쉽게 말하면 그렇지.”

아마도 류에는 머릿속으로 일반적인 술집을 떠올렸겠지.

나도 실제로 어떤 장소인지는 모르겠지만, 상상과 현실의 차이에 어떤 반응을 보일지 벌써부터 기대된다.

도시 안을 마차로 나아가다 보니 마침 해가 저물며 초저녁다운 하늘로 변해 갔다.

모험가로 보이는 사람들이 즐겁게 오늘 밤 예정을 떠드는 모습, 막 술집으로 들어가려는 이들의 모습.

그 광경을 바라보자 조금이지만 애절한 기분이 밀려왔다.

3인조 모험가가 웃으면서 길을 걷는 모습이 **한때 우리**의 모습과 겹쳤다.

아, 그랬지. 그날, 『그란디아 시드』 서비스가 종료되기 전날 밤, 우리 세 사람도 저런 식으로 밤거리를 거닐며 가게를 찾지 않았던가.

"카이 군, 왜 그래……?"

"응? 뭐가?"

"왠지, 조금 슬픈 표정을 짓고 있었어."

"아, 조금 피곤한가? 그래서 그럴 거야."

"그러고 보니 두 분은 바다를 넘어오신 참이었죠? 제 배려가 조금 부족했군요……."

"아뇨, 문제없습니다. 게다가 지금부터 가는 곳은 그런 피로도 말끔히 날려주는 곳 아닌가요?"

"아무렴, 물론이지요! 저 부크의 이름을 걸고 보장하겠습니다."

그래, 그렇겠지. 지금부터 갈 곳은 일본에서도 경험한 적 없는 고급 클럽이다.

기분을 새롭게 가다듬고 그 호화로운 공간을 즐기자!

2장 모두의 어머니

마물 마차가 윤락가에 접어들자, 여성이 한두 명씩 눈에 들어오기 시작했다.

그뿐이 아니었다. 마도구의 일종인지, 네온사인을 닮은 수상한 불빛이 가게 앞을 장식하며 특유의 야릇한 분위기를 연출했다.

그런 분위기 속에서 누님들은 모두 가슴을 한껏 드러내거나 「저건 꼼짝없이 잡혀갈 수준 아닌가?」 싶을 정도로 아찔한 의상을 입는 등 선정적인 모습으로 호객 행위를 벌이고 있었다.

……마차 속도를 조금 늦춰주시면 안 될까요?

“카이 군, 여기 이상해……. 왜 다들 방에서 입는 옷으로 돌아다니는 거야?”

“거하게 자폭했어, 류에. 보통은 방에서도 저렇게 입고 다니지 않아.”

“하하핫, 지금 그건 못 들은 걸로 하겠습니다.”

최근 각방을 썼다지만, 설마 그렇게 칠칠치 못한 복장을 하고 있었다니.

이러니저러니 하는 사이, 마물 마차는 점점 윤락가 안쪽으로 들어갔다.

그리고 마침내 네온사인 같은 화려한 장식을 뽐내는 가게가 줄어들고 차분한 분위기의 가게가 나오기 시작했다.

그것은 그런 구역의 가장 안쪽에서 나타났다.

벽돌로 만든 멋진 담에 둘러싸였고, 마찬가지로 벽돌로 만든 거대한 기둥 사이에 아름다운 은회색 철문이 있었다.

자세히 보니 그 문에도 마을 입구에 있던 것과 같은 접힌 날개 부조가 장식되어 있었다.

"자, 그럼 들어갑시다."

천천히 철문이 열리고, 마차는 요염한 분위기가 은은하게 감도는 저택으로 진입했다.

저택 부지로 들어가 귀여운 종업원 아가씨에게 마차를 맡겼다.

부크 씨의 사병들과 마부가 우리 뒤를 따라 저택 정문으로 우르르 몰려왔다. 대표로 부크 씨가 문고리를 두드리자 정문이 천천히 열렸다.

그 순간 눈에 들어온 광경은—.

"……이거, 아무리 나라도 주눅 드는데."

눈앞에는 스무여 명의 여성이 주르륵 정렬해 있었다.

한 명도 빠짐없이 빼어난 미인들이었다. 거리에서 발견하면 눈으로 좇게 되리라.

그녀들 전원에게서 부드러운 눈빛과 어딘지 모르게 고귀한 분위기가 느껴졌다.

……그래, 이건 확실히 고급이다. 일류다.

부크 씨가 대표로 보이는 여성과 무슨 말을 나누고 있었지만, 긴장한 탓에 머리에 들어오지 않았다.

그런데 그때, 부크 씨가 몸을 옆으로 돌리고 대화를 나누던 여성이 한 발 앞으로 나왔다.

"아—."

그 순간이었다.

나잇값도 못하고 가슴이 설렜다.

예전에 류에와 처음 만났을 때, 넋을 잃고 말문이 막힌 적이 있었다.

그것과 닮은『신비한 감각』이었다.

온몸이 마비된 듯한, 가위라도 눌린 듯한 느낌이었다. 무슨 상태 이상이 아닐까 의심하고 반사적으로 [용신의 가호]를 부여한 검을 꺼낼 뻔했을 정도였다.

창피하다. 사춘기 애도 아니고……. 하지만 머리는 평정을 유지하려는 데 반해 시선은 그녀에게 고정된 채로 움직이지 않았다.

"오늘 이렇게 찾아와 주셔서 감사합니다. 저는 이 아이들의 어머니인 『레이스』라고 합니다. 괜찮으시다면 손님의 성함을 여쭈어도 될까요?"

"레이……스?"

그 이름을 듣고 한때 내가 키운 세 번째 캐릭터 『Raith』가 뇌리에 떠올랐다.

……아니, 하지만 이 사람은 아니다.

내가 만든 캐릭터는 마족 여성이었다. 그러나 눈앞에 있는 그녀는 휴먼이었다.

깊이 있고 부드러운 녹색 눈동자에 어딘가 수심이 어린 듯 보이는 눈빛.

검게 윤택이 흐르며 웨이브 진 장발이 그녀의 큰 키와 잘 어울렸다.

키는 160센티미터를 가뿐히 넘을 것이다. 길고 날씬하게 뻗은 팔다리에 눈길이 갔다.

하지만! 무엇보다 눈을 사로잡는 것은!

처음 느낀 당혹감, 의문 따위를 날려 버리는 풍만하기 그지없는 가슴이었다.

언덕? 아뇨, 저건 이미 영봉(靈峰)의 영역입니다.

"저기…… 왜 그러시나요?"

"아, 죄송합니다. 잠깐 넋을 놓았습니다."

"당연한 일입니다. 마더와 대면하고도 평정을 잃지 않는 남자는 남색자뿐일 겁니다."

“앗, 북 군은 그런 취향이었나! 잠깐 카이 군한테서 떨어져 있어.”

“어, 어이쿠! 아닙니다. 저는 오래 알고 지냈으니까 이렇게 평정심을 유지할 수 있는 겁니다.”

그 생뚱맞은 발언에 분위기가 조금 진정되며 내 긴장도 함께 풀렸다.

고마워, 류에. 이제야 이 아리따운 아가씨와 차분하게 이야기할 수 있겠어.

“동행이 시끄럽게 굴어서 죄송합니다. 이름을 아직 말하지 않았군요. 카이본이라고 합니다.”

“아, 나는 류에야. 너는 가슴이 무척 크구나. 조금 나눠줬으면 좋겠어.”

……류에 씨, 오늘 센스가 폭발하는군요?

“저와 류에는 모험가가 생업이지만, 부크 씨와 인연이 닿아서 이런 분에 넘치는 대접을 받게 되었습니다.”

지나치게 이완된 분위기를 어떻게든 바꿔 보려고 그렇게 말을 보탰다.

정말로 죄송합니다, 레이스 씨……. 분명 쓴웃음을 짓고 계시겠―.

“카이본 님과…… 류에 님……?”

하지만 안색을 살피자 그녀의 얼굴에 떠오른 것은 놀라움이었다.

우리 이름을 중얼거리고 그 심녹색 눈동자를 조금 크게 뜬 채로 경직해 있었다.

"흠? 마더, 왜 그러십니까?"

"아뇨. 아무것도 아니에요. 그럼 여러분, 안쪽으로 드셔서 평소처럼 딸들에게 말을 걸어주세요. 그리고…… 공교롭게도 이건 나눠드릴 수 없답니다."

그녀는 부크 씨의 말에 다시 요염하게 표정을 바꾸고 일동에게 말했다.

그리고 농담처럼 가슴 아래로 팔짱을 끼며 그 영봉을 더욱 융기시켰다.

"나, 나도 알아. 농담이야, 농담……. 나눌 수 없다는 것쯤은 알다마다……."

류에 씨, 엄청 분한 목소리로 그런 소리 중얼거리지 마세요. 저는 그 아담한 언덕도 충분히 좋아하니까요.

그리고 나눌 수 없다는 건 잘 알았으니까 산세를 좀 더 구경해 볼까? 아, 이건 그냥 호기심 때문입니다. 산이 그곳에 있기 때문입지요.

본격적인 연회라고 부르기에는 조용한 환대가 시작되었고, 우리는 저택 안쪽으로 안내받았다.

그곳에는 살롱 같은 공간이 펼쳐져 있었다. 나는 어떻게 하면 좋을지 몰라 우선 주위를 관찰했다.

그러자 부크 씨의 사병들이 차례차례 아가씨들에게 말을 걸며 살롱에 자리를 잡았다.

오호라, 지명해서 함께 자리에 앉으면 되는 건가?

"으음…… 어쩐지 생각하던 것과 분위기가 많이 달라……. 나는 어떻게 하지?"

"일단 아무에게나 말을 걸어 보는 게 어때? 함께 술을 마시면서 즐겁게 이야기할 뿐이니까 어렵게 생각하지 마."

"그래? 그러면…… 좋아."

예상대로 어쩔 줄 모르던 우리 집 아가씨에게 그렇게 제안하자 결심한 것처럼 한 여성을 향해 척척 걸어갔다.

그곳에는 이곳에 모인 여성들 중 유일한 엘프가 있었다.

"너는 엘프지? 괜찮다면 말동무가 되어 주지 않을래?"

"어머나! 동족 동성 손님은 처음이에요! 그렇다면 여기보다 방으로 들어갈까요?"

"방이 있어? 그럼 거기로 갈까?"

우리 집 아가씨는 순식간에 살롱에서 사라졌다.

왜지? 불길한 예감까지는 아니지만, 조금 걱정된다.

"카이본 님이라고 하셨죠? 괜찮으시면 저와 함께 마시지 않으실래요?"

두 사람이 사라진 곳을 바라보고 있는데 옆에서 한 여성이 말을 걸어왔다.

음, 이 분도 제법 멋진 산세를 그리시는군요.

“아, 잠깐. 내가 먼저 왔는데 치사해~.”
“둘 다 그만하렴. 손님 앞에서 보기 흉하잖니. 카이본 님, 저와 조용한 곳에서 마실래요?”
어이쿠, 나도 인기가 좋구나. 류에가 떨어지길 기다렸던 것일까?
하지만 이미 눈독을 들인 사람이 있으므로 정중히 거절하자.
눈독을 들인 여성이란 첫인상이 머리에서 떨어지지 않는, 그리고 그리운 이름을 가진 그랜드 마더— 바로 레이스 씨였다.
그녀는 살롱 가장 안쪽, 다른 곳보다 한층 높은 곳에 있는 소파에 앉아 전체를 내려다보듯 이쪽을 보고 있었다.
나는 그런 그녀에게 다가가서 말을 걸었다.
“실례합니다만, 당신과 함께해도 되겠습니까?”
웨이브 진 긴 머리와 수심을 품은 듯한 눈빛.
머리색도, 눈동자도 달랐다. 그리고 마족의 증거인 특정 신체 부위도 없었다. 그래도 어딘지 모르게 『Raith』와 닮았다고 느끼고 말았다.
조금 더 이 사람과 이야기하고 싶었다. 함께 시간을 보내고 싶었다.
하지만 그녀에게 말을 건 순간, 부크 씨가 헐레벌떡 달려왔다.
“카이본 씨, 마더는 손님을 받지 않습니다. 죄송합니다. 먼저 설명을 드렸어야 했는데……."

"그랬나요? 제가 결례를—."

"좋아요."

"네?"

레이스 씨는 조용히 승낙하며 소파에서 일어났다.

그리고 몸에 밀착해 몸매를 강조하는 진홍색 이브닝드레스를 나부끼며 사부작사부작 내 옆을 지나갔다.

그 순간, 은근한 과일 향 같은, 카시스 베리를 닮은 향기가 코를 간지럽혔다.

"귀한 손님이라고 들었고, 오늘은 저도 그러고 싶은 기분이에요. 방으로 안내할게요."

그녀는 그렇게 말하며 방으로 이어진 계단을 올라갔다. 나는 허둥지둥 그 뒤를 따라갔다.

"부, 부러워…… 부럽잖습니까, 카이본 씨이……."

"하하…… 괜히 죄송하네요."

계단을 오른 그녀를 따라가자 마침 눈높이에 그녀의 아름다운 형태의 순산형 히프가 있었다.

아뿔싸, 한 번 신경 쓰기 시작했더니 갑자기 긴장된다.

미인에 대한 내성은 류에와 오잉크를 통해 어느 정도 붙었다.

하지만 이 사람은 차원이 달랐다. 몸에 두른 오라가 달랐다.

……어라? 그러고 보니 꿀돼지도 일단 귀족으로 대우받는 고위 권력자였지…….

그다지 그런 느낌을 못 받았는데…… 뭐, 돼지니까 별수 없지.

"카이본 님, 이런 가게는 처음이신가요?"

"네, 이토록 격식 있는 곳은 처음입니다. 그런데, 이름에 님은 붙이지 말아 주시겠습니까?"

"네. 그러면 카이본 씨라고 할게요. 후후, 그나저나 격식이랄 것까지야……. 그냥 케케묵었을 뿐인걸요."

"와인이 그렇듯 묵은 시간에서 가치를 발견하는 사람도 분명히 많을 겁니다."

"후후, 와인이요? 비유를 잘 하시네요. 와인을 좋아하시나요?"

이런 실없는 이야기에도 가슴의 고동이 조금 커졌다.

미인과 시간을 보내며 함께 술을 마신다. 그것은 류에와 여행하면서도 몇 번이나 경험하지 않았던가?

하지만 되돌아보면 류에와 살기 시작한 당초에도 이렇게까지 긴장한 적은 없었다.

류에와 눈앞의 여성이 뭐가 다른 걸까?

의문을 떠올린 그때, 통로 중간에 있는 문에서 목소리가 흘러나왔다.

"이, 이봐! 여기는 몸에 손을 대면 안 되는 곳 아니었어?"

"제가 만지는 건 괜찮답니다~."

"꺄, 꺄아아아아!"

……아, 알겠다. 성격 때문이다.

어디선가 익숙한 목소리가 들린 것 같기도 하지만, 기분 탓이겠지.

"……아마 동성 동포를 만나 기뻤나 봐요. 죄송해요."

"아, 아닙니다. 괜찮아요."

그쪽 엘프 아가씨도 제법 말썽꾸러기인가 보죠? 조금 동질감을 느낀다.

"자, 앉으세요."

"그럼 실례하겠습니다."

안내받은 곳은 고딕풍 소파와 테이블이 있는 작은 방이었다.

하지만 가구와 인테리어의 고급스러움 때문에 좁다는 사실을 잊게 되는 공간이었다.

소파에 앉자 맞은편 벽에 술 선반이 보였다.

각양각색의 술병이 죽 늘어선 모습에 호기심과 기대감이 절로 부풀었다.

레이스 씨는 우선 그 선반에서 키가 작은 호박색 병을 꺼내들고 내 옆자리에 앉았다.

소파가 작은 탓에 그녀의 멋진 몸매가 나에게 닿을락 말락 한 곳까지 다가왔다.

"비좁지 않으신가요?"
"아뇨, 괜찮습니다."
그녀는 그대로 테이블에 세팅된 록 글라스를 잡았다.
가지고 온 술병에서 코르크 마개를 뽑자 부드러우면서도 독특한 향이 감돌았다.
"위스키인가요?"
"어머…… 저도 모르게 제가 좋아하는 걸 골랐는데, 싫어하시나요?"
"아뇨, 상관없습니다. 스트레이트로 부탁드립니다."
"후후, 네."
글라스에 술을 따르자 감미로운 향이 차올랐다.
그것이 레이스 씨에게 은은하게 풍기는 과일 향과 섞여 사람을 단숨에 취하게 할 듯한 향기로 승화됐다.
호박색 액체가 담긴 글라스를 서로 손에 들고 깡, 하고 가벼운 음색을 연주했다.
글라스 너머로 눈빛이 교차하고 고동이 빨라졌다.
그것을 행여 들킬까 싶어 나는 잔을 기울였다. 상온의 술을 핥듯이 가볍게 혀 위로 굴렸다.
"카이본 씨는 모험가라고 하셨죠? 그럼 이 대륙에는 의뢰 때문에 오셨나요?"
"아뇨. 실은 여행을 하고 있습니다. 전 세계를 돌아보고 싶어서요."

"어머나, 그거 멋지네요. 저는 이 대륙에서 나가본 적이 없어서 조금 부러워요."

"그럼 레이스 씨는 이 대륙 출신인가요?"

"후후, 글쎄요? 그렇다고만은 할 수 없겠죠."

"하하, 시기상조였나 보군요."

또 한 입, 혀 위로 굴렸다.

특별히 독하다는 느낌은 없는 풍부한 맛이었다. 평소에는 스트레이트로 부탁하지 않지만, 이 몸 덕분인지, 술이 좋기 때문인지, 그것도 아니면— 이미 내가 그녀에게 취했기 때문인지…….

자세히 보자 그녀의 잔에 담긴 술이 나보다 많이 줄었다는 사실을 알 수 있었다.

역시나 익숙해 보였다. 살짝 경쟁심이 싹터서 또 한 모금 머금었다.

그 술기운을 빌어 나는 그녀에게 의문을 던졌다.

"처음 레이스 씨를 봤을 때, 왠지 매료된 것처럼 몸이 경직되었습니다. 왜 그런 걸까요?"

"어머나, 직설적이시네요? ……이래 봬도 전 오래 살아왔답니다. 어쩌면 생각지도 않은 곳에서 어머니와 재회했다는 착각에 놀라셨는지도 몰라요."

"하하하, 그렇군요."

겸손일까, 아니면…….

하지만 그 『오래 살았다』는 발언이 어쩐지 마음에 걸렸다.
그것은 그녀도 『창세기』부터 지금까지 살아왔다는 뜻일까?
궁금한 것은 한둘이 아니었다. 묻고 싶은 말은 산더미처럼 있었다.
하지만 그것을 묻는 멋없는 짓은, 지금은 하지 말자.
이 시간을, 이 우아한 시간을 그저 술과 함께 즐기자.

§ § §

그로부터 몇 시간이 지났다. 심야에 접어들려는 시각, 오늘의 환대를 끝내기로 하고 모두 저택 입구 앞에 모였다.
다들 저마다 개인 시간을 만끽했는지 만족스러운 한편 어딘가 아쉬운 표정을 짓고 있었다.
하지만 그런 이들 중 딱 한 사람, 지친 표정으로 고개를 숙인 인물이 있었으니…… 바로 우리의 류에 씨였다.
"류에, 괜찮아?"
"……괜찮지…… 않을지도 몰라."
"뭐야? 과음했어?"
"기, 기억이 안 나……. 하지만 뭔가 무서운 꼴을 당한 것 같기도 하고 아닌 것 같기도 하고……."
배웅 나온 종업원을 힐끔 보자 유독 환하게 웃는 엘프 아가씨 한 명이 있었다.

짙은 금발에 옅은 에메랄드그린 눈동자를 지닌 그 인물은 지금도 류에를 향해 작게 손을 흔들고 있었다.

"뭐야? 제법 귀여운 사람이잖아?"

대체 무슨 짓을 당한 걸까? 이 오빠는 그게 궁금합니다.

부크 씨 일행 전원이 입구 앞에 모이자 방금까지 함께 있었던 레이스 씨가 나타났다.

"여러분, 오늘은 저희 집을 찾아주셔서 감사합니다. 오늘 밤 맺은 인연은 제 딸들에게도 대단히 소중한 경험이었나 봅니다. 부디 이 아이들을 만나러 다시 들러주세요. 저도, 그리고 딸들도 여러분을 기다리고 있겠습니다."

일동을 대표해서 그녀가 마지막 인사를 하자 부크 씨가 앞으로 나서서 마더에게 네모난 상자를 건넸다.

"이건 제 소소한 마음입니다. 꼭 다시 들르겠습니다!"

"그 마음, 고맙게 받을게요."

의례적인 일인지, 모두 그 일련의 대화를 얌전히 지켜봤다.

그리고 우리 쪽으로 돌아온 부크 씨가 현관문에 손을 대고 천천히 열었다.

밖으로 나가자 이미 마물 마차가 옆으로 돌아 대기하고 있었다. 부크 씨는 돌아보지 않고 마차에 올랐다.

다른 이들도 각자 위치로 돌아갔고, 나와 류에도 그들을 따랐다.

마차에 올라타서 창으로 저택을 보자 배웅하는 일동이

한쪽 발을 다른 발 뒤쪽으로 빼서 가볍게 무릎을 굽혀 커티시를 보여줬다.

그 아름다운 전통적 예법에 오늘 밤 몇 번째인지 모를 감동을 느꼈다.

마차가 천천히 움직이기 시작했다. 그리고 그녀들의 모습이 차창에서 사라져 갔다.

나는 마지막 순간까지 그 감탄과 여음에 취해 말을 할 수 없었다.

"마음껏 즐기셨습니까?"

침묵을 처음으로 깬 사람은 부크 씨였다.

그는 만족스러운 웃음을 지으며 나에게 부드럽게 말을 걸었다.

"네, 무척 잘 즐겼습니다. 멋지고 꿈만 같은 시간이었습니다."

"……술은 맛있었어. 다만 조금 지쳤어."

"하하하, 류에 양은 『스펠』 양과 함께였죠?"

"응. 대단히 활기찬 아이였어. 도중부터 막 끌어안기도 해서 놀랐지."

"그리 보여도 그녀는 이곳이 설립됐을 당시부터 있는 고참입니다. 그토록 들뜬 것을 보면 자신과 같은 엘프 여성이 와서 어지간히 기뻤나 보군요."

마차 안에 다시 침묵이 흘렀다. 이번에는 내가 먼저 그 침묵을 깼다.

“그랜드 마더는 어떤 분이죠? 오래 살았다고 하시던데.”

“후후, 그걸 제게 들으면 재미가 없지 않을까요? 보통 어지간한 일로는 손님을 받지 않는 마더가 허락했습니다. 그녀를 알고 싶으시다면 시간을 들여 찔러 보는 게 어떻습니까?”

“……부크 씨, 혹시 심술부리시는 거 아니죠?”

“하하핫! 물론 질투하는 마음도 있죠. 하지만 그녀가 카이본 씨를 선택했다면 뭔가 느끼는 바가 있었다는 뜻입니다. 그녀는 보통 저택 안쪽에 있으니 만나기는 어렵겠지만, 조금씩 딸들에게 이야기를 듣는 것도 좋을 겁니다.”

“그런가요……. 조금 생각해 보겠습니다.”

그녀에게 느낀 그 『신비한 감각』이 무엇이었는지 알고 싶었다.

예전에 류에를 만났을 때도 느낀 감각. 기시감 같기도, 고양감 같기도, 그리고 그리움 같기도 한 그 두근거림의 정체를—.

§ § §

부크 씨는 우리를 숙소까지 바래다주고 떠났다.

그는 당분간 이 숙박촌에 머물며 조만간 열리는 도시 대표자 회의에 출석한다고 했다.

나는 숙소로 들어가서 먼저 내 방으로 류에를 불러들였다.

이 도시에서 어떻게 지낼지, 향후 활동 방침을 상담하기 위해서였다.

"그럼 이 도시에서 어떻게 활동할지 정하려고 해."

"여긴 숙박비가 싸니까 숙박비부터 벌고 매일 느긋하게 보내면 안 될까?"

"확실히 이곳 숙박비는 저렴하니까 그래도 상관없겠지. 하지만 난—."

류에는 여름방학 숙제를 먼저 끝내고 남은 날을 마음껏 놀고 싶어 하는 아이 같은 제안을 했다.

나는 지금부터 그 웃음에 그늘을 드리울지도 모를 제안을 해야만 했다.

하지만 내가 이 제안을 하기 전에 류에가 먼저 차분한 표정으로 입을 열었다.

"……아까 그 가게에 가고 싶은 거지?"

내가 이야기를 꺼내기 전에 류에가 핵심을 찔렀다.

정확하게 생각을 지적당해 무심결에 무안해졌다. 하지만 류에의 표정은 불쾌해 보이지 않았다.

"쭉 고민하는 것 같았거든. 내가 해결할 수 있는 문제라면 언제든지 협력하겠지만, 아마 그런 게 아니지?"

"……부처님 손바닥 위구나. 레이스 씨가 자꾸만 신경 쓰여서 그래."

"그래? 조금 그늘이 있는 사람 같았는데, 힘이 되어주고 싶어?"

"사실 나도 잘 모르겠어. 하지만 나는 그 사람과 더 대화를 나눠야만 해. 그런 느낌이 들어."

"잘은 모르겠지만, 뭔가 해주고 싶다……. 응, 그 마음 나도 잘 알아."

류에는 그렇게 말하며 침대에서 엉덩이를 떼고 일어났다.

"나는 있지, 카이 군. 처음 널 만났을 때 수상한 인간이라고 생각했어. 그렇지만—."

류에는 그대로 방문을 향해 걸어갔다.

"나도 그랬어. 외롭기도 했지만, 『이 사람을 돕고 싶다』고 생각했어. 이유는 몰라도 그때는 나도 분명 지금 카이 군과 같은 마음이었다고 생각해."

"그랬구나……."

류에는 방문을 열고 복도로 나가며 마지막으로 졸린 목소리로 말했다.

"생각대로 행동해. 분명 그건 틀린 게 아냐. 내가 틀리지 않았던 것처럼 말이야."

"……고마워, 류에."

"후후, 가끔은 연장자답게 행동해야겠지? 그럼 잘 자."

"그래. 잘 자, 류에."

어쩌면 조금 달갑지 않게 생각하고 있을지도 모르겠다.

하지만 류에는 그 마음은 틀리지 않았다고, 자신도 똑같았다고 말해줬다.

분명히 등을 밀어준 것이리라. 그렇게 느끼며 나도 잠자리에 들었다.

다음 날.

아무리 그래도 이런 이른 시간부터 윤락가에 가 봤자 무슨 소용이겠냐며 우리는 길드로 갔다.

역시 이 도시의 주된 활동 시간은 밤이라서 그런지 오후에는 그다지 활기가 없었다. 굳이 말하자면 길드에 의뢰를 하러 온 것 같은 사람이나 동업자가 드문드문 보일 뿐이었다.

길드 안은 첫날과 마찬가지로 남성이 눈에 띄었고 여성 모험가는 거의 보이지 않았다.

나는 주위 시선을 모으며 류에와 함께 게시판으로 갔다.

그런데 이 대륙은 칠성이 해방된 영향으로 마물이 얌전한지, 토벌 관련 의뢰가 거의 없었다.

으음, 내 『탈명검』은 상대방의 생명을 빼앗아서 어빌리티를 습득하는 무기인데, 여기서는 그 힘을 거의 발휘하지 못할 것 같다.

"카이 군, 토벌 관련 의뢰를 찾고 있지? 이 『조류 마물 쫓아내기』라는 의뢰는 어때?"

"이건 표현을 좀 바꿔놨을 뿐이지 아마 파종에 방해되는 새를 쫓아달라는 말일 거야."

"끄응…… 아, 이건 나한테 맞는 의뢰 아니야? 마물 방지

용 물리 장벽 수리래.”

“아, 이건 『물리』가 포인트군. 아마 농작물을 지키는 울타리 보수일 거야.”

“끄으으으으! 왠지 모험가답지 않은 의뢰뿐인걸? 『바깥쪽』 의뢰는.”

그 말대로 이것들은 모두 도시 바깥에서 이루어지는 의뢰였다.

다만, 도시의 성격상 말썽도 많아서 당연히 도시 내부 경비나 경호, 그 외에도 사람을 상대하는 의뢰가 많이 붙어 있었다.

하지만 그런 의뢰는 당연히 윤락가가 활기를 띠는 저녁 무렵부터 시작되므로 낮이 한가해진다.

“어쩔 수 없지. 그럼 잠깐 도시 밖에서 간단한 의뢰라도 하면서 시간을 보낼까?”

“보수는 적지만, 다른 방법이 없구나. 그럼 그렇게 할까?”

게시판에서 의뢰서를 떼어 접수처로 가는 류에를 바라보다가 지금 가져간 의뢰가 뭔지 『접수 완료된 의뢰서』를 보고 확인했다.

“대 마물용 직립 부동형 돌(doll) 제작…… 쉽게 말해서 허수아비 만들기인가?”

왜 굳이 이런 이름으로 의뢰하는 거지……?

결국 의뢰인에게 도착한 후, 의뢰 내용이 마도구나 거기에 준하는 물건을 만드는 것이 아니라 단순한 나무 공작이란 사실이 판명됐지만, 뜻밖에도 류에 씨는 대단히 신이 나셨다.

숲에 살 때부터 심심풀이로 목공에 열을 쏟았다나 뭐라나.

「외로움을 달래기 위해 커다란 인형을 만들기도 했어」라며 또 자연스럽게 듣는 사람의 가슴을 후벼 파는 에피소드를 공개하여 이번에도 머리를 쓰다듬어 줬다.

"슬슬 날도 저물 무렵이니까 나는 오늘도 그 저택에 갈게. 류에는 정말로 안 가도 괜찮겠어?"

"어…… 나는 좀 사양하고 싶어……. 나랑 안 맞는지 지치더라구."

"동성의 스킨십이 익숙하지 않아서 그런가? 그럼 어떻게 할래?"

"나는 윤락가 경비를 맡을까 생각 중이야. 요즘 말썽이 잦다고 하잖아."

그러고 보니 항구 마을에서 부크 씨와 란트 씨가 그런 이야기를 했었다.

그들이 일부러 문제시할 정도라면 사고가 많이 늘긴 했겠지.

"류에라면 괜찮겠지만 조심해. 이상한 녀석에게 무슨 짓을 당했다는 연락이 오면 농담이 아니라 이 도시를 통째로 날려 버릴 테니까."

"……과보호를 넘어서 무서워, 카이 군."

"반은 농담이야. 정말로 이상한 녀석은 봐줄 필요 없어, 알지?"

그렇게 류에에게 신신당부하고 오늘은 조금 좋은 옷을 빼입고 저택으로 향했다.

§ § §

"어서 오세요. 어머, 정말로 또 오셨네요?"

저택에 도착하자 어제처럼 직원이 총출동해서 환영해주지는 않았지만, 이 고참 엘프 여성, 스펠 씨가 맞아줬다.

오늘 그녀는 자신의 금발을 닮은, 반짝이는 연노랑 드레스를 입고 있었다.

"하하, 여기에 빠졌나 봅니다. 그럼 오늘은…… 아가씨와 함께해도 될까요?"

"후후훗, 제가 이래 봬도 상당히 인기인인데, 괜찮으세요?"

그러고 보니…… 이곳 요금 체계는 어떤 식이지?

어젯밤 부크 씨가 레이스 씨에게 건넨 네모난 상자…… 크기가 꽤 컸는데, 어쩌면 안에 금화가 들었을 가능성도…….

"농담이에요. 사람에 따른 차이는 없으니까 안심하세요. 어제 류에 언니에게 폐를 끼쳤으니까 조금 서비스할게요."

"하하하, 좋아해 주시니 다행이군요. 우리 집 아가씨, 참 참하죠?"

"네, 정말로 멋진 분이에요. 그럼 오늘도 방으로 갈까요?"

그녀를 따라 저택 2층으로 향했다.

어제는 차분하게 보지 못했지만, 1층에는 살롱과 아가씨들의 개인 방, 식당이 있고 2층은 접객용 방으로 이루어진 듯했다.

본래 목적인 레이스 씨가 어디 있는지 묻자 그녀는 오늘 외출 중이라고 했다.

"도착했어요. 아마 어제 마더가 쓴 방도 여기였겠죠?"

"네, 이 방입니다."

"여긴 가장 고급주가 있는 방이에요. 이 저택은 기본적으로 주문한 술이 요금에 포함되니까 웬만한 귀빈이 아니면 이 방에 들이지 않아요."

"네? 정말로요? 그럼 어제 금액은 묻지 않는 편이 좋을까요?"

"괜찮아요. 어제는 저택을 전세 낸 거니까 관계없어요. 그만큼 이쪽으로는 엄청…… 매달 큰 도움이 되고 있죠."

손가락으로 원을 만들며 즐겁게 가게 사정을 말해줬다. 이런 내부 사정을 떠벌여도 괜찮은 것일까?

어지간히 나를 믿어줬기 때문일까, 아니면 공공연한 사실이라서 새삼스럽게 신경 쓸 일도 아니기 때문일까? 뭐, 어찌됐건 이 일에는 제법 수고와 돈이 들어갈 것 같았다.

"어머…… 여기 아직 위스키를 보충하지 않았잖아?"

"아, 그렇게 좋아하는 건 아니니까 다른 거라도 괜찮아요."

스펠 씨는 겉모습과 분위기와 달리 사교성이 좋은 성격이었다. 인기가 있다는 것도 그냥 우스갯소리는 아닌가 보다.

어젯밤은 레이스 씨가 좋아하는 술을 골랐으니까 오늘은 스펠 씨에게 술을 골라 달라고 부탁했다.

"그럼 저는…… 과실주가 좋은데, 이 오렌지 술로 괜찮을까요?"

"네, 괜찮습니다. 얼음 준비할까요?"

손바닥 위에 얼음 마술을 발동하자 그녀는 조금 흥분하며 다가왔다.

"아, 카이본 씨도 마술을 쓸 수 있구나! 얼음 마술은 참 편리해요, 그죠?"

스펠 씨는 그렇게 말하며 순식간에 동그란 얼음을 만들어 글라스에 넣었다.

번데기 앞에서 주름 잡은 꼴인가?

"그럼 먼저 건배부터."

"네, 건배~."

"그렇다니까요~. ……마더는요~, 항상 자기가 나서서 해결하려고 해요~. 그래서 다들 기대는 거라구요~."

아무래도 스펠 씨는 딱히 술이 강하지 않은 것 같았다.

술잔을 기울인 지 한 시간 만에 진탕 취해 버렸다.

취한 사람에게 정보를 캐내는 것이 상당히 더러운 수단인 건 알지만, 이때를 놓치면 안 되겠다 싶어서 레이스 씨에 관해 물었다.

"윗사람이 솔선해서 움직이는 건 좋은 일이잖아?"

"그래도요~. 역시 뭐든 마더에게 의존하면 안 된다구요오……. 그러니까 마더는 언제까지고…… 여기에……."

"언제까지고 여기에?"

"아무도…… 닿을……."

툭. 어깨에 기대듯 스펠 씨가 몸을 맡겼다.

새근새근 조용한 숨소리가 들렸다. 무리하게 내 속도에 맞추게 했다고 반성하며 그녀를 살며시 소파에 눕혔다.

머리에 가볍게 손을 얹었다가 아차 싶었다. 그러고 보니 이곳은 스킨십이 금지였다.

방을 나와 다른 아가씨에게 사정을 설명하고 오늘은 그만 돌아가기로 했다.

참고로 요금을 서비스하겠다고는 했지만, 한 손으로는 셀 수 없는 자릿수의 돈이 날아가 버렸다. 괜찮아, 괜찮아. 이건 필요 경비야.

저택을 나오자 밤의 장막이 짙게 내려와 있었다.

이 주변은 조용한 구역이라서 고요한 밤공기로 충만했다.

서늘하고 조용한 공기가 알코올로 달아오른 몸을 어루만지며 식혀줬다.

대문을 빠져나와 다시금 저택을 돌아봤다. 창문으로 새어나오는 빛과 거기에 비친 엄숙한 실루엣이 이곳을 마치 견고한 요새처럼 보이게 했다.

"……아성을 무너뜨리려면 고생깨나 하겠어."

그렇게 자조하며 중얼거렸다. 그리고 몸을 돌려 숙소로 돌아가기 위해 밤의 윤락가로 향했다.

§ § §

"류에, 다녀왔어."

"어서 와~. 왜 이렇게 늦었어?"

"윽…… 죄송합니다."

"후후, 장난이야. 오늘은 무슨 일이 있었어?"

숙소로 돌아가자 류에가 조금 토라진 척하며 맞아줬다.

나는 류에에게 오늘 스펠 씨와 술을 마신 것과 류에를 대단히 좋아하는 눈치라는 사실을 전했다.

그러자 역시나 껄끄러운지 웬일로 류에의 웃음이 어색했다.

"그러는 류에는 어땠어? 윤락가 경비를 맡는다고 하지 않았어?"

"……그거 말인데, 역시 치안이 많이 악화된 것 같아."

별생각 없이 류에의 일이 어땠냐고 물었는데 심각한 뉘앙스의 대답이 돌아왔다.

"카이 군. 이건 내 짐작이지만, 누가 이 도시를 공격하는 것 같아."

"……무슨 뜻이야?"

"옛날…… 아직 엔드레시아에서 여러 진영이 서로 대립하던 시대의 이야기인데, 내가 체류하던 도시에서 비슷한 사건이 일어난 적이 있었어."

류에의 말에 의하면 결국 그 사건은 외부의 공작 활동이었다고 한다.

치안을 악화시켜 도시의 방비를 약화하기 위한 간접적 공격 행위인 셈이었다.

즉, 류에는 이곳에서 최근 빈발하는 소동도 같은 목적의 공작이 아니냐는 것이었다.

……어제부터 이상하게 똑똑하네. 멋지잖아?

"지금은 이 정도지만, 가까운 시일 내에 직접적인 움직임이 있을지도 몰라. 카이 군, 매일 밤 가게에 다니는 건 좋지만, 절대로 방심하면 안 돼. 나도 카이 군에게 무슨 일이 있으면 냉정하게 대처할 수 없으니까."

기분 탓인지 류에의 말투에 쓸쓸함이 묻어났다.

"잠깐만요, 류에 씨. 침울한 분위기에 미안하지만…… 나한테 무슨 일이 생길 리 없잖아?"

자만이 아니었다. 냉정하게 생각해서 이곳에 나를 해할 수 있는 인간 따위는 존재하지 않는다.

류에도 그것을 알겠지만, 옛날 일을 떠올리면 어쩔 수 없이 걱정이 되나 보다.

괜찮아. 난 가족을 혼자 두고 떠나거나 하지 않으니까.

"하지만—."

"에잇."

착하지, 착해. 넌 걱정할 것 없어.

그 후로도 나는 그녀, 레이스 씨의 가게를 들락거렸다.

낮에는 전날 밤 피로를 풀기 위해 숙소에서 쉬고, 밤이 되면 윤락가를 넘어 그녀에게로 향했다.

……내가 그러는 사이에도 류에는 의뢰를 받아 숙박비를 벌어들였다. 완전히 기둥서방이 된 나는 내심 미안한 마음으로 가득했다.

그리고 하루가 멀다 하고 다닌 덕분인지, 윤락가 여성들의 『권유』도 늘어났다. 하지만 그런 서비스를 받을 수 있는 가게에 간다면 우리 집 아가씨가 건물째 얼음조각으로 만들어 버릴 것 같으므로 눈물을 삼키고 거절했다.

첫날 이후 레이스 씨와 얼굴을 마주할 기회도 잡지 못한 채, 간혹 살롱을 힐끔 들여다보는 그녀에게 가볍게 인사하는 정도에 머물러 있는 상태다.

하지만 가게 아가씨들과 교류를 쌓으며 그녀의 대범한 인간상과 이 가게의 경영 철학, 그리고 그녀가 언제부터 이곳에 있었는지를 알게 됐다.

이야기를 종합하면 그녀는 이 도시가 생긴 초창기부터 이 땅에서 장사를 했으며, 언제부터인가 대표로 감독하는 입장이 됐다.

또 그녀는 매춘을 견디지 못하게 된 여성이나 마음에 상처를 가진 여성, 그밖에도 버려진 여성을 모두 끌어들여 자신이 아는 지식과 예법을 가르치고 키웠다.

이 저택에서 독립해 새로운 장사를 시작하는 사람.

이곳에서 익힌 기술을 무기로 새로운 가게에서 성공한 사람.

지금 이 일대에는 다양한 장사가 이루어지고 있지만, 기원을 거슬러 올라가면 대부분 레이스 씨의 저택 출신자이거나 그 관련자라고 한다.

그야말로 『위대한 어머니(그랜드 마더)』라는 이름에 어울리는 발자취를 남겨 왔다고 할 수 있겠다.

"그럼 오늘은 이만 실례할게요."

"네~! 오늘도 고마워요, 카이본 씨."

"내일은 절 골라주셔야 해요~?"

"안 돼~! 절 골라주실 거죠?"

……그리고 가게를 제집처럼 드나든 결과, 완전히 『큰손』으로 취급받게 된 저는 매일 밤 이런 폭발적인 인기를 누리

고 있습니다.

다 제 인덕 때문이겠죠. 이야기를 잘하기 때문일 겁니다. 돈만 보고 이러는 거 아니죠?

"다들 손님 앞에서 뭐 하는 거니? 볼썽사납게……."

그러던 그때, 누군가가 그녀들을 타일렀다.

목소리의 주인은 2층에서 내려온 레이스 씨였다.

"오늘도 와주셨네요. 저희 집을 좋아해 주시는 것 같아 다행이에요."

"네. 시간 가는 줄 모르겠네요. 여긴 정말로 따뜻한 곳이군요."

"따뜻하다…… 후후, 그렇게 말씀해주시니 정말 기뻐요."

본심을 말하면 지금 당장 그녀와 다시 같은 시간을 보내고 싶었다.

그렇지만 왠지 그렇게 제안하기가 꺼려졌다.

실수하면 이렇게 가벼운 마음으로 가게에 올 수 없을지도 모른다는 공포 때문일까? 아니면 여성 관계에 소극적이라는 나의 숨겨진 일면이 표출된 것일까?

이유가 무엇이 됐건…… 슬슬 내 쪽에서 접촉을 시도해 봐야 할지도 모르겠다.

나는 농담조로 레이스 씨에게 제안했다.

"조만간 다시 말을 걸어도 될까요?"

"후후, 글쎄요? 그때 기분 나름이겠죠."

레이스 씨는 이런 대답에 익숙한지, 여유가 흐르는 미소를 돌려줬다.

그럼 오늘은 이만 돌아갈까?

"그럼 또 올게요."

"또 방문해주세요."

아가씨들과 레이스 씨의 인사를 들으며 오늘도 밤의 윤락가로 이어진 귀로에 올랐다.

최근 며칠 사이 윤락가에서 일어난 싸움이나 말썽이 눈에 띄게 줄었다는 이야기를 들었다.

승강이가 벌어졌다 싶으면 그 직후 모두 기절한다는 소문이 사실인 양 나돌았다. 그것을 단순한 소문이라며 한쪽 귀로 흘려버린 사람이 다음 순간 소문과 같은 운명을 맞이하는 사태가 발생했다나?

즉, 류에 씨가 대활약 중이란 말이었다.

그렇게 치안이 회복되어 가는 윤락가를 걷는데 아니나 다를까 사방에서 호객꾼의 목소리가 들렸다.

"오빠, 가끔은 여기서도 돈 좀 쓰고 가~! 싸게 해줄게~!"

"단돈 2만 룩스! 그것만 내면 뭐든지 할게~!"

응? 지금 뭐든 한다고 했어?

그런 유혹을 간신히 뿌리치면서 이제 곧 윤락가를 빠져나가려던 그때였다. 오늘도 자신의 업무를 수행하고자 수제 목검을 들고 있는 그녀를 발견했다.

류에가 든 검은 허수아비를 만들 때 남은 폐목재로 만든 것이었다. 이 구역은 무기 휴대가 금지된 탓이었다. 게다가 상대방을 기절시키기에는 딱 좋다나 뭐라나.

걱정되지는 않지만, 그래도 상황을 지켜보려고 나는 류에가 있는 쪽으로 다가갔다.

도착했을 때는 길바닥에 장정 일곱 명이 나뒹굴고 있었고, 흡족하게 팔짱을 낀 류에가 주위를 향해 선언하는 중이었다.

"이 일대의 폭력 사태는 일절 용서하지 않아. 이렇게 되고 싶지 않으면 절도와 질서를 지키도록 해!"

이미 이 거리의 명물로 자리 잡았는지, 주변 사람들에게서 성원과 야유가 날아들었다. 류에는 그것을 쑥스러워하며 받아들였다. 흉흉한 동시에 훈훈하기도 한 광경이었다.

그러나 그 성원과 달아오른 분위기가 갑자기 찬물을 끼얹은 것처럼 조용해졌다.

마치 모세의 기적처럼 구경꾼들이 갈라지며 그 사이에서 한 남자가 무장한 사람들을 이끌고 나타났다.

"……이곳에서 무장을 허락받은 건 가게 경비원 정도밖에 없을 텐데, 왜 이런 길 한복판에서 우르르 몰려다니는 거지?"

웬일로 류에가 험악한 목소리로 눈앞까지 다가온 남자에게 말을 걸었다.

남자는 무장 집단을 뒤에 거느린 채 태연하게 류에 앞에 대치했다.

네모난 안경을 쓴 마른 체구의 남자였다.

얼핏 보면 성실한 사무원 같기도 했지만, 그 렌즈 너머로 보이는 눈빛은 명백히 일반인과는 동떨어진 것이었다.

『인텔리 야쿠자』. 그것이 내가 품은 첫인상이었다.

"죄송하군요. 제가 조금 겁이 많아서 이렇게 하지 않으면 밖을 돌아다닐 수 없어서요."

"하긴, 이 부근은 치안이 나쁘니까. 그래서 무슨 일이지?"

"거기 굴러다니는 사람들을 데리러 왔습니다. 제 산하 가게의 단골이라서 조금 인연이 있죠. 윗사람인 제가 책임을 지는 건 당연한 일 아니겠습니까?"

"그래. 그것참 기특한 생각이야. 하지만 길드로 연행하는 게 내 일이라서 말이야. 미안하지만, 그쪽으로 와서 데리고 가주면 고맙겠어."

……그렇군. 내가 품은 인상이 아예 틀린 것은 아니었나 보다.

아마 그는 이 불량배를 통솔하는 제법 이름 있는 인물이겠지.

주위 반응을 보아 틀림없으리라.

그것을 토대로 추측하건대, 길드에 투옥된 사람을 석방하려면 보석금 등의 페널티가 부과되므로 지금 이곳에서 인도

해 달라고 요청하는 것이다.

최근 파죽지세로 폭한을 검거하는 류에에게 상부가 접촉하는 것은 늦든 빠르든 찾아올 운명이었다.

"물론 맨입으로 넘겨 달라는 말은 아닙니다. 한 명당 길드 보수의 두 배를 지불하죠. 어떻습니까? 나쁘지 않은 거래 아닙니까?"

"두 배?! 일곱 명이니까…… 단숨에 7만 룩스나……."

보석금이 상당히 고액인가? 그 남성은 처음부터 파격적인 조건을 제시했다.

제시액에 마음이 흔들렸는지, 우리 집 아가씨가 손가락을 접어 가며 금액을 계산하고 있었다.

아빠는 허락 못 한다. 그런 야쿠자와 유착하는 경찰 같은 짓!

"후후, 그렇다면 거래는 성사—."

"그럼 지금부터 매일 돈을 두 배로 받을 수 있는 거지? 몇십 명이든, 몇백 명이든. 몇 번이든, 그래, 난 몇 번이든 그들을 쓰러뜨릴 거야. 두 번 다시 문제를 일으키지 않을 때까지."

하지만 그런 식으로 넘어갈 류에가 아니었다.

류에는 기세등등하게 앞으로도 똑같이 그들을 때려눕히겠다고 선언했다.

아마 그는 돈을 배로 낼 테니까 자기 산하의 인간을 못 본 척하라고 말하고 싶었겠지.

그러나 류에는 그 숨은 진의를 알면서도 그렇게 말했다.

류에 씨, 최근에 왜 이래? 요즘 너무 멋있는 거 아냐?

"……그건 저희에 대한 선전 포고로 간주해도 되겠습니까?"

"응? 난 너희 말대로 받아들였을 뿐인데? 돈을 준다며?"

"……그렇게 안 생겼는데 욕심이 과하시군요. ……신세 망치실 겁니다."

"흐흥, 좋은 아내는 욕심꾸러기지. 매일 밤 업소에 다니는 불량 가장 때문에 돈을 벌어야 해."

그러지 마! 뜬금없이 견제구를 던지지 말라고! 한 방에 태그아웃 되니까!

오히려 눈먼 총알에 맞아서 죽는다니까!

류에의 농담 섞인 비유가 공교롭게도 지금 상황과 딱 맞아떨어져 상상 이상으로 양심에 찔렸다.

"이런, 남편이 있었습니까? 후후, 깨끗한 몸으로 남편에게 돌아가고 싶다면—."

하하하— 이 자식이 죽으려고!

다리에 힘을 주고 땅을 강하게 박찼다.

믿어지지 않는 도약. 아래로 펼쳐진 인파, 류에와 대치한 집단.

그대로 중력에 따라 대치한 쌍방 사이로 낙하하며 주먹을 내질렀다.

"『강함권(剛陷拳)』."

다행히 내 서브 직업은 『권투사』— 무기를 쓰지 않는 전투도 특기였다.

내가 보는 앞에서 정확하게 지뢰를 밟아주신 이 인텔리 야쿠자분에게는 자기 주제와 이 세상에 언터처블한 존재가 있단 사실을 알려줘야겠다.

주먹이 바닥에 닿은 순간, 맹렬한 저항이 팔을 통해 어깨를 덮쳤다.

관절이 비명을 지르고 주먹이 찢어질 듯한 통증이 퍼졌다.

……힘을 좀 과하게 넣었나 보다.

흙먼지가 가라앉고 내가 있는 곳이 어떻게 되었는지 확인했다.

나는 마치 지반 침하가 일어난 것 같은 깊은 크레이터의 밑바닥에 서 있었다.

위를 올려다보자 그곳에는 엉덩방아를 찧었는지 막 일어서려던 남자의 모습이 보였다.

"……넌 뭐냐?"

"거기 있는 욕심꾸러기 아가씨의 보호자 같은 사람입니다. 대단히 불쾌한 이야기가 들려서 참지 못하고 나오게 됐습니다. ……진짜 죽여 버린다?"

"카이 군! 여기서 폭력 행위는 엄금이야! 이리 올라와."

"너도 분위기 파악 좀 해라……."

아군의 생각지도 않은 반응에 분위기가 팍 깨졌지만, 크레이터에서 올라오자 목검을 든 류에 씨가 뭐라고 말하기 힘든 표정을 짓고 있었다.

그리고 대치한 장정들, 주로 경호원으로 보이는 사람들은 완전히 기가 꺾였고 인텔리 야쿠자도 형세가 불리하다고 판단한 것 같았다.

"오늘은 경고로 끝내겠습니다. 치안 유지, 어디 능력껏 열심히 해 보십시오."

그는 위협 공격에 겁먹기는 했지만, 마지막까지 여유로운 표정을 보이며 떠나갔다. 쉽게 해결할 수 있는 상대가 아니라는 인상을 받았다.

상당히 귀찮은 인간에게 찍혔군.

만일을 위해 류에에게도 앞으로 조심하도록 충고하려는 그때, 내 팔에 뭔가가 감겼다.

무슨 일인가 싶어 돌아보자 내 손목에 부지런히 로프를 감는 류에 씨가 보였다

"……류에 씨, 이건 뭡니까?"

"카이 군을 현행범으로 체포한다! 자, 함께 모험가 길드로 따라오실까?"

어지간히 심심했는지, 기뻐하며 밧줄을 당기는 류에에게 연행되어 나는 길드로 향했다.

참고로 쓰러진 일곱 명은 내 공격으로 어디론가 날아가 버린 모양이었다. 죄송합니다.

§ § §

다음 날.

결국 어제 사건으로 내가 징계받지는 않았으나, 발행한 신분증을 보여주면 더 평화적으로 해결할 수 있지 않았냐고 지적당했다. 그것을 까맣게 잊고 있던 스스로가 부끄러웠다.

그래도 어쩔 수 없잖아? 그런 상황에서 어떻게 머리에 피가 솟지 않겠냐고.

상상해 봐, 자기 애인이나 남매처럼 소중한 사람이 그런 말을 들으면 어떨지.

냉정하게 있을 수 있는 사람이 소수일 것이다.

즉, 반성은 하지만, 후회는 하지 않는다…… 아니, 반성도 안 해!

뭐, 그건 그렇다 치고 그때 대치했던 남자의 정체는 윤락가의 한 파벌을 다스리는 인물 같았다.

이름은『타키야』. 행상인을 여럿 거느리고 최근 윤락 업소를 몇 개나 개업하는 등 지금 가장 상승세를 탄 세력이라고 했다.

물론 그를 포함한 어떤 세력이든 근원을 따지고 올라가면 그랜드 마더, 즉 레이스 씨인 모양이지만……. 새삼스럽게 생각하니 참 터무니없는 사람이었다.

그래도 레이스 씨는 딱히 그런 세력을 통괄하거나 지배하지 않았다. 어디까지나 지켜볼 뿐이라는 입장이기 때문에 타키야의 독단적 행동에 그녀도 어떻게 대응해야 좋을지 골머리를 앓고 있다. ……그것이 길드의 견해였다.

길드 측도 독자적 조직 체계로 움직이는 윤락가 세력 싸움에 공공연히 개입할 수 없었다.

레이스 씨는 가족이라고도 할 수 있는 윙레스트 윤락가 주민들이 괴로워하는 일은 용서하지 않지만, 섣불리 개입하면 불똥이 튀는 것 또한 그 주민이었다.

그래서 아직 아무런 손도 쓸 수 없었다.

게다가— 류에는 도시를 공격하는 세력이 있을지도 모른다고 했다.

타키야는 원래 이 도시 주민이었다. 갑자기 이런 수단으로 도시를 공격하는 것은 부자연스러웠다.

하지만 만약 그가 외부 세력과 연결되었다면……. 이 도시를 해해서 큰 이익을 얻을 수 있는 동기가 있다면…….

"오히려 그쪽이 근원인가……?"

그 생각에 이르렀을 때, 방문을 노크하는 소리가 들렸다.

대답도 하기 전에 돌아간 문손잡이를 보고 나는 방문자가 누구인지 알았다.

그럴 거면 노크는 왜 하십니까? 류에 씨.

"카이 군, 오늘도 의뢰를 받을까 하는데, 그 전에 어제 일을 북 군에게 보고하는 게 좋지 않을까? 어떻게 생각해?"

"그래. 확실히 그게 좋을지도 모르겠어. 그럼 귀빈관으로 가 볼까?"

귀빈관은 도시 어귀에 있었다.

그 옆에는 집회 따위에 사용되는 청사도 있어서 도시의 행정구 같은 역할을 하고 있었다.

우리는 바로 귀빈관 입구로 가서 용건을 전했지만, 접수처에 있는 직원이 죄송스럽게 말했다.

"영주님은 현재 인근 마을로 시찰을 가셔서 부재중입니다. 내일은 되어야 돌아오실 텐데……."

"그런가요? 아침 일찍 갑자기 찾아와서 죄송합니다."

"아뇨, 천만에요. 그럼 만약 영주님이 일찍 돌아오시면 전해드리겠습니다."

아무래도 이 도시는 주위 마을의 중계 지점이라서 각 방면으로 시찰을 가기에 적합한 위치인 것 같았다.

윤락가에 다니기 쉬워서 이곳에 있다고 생각한 내가 부끄럽다.

"북 군이 없다면 어떻게 할까? 그냥 길드에서 의뢰를 찾을까?"

"그러자. ……게다가 어제 일도 있으니까 오늘은 나도 경비 의뢰를 받을게."

"정말이야?! 밤에도 같이 있는 건 오랜만이라서 기뻐!"

"으윽!"

가슴이 아프다! 그렇게 순수하게 기뻐하지 마! 비수처럼 마음에 푹푹 박힌다고!

……외롭게 하지 않겠다고, 그 기억을 빼앗겠다고 맹세해 놓고 이 모양 이 꼴이다.

사죄의 마음을 담아 류에의 머리에 손을 얹었다.

머리를 쓰다듬……지 않고 그대로 손을 미끄러뜨려 그녀의 뺨으로…….

매끄럽고 부드러운 피부는 차가우면서도 말랑한 탄력이 있었다.

"미안, 요즘 외롭게 해서."

"아니야, 외롭긴. 난 외로운 게 아니라 너에게 어리광 부리고 싶을 뿐이야."

류에는 내 손을 잡고 상냥하게 웃으며 그렇게 말했다.

길드로 가자 어쩐지 예전보다 모험가가 늘어난 것 같았다.

아마 오후에 자고 밤에 활동하는 분들(한량)이 모였기 때문이겠지.

즉, 이것도 류에 씨가 목검을 들고 매일 밤 엄하게 치안을 단속해 얻은 부차적 효과였다.

게시판으로 향하자 오늘도 언뜻 보면 그럴싸해 보이는 의뢰가 많이 붙어 있었다.

하지만 대부분이 농사일을 돌려 표현한 의뢰였다.

좌우지간 이번에는 경비 의뢰가 목적이므로 도시 안에서 수행하는 의뢰를 살폈다.

윤락가 전체 경비부터 특정 구역이나 가게 경비, 혹은 여성 종업원을 데려다주거나 마중 나가는 경호원 등 종류가 무척 다양했다. 그런데 그중 하나 신경 쓰이는 것이 있었다.

『회합장 입구 경비 요원. B랭크 이상부터 수령 가능. 보수 5만 룩스.』

"음, 곧 도시 회합이 열리나?"

"응? 아, 정말이네. 게다가 보수도 후해."

"내일 열리나 본데? 이거 지금 받아 둘까?"

"좋아. ……응?"

류에가 의뢰서로 뻗으려던 손을 멈추고 바로 옆에 있는 의뢰서를 가리켰다.

『회합 장소까지 경호하기. A랭크 이상부터 수령 가능. 보수 상담 가능. 또한, 경우에 따라서는 회장 내에서 경호를 의뢰할 수 있음. 의뢰자 레이스.』

레이스 씨가 낸 의뢰였다.

그녀도 역시 회합에 출석하는구나, 라며 납득하는 한편, 인망이 있는데도 불구하고 왜 아직 아무도 의뢰를 받지 않았는지 의아했다.

혹시 A랭크 이상이 그렇게 드문 것일까?

"류에, 우리 같이 회장 경비 의뢰를 받을까? 겸사겸사 레이스 씨 경호 의뢰도 병행해서 받을 수 있는지 길드에 상담해 볼게."

"알았어. 그럼 나는 오늘 밤 순찰 의뢰와 낮에 할 의뢰를 찾아볼게."

"그래, 그건 맡길게."

접수처에 문의해 보니 회합이 개시될 때까지는 경호원 자격으로 레이스 씨를 마중 가도 된다는 말을 들었다. 아니, 오히려 그렇게 할 것을 추천받았다.

접수원의 말에 따르면 레이스 씨를 호위할 수 있는 모험가는 드물기 때문에 그녀도 밑져야 본전으로 의뢰를 내걸었다고 했다.

역시 중요인물의 경호를 랭크가 낮은 사람에게 맡길 수 없기 때문일까?

무사히 의뢰를 수령한 나는 마찬가지로 오늘 의뢰를 받고 있을 류에에게 다가갔다.

§ § §

허리를 숙여 땅에서 자란 조그만 싹을 뽑아 등에 진 바구니에 던져 넣었다.

눈부시게 쏟아지는 햇빛 아래에서 이 단순 작업을 반복하길 한 시간째. 채집 대상이 워낙 작아 『바구니가 꽉 찰 때까지 채집한다』는 의뢰 내용을 만족시키려면 아직 더 시간이 걸릴 듯했다.

그렇다. 오늘 오후 의뢰는 바로 채집 의뢰였다. 하지만 거기에는 문제가 있었으니…….

“류에, 나는 안 속아. 이건 채집 의뢰가 아니라 그냥 제초 작업이야.”

“그, 그런 소리 하지 마, 카이 군! 이번에야말로 모험가다운 의뢰라고 생각했는데…….”

“나는 채집 대상이 『전부』인 시점에서 이상하다고 생각했다고.”

도시 밖에 펼쳐진 광활한 농지를 단 두 사람이 풀 한 포기 없이 정리해야만 한다는 것이었다.

물론 제초 작업의 보수라고 해 봤자 뻔할 뻔 자.

그렇게 우리는 태양이 정수리 위에 걸릴 때까지 풀을 뽑고 또 뽑아야 했다.

“허리…… 아파.”

“카이 군은 키가 크니까 그만큼 더 힘들겠구나.”

휴식 시간을 갖기로 한 나는 자리를 펴고 드러누워 류에에게 마사지 받았다.

꾹꾹 체중을 실어 허리를 안마해주는 효녀에게 몸을 맡기자 점점 힘이 빠지고 눈꺼풀이 무거워졌다.

풀냄새와 흙냄새와 대자연에 둘러싸여서 받는 마사지가 이렇게 시원할 줄이야…….

그 편안함에 몸을 맡기고 있는데 허리를 안마하던 류에가 입을 열었다.

"카이 군이 낮에 쉬는 동안에도 난 매일 이런저런 의뢰를 받았어."

"윽…… 미안. 밤에 술을 마시면 다음 날 곯아떨어져서……."

"아니, 책망하는 게 아니라 나도 정보를 모았다는 이야기야."

"정보?"

허리의 시원함에 정신을 집중하면서 류에가 하는 말에 귀를 기울였다.

"도시에는 타지에서 모인 사람이 많아서 그다지 실속 있는 정보는 못 얻었어."

"……설마 그거, 레이스 씨에 관한 이야기야?"

"응. 여기 농가 사람들은 도시가 생기기 전, 이곳이 작은 촌락이었던 시대부터 이곳에 살았다고 하는데—."

류에는 내가 매일 밤 레이스 씨의 저택 『프로미스 메이든』에 다니며 얻은 정보보다 더욱 과거, 그녀의 핵심에 다가선 옛날이야기를 천천히 풀어놓았다.

그녀는 과거에 엉망이 된 몸으로 한 아이를 이끌고 작은 마을이었던 이곳에 도착했다.

그리고 이 일대 농지를 관리하던 귀족이 버린 폐허에 정착하여 주위 사람들의 협력을 얻어 조금씩 그곳을 수리했고, 그것이 지금의 그 훌륭한 저택이 되었다.

그 후 시간이 지나 세미피나르 대륙 통치 체제가 변하면서 이곳에 큰 도시가 서게 됐다.

그녀는 이 땅에 살던 사람들에게 은혜를 갚고자 보이지 않는 곳에서 도시 개발에 힘썼고, 지금 가게인『프로미스 메이든』의 운영을 시작했다.

뭐, 물론 당시에는 지금처럼 고급스러운 가게가 아니었다는 모양이지만…….

"그렇다면…… 상당히 오래전부터 이곳에 있었단 말인가……."

오히려 그녀와 떨어진 곳에서 정보를 얻으려고 한 류에의 방식에 혀를 내둘렀다. 하지만 왜 류에까지 이토록 적극적으로 협력해주는지 의문이 들어 물었다.

그러자 류에는 이렇게 대답했다.

"나도 모르겠어. 처음에는 내가 정보를 먼저 모으면 카이군이 밤늦게 가게에 다닐 필요가 없지 않을까 싶어서 시작했는데……."

아, 우리 집 아가씨는 어쩜 이리도 기특한지!

하지만 류에의 말은 거기서 끝이 아니었다.

"하지만 이 사람 저 사람에게 레이스 씨의 이야기를 듣고, 나도 스스로 생각하면서 기억을 더듬어 보는 사이…… 어쩐지 이상한 기분이 드는 거야. 『어떻게든 돕고 싶다』, 『손을 내밀어줘야 한다』는 식으로……."

"그건…… 나를 찾았을 때처럼?"

"응. 아마 그럴 거야."

이건 단순한 우연이나 변덕이 아니란 생각이 들었다.

"처음에는 매료 같은 마법이라고 생각했어. 그도 그럴 게 레이스 씨, 마족인 걸 숨기고 있잖아?"

"응?!"

그 말에 나도 모르게 벌떡 몸을 일으켰고, 그 바람에 류에가 나동그라지고 말았다.

"으악! 난데없이 왜 그래?"

"레이스 씨가, 마족이라고……?"

"어? 내가 말 안 했었나? 그 사람 마족이야. 교묘하게 숨기고 있지만."

그래, 신체 부위를 숨기는 건 딱히 나만 가진 특권이 아니다. 전에 마족이 많이 살던 도시, 솔트버그에서 체류할 때 그런 이야기를 듣지 않았던가.

이거 정말로 레이스 씨가 내 세 번째 캐릭터, 『Raith』일 가능성이 부쩍 상승한 게 아닌가……?

그 기시감과 류에와 만났을 때도 느낀 정체 모를 감각.

그리고 오래 살아왔다는 발언…… 아직 정황 증거로는 약하지만, 내 직감을 자극하는 그 정보들에 자꾸만 마음이 급해져 안달이 났다.

"류에, 레이스 씨는 눈동자와 머리색도 바꿨어?"

"그것까진 모르겠어……. 내 창고에 그런 도구가 있는지 살펴볼까?"

"그래, 부탁할게."

이러고 있을 순 없다. 나는 일어나서 허리의 통증을 무시하고 무작정 작업을 재개했다.

그리고 핵심에 다다를 수 있을지도 모르는 정보를 제공해 준 류에를 쓰다듬자—.

"으아악! 풀물 묻었다아아!"

……풀냄새 나는 엘프 아가씨. ……제법 어울린다고 봅니다.

§ § §

숙소로 돌아와 침대에서 아까 류에에게 들은 이야기에 관해 생각했다.

레이스 씨가 마족이었다는 사실이 아니라 그 전에 한 이야기, 『몸이 엉망이었다』는 부분에 관해서.

무엇이 그녀를 그 지경으로 만들었을까? 생각하는 것만으로 분노가 끓어올랐다.

그것은 평소 류에가 다칠 것 같으면 느끼는 감정과 아주 흡사했다.

아니, 더 정확하게 말하자면 내가 레이스 씨에게 느낀 감정 대부분은 류에에게 느끼는 것과 닮았다.

곁에 있고 싶다, 도와주고 싶다, 지키고 싶다. 그리고 그때 가슴이 뛴 것도, 어쩐지 신기한 감각을 느낀 것도 모두…….

아직 확신할 수는 없다. 내가 그 불분명한 감정에 짜증을 느끼고 있는데, 샤워 룸에서 땀과 풀냄새를 씻어 낸 류에가 나왔다.

이번에는 은은한 비누향이 난다. 이리 가까이 오지 않으련?

"아~, 개운하다! 그럼 내 가방에서 그럴싸한 물건을 꺼내 볼 테니까 하나씩 확인해 줄래?"

"OK, 시작해."

류에는 침대에 걸터앉아 가방에서 닥치는 대로 도구를 꺼내기 시작했다.

나는 그것을 하나하나 내 아이템 박스에 넣어 그곳에 표시되는 설명문을 확인했다.

대부분이 잡동사니였고 멀쩡한 효과를 가진 마도구는 보이지 않았지만, 개중에는 재미있는 물건도 섞여 있었다.

『우정의 반지』

설령 운명에 놀아날지라도 서로가 존재하는 한 상대를 해칠 수 없다.

장착할 때 서로에게 직접 끼우는 것이 조건이다. 또한 남성 간에만 효과가 발동한다.

이 무슨 호모스러운……!

『배려 양말』

설령 얼마나 땀이 차든, 얼마나 장시간 착용하든 절대 냄새가 나지 않는다.

……뭐라고 말해야 할지 모르겠지만, 뭐, 편리하긴 편리하겠다.

『절대 정의 귀마개』

상대방의 말이 자신에게 유리하게 해석되어 들린다.

나 이거 알아. 이런 귀마개를 한 것 같은 사람, 소설에서 봤어.

……아무튼 이런 예능 장비뿐이었지만, 간혹 스테이터스

를 미미하게나마 올려주는 물건도 있는 등 상당히 종류가 다양했다.

하지만 지금 찾는 『모습을 바꾼다』거나 『변장한다』 등의 효과를 지닌 물건은 나오지 않고 있었다.

역시 그렇게 편리한 마도구가 있을 리 없나, 하며 포기하려고 했을 때였다.

"아, 변장은 아니지만 상대방의 정체를 알아내는 안경이 있어."

"뭐라고?!"

힌트를 찾다가 답을 찾아 버렸다는 낭보가 날아들었다.

바로 장착해서 시험 삼아 류에를 바라보자—.

【Name】 류에 세미엘

【종족】 엘더 엘프 ???

【직업】 성기사 (50), 마도사 (50)

【레벨】 221

【칭호】 봉인의 여신

용신 지킴이

허당 엘프

【장비】

【무기】 없음

【머리】 없음
【몸】 흰색 블라우스, 파란색 스커트
【팔】 없음
【다리】 가죽 부츠

【플레이어 스킬】 검술, 성기사검, 장술(杖術)
빛 마도, 얼음 마도, 성(聖) 마도, 불 마법,
번개 마법
【플레이어 어빌리티】 MP 회복 강화, 불굴
【웨폰 어빌리티】 용신의 가호, 영구 동토

표시된 류에의 스테이터스에 무심코 경악하고 말았다.
그리고 그게 다가 아니었다. 맙소사, 이건—.

【키】 156센티미터
【몸무게】 42킬로그램

【신체 사이즈】
【가슴】 73
【허리】 48
【엉덩이】 70

이걸로 레이스 씨를 보면…… 아, 이상한 의미가 아니라 진짜 모습을 확인하기 위해서입니다.

거짓말이 아니에요. 정말이라고요. 맹세코 그 영봉의 해발고도나 그 외의 상세한 정보를 알고 싶은 게 아니란 말입니다.

그나저나…… 전부터 그렇게 가지고 싶던 상대의 능력을 보는 힘이 설마 이렇게 가까운 곳에 있었을 줄이야……. 이것은 단순히 편리한 정도가 아니라 전략적으로 더없이 유용한 능력이었다.

지금까지는 아이템을 아이템 박스에 넣어서 스테이터스나 설명문을 봐야 했다.

하지만 이 안경이 있으면 그냥 보기만 해도 아이템 감정을—.

나는 침대 옆에 세워 둔 류에의 검을 힐끔 돌아봤다.

……아무런 정보가 표시되지 않았다. 아무런 변화도 없었다.

설마 이거 무기물에는 반응하지 않는 건가?

혼자서 고개를 갸웃거리는데 류에가 궁금해서 참지 못하겠다는 양 내 안경을 빼앗아 갔다.

"나도 보고 싶어! 어디 그럼…… 음?!"

아차! 키, 몸무게부터 시작해 신체 사이즈까지 봤다는 사실을 들키겠다.

그리고 예상대로 눈앞에 있는 안경 미인이 점점 얼굴을 붉혔다.

"이…… 이렇게 위험한 아이템이었다니! 이건 몰수야!"

"잠깐! 류에, 부탁할게. 제발 그거 나한테 줘! 꼭 필요한 물건이야!"

"이, 이걸로 뭘 하려고?!"

"아니, 레이스 씨의 정체도 확인해야 하고 전투에서 상대방의 능력을 알면 편리하겠다 싶어서……."

암, 켕기는 일 따위 아무것도 없습니다. 없고말고요.

전혀 신경 쓰이지 않는다고 하면 거짓말이겠지만, 그래도 줄곧 원하던 능력이라는 점에는 한 치 거짓도 없었다.

나는 안경을 양보해 달라며 머리를 침대에 박다시피 부탁했다.

"……함부로 끼고 다니지 않겠다고 약속할 수 있어?"

"물론이지. 반드시 필요할 때만 쓸게."

"……그럼, 자. 이걸로 레이스 씨의 모습을 확인할 거지?"

"그래. 남의 개인 정보를 훔쳐보는 거나 마찬가지니까 가급적 최후의 수단으로 사용할게. 약속해."

드디어 염원하던 감정 능력을 손에 넣었다.

우선…… 이것을 쓰기 전에 마족이란 사실을 숨기는 이유를 물어보자.

이것을 쓰는 것은 마지막 순간, 정말로 마지막 순간이어야 한다.

§ § §

저녁.

해가 기울면서 윤락가에 서서히 활기가 돌고 색색이 빛들이 가게 앞을 비추었다.

노을이 피부를 옅게 물들이자 화려하고 선정적인 의상을 입은 밤의 나비들이 바깥세상으로 나왔다.

그런 감미롭고 요염한 밤거리에 매혹된 것처럼 많은 사람들이 윤락가로 발걸음을 옮겼다.

“평소에는 그냥 지나치지만, 새삼 보니…… 대단한데?”

“카이 군, 한눈팔지 마. 일에 집중해, 집중.”

“예, 알겠습니다. 선배님.”

장난스럽게 대답하자 그것이 마음에 들었는지 류에가 살짝 가슴을 폈다.

“후훗, 내 지시에 따르게나. 신참.”

“하하하, 잘 부탁합니다.”

류에를 따라서 순찰 스타트.

지금까지 류에가 쌓은 공적 덕분인지, 아니면 아직 시간이 이르기 때문인지, 사건이 일어날 기미를 느끼지 못한 채 첫 번째 윤락가 순찰이 끝났다.

조금 어수선한 거리부터 레이스 씨 저택을 비롯해 고급 가게가 늘어선 조용한 거리까지 왕복, 이것이 한 세트였다.

"응, 그럼 다음은 카이 군이 혼자 가장 안쪽까지 가 볼래?"

"아하, 양쪽에서 동시에 순찰을 시작하려고?"

"정답이야. 그럼 난 30분 정도 이 부근을 돌아볼 테니까 카이 군도 그때까지 그쪽에서 출발할 수 있게 준비해줘."

나는 류에의 지시에 따라 가장 안쪽 구역을 향해 걸었다.

그 도중에도 특별히 눈에 띄는 움직임은 없었다. 또한 언제나 다니는 곳이기 때문인지 오늘도 호객꾼들이 말을 걸어왔다.

"……정말로 독특한 분위기지만, 좋은 도시야."

감상에 젖어 거리를 오가는 사람을 구경하며 걸었다.

그러다가 또 그때를, 셋이서 함께 밤거리를 거닐던 그날을 떠올리고 기분이 조금 침울해졌다.

그 두 사람은 지금 무엇을 하고 있을까?

"……아, 도착했구나."

정신을 차리자 눈앞에는 프로미스 메이든의 철문이 우뚝 서 있었다.

오늘은 이 안에 들어가지 않는다. 나는 욕구를 꾹 참고 류에와 합류하고자 발길을 돌렸다.

큰 사건 없이 곧 류에와 만나게 될 중간 지점에 들어서려는 참이었다.

바로 옆에 있는 숙소…… 모텔 같은 곳일까? 하트 모양 간판을 내건 그 건물에서 큰 소음이 들렸다.
그리고 다음 순간, 건물 사이에서 수상쩍은 남자 한 명이 뛰쳐나왔다.
"……무죄 추정의 원칙. 내가 싫어하는 말이지."
나는 서둘러 인파 사이로 사라지려는 남자에게 달려가서 팔을 덥석 잡았다.
"넌 뭐야?! 이 팔 놔!"
"지금 저 사이에서 도망쳐 나왔지? 잠깐 이야기를—."
"쳇…… 잔말 말고 놓으라고!"
그 순간, 다른 손에 쥔 나이프가 내가 잡은 팔을 향해 내리쳐졌다.
무기를 휴대할 수 없기에 난 팔에 장비한 건틀릿으로 그것을 튕겨 냈다.
"……무기를 휘두른 이상 봐주지 않을 거다."
부드러운 살 속에 숨은 단단한 무언가를 부러뜨릴 생각으로 손아귀 힘을 가했다.
마른 나뭇가지라도 부러뜨린 것 같은 감각과 동시에 고막을 찌르는 비명이 메아리쳤다.
그 소리를 들었는지, 누가 달려오는 발소리가 들렸다.
"카이 군, 그 녀석을 놓치지 마!"
발소리의 주인, 류에가 달려왔다.
류에는 계속 비명을 지르는 남자에게 치유 마법을 걸고

곧 얼음 마술로 손발을 구속했다.

그리고 류에 뒤쪽에서 질겁한 두 여성이 나타났다.

"……이 녀석 맞아? 무섭겠지만, 확인해 보렴."

풍채가 좋고 다소 험악한 표정을 지은 중년 여성이 낮은 목소리로 옆에 있는 여성에게 말을 건넸다.

무심코 눈을 돌리고 싶을 정도로 노출이 심한 젊은 아가씨였다.

몸에 침대 커버 같은 큼직한 천을 둘렀을 뿐, 허벅지 위쪽까지 보일 듯한 아슬아슬한 복장이었다.

하지만 눈가가 붉게 부었고, 잘 보니 얼굴 여기저기에 멍 자국 같은 게 남아 있었다.

"……그, 남자예요……. 그 남자가 갑자기……."

여성이 떨리는 목소리로 말하자 그것을 들은 중년 여성의 표정이 더욱 험악해졌다.

그리고 류에가 바닥을 굴러다니는 남자에게 목검을 들이대고 고했다.

"길드로 연행한다. 저항한다면 그대로 팔다리를 깨뜨리겠어."

웬일로 분노뿐만이 아니라 증오로 얼룩진 목소리였다.

사정을 듣자 방금 그 숙소에서 여성이 남자에게 『서비스』를 하려던 때, 갑자기 폭행을 당했다고 했다. 그래서 비명을 질렀더니 그는 만족스럽게 웃으며 창을 깨고 달아나 버렸다.

이상 성욕……이 아니라 폭행해서 소리를 지르게 만드는 것이 목적인 듯한 행동이었다.

류에는 비명을 듣고 숙소로 뛰어들었으나, 이미 범인이 도망친 뒤라서 서둘러 쫓아 나왔다고 했다.

"오늘은 두 사람이어서 천만다행이야……. 무슨 마도구를 썼는지 문이 도무지 열리지 않더라고. 그 덕분에 마력 흔적을 쫓을 수 있었지만……."

"나는 그냥 건물 사이에서 튀어나온 이 녀석을 붙잡았을 뿐이야."

땅에 엎어진 그자는 이미 깨끗이 체념했는지 꼼짝도 하지 않았다.

이 녀석이 누구고 무엇이 목적인지 생각하는데, 방금 그 중년 여성이 말을 걸었다.

"두 분, 미안하지만 누구 한 명에게 호위를 부탁해도 될까? 이 아이를 데리고 가고 싶은 곳이 있어서."

"그분도 길드로 가나요?"

"아냐. 이 도시에서 가장 안전한 곳이야. 부탁이니까 들어줘."

우리는 서로 얼굴을 마주 보고 고개를 끄덕였다.

"나는 이 녀석을 길드로 연행할 테니까 카이 군이 두 사람 곁에 있어 줘."

"……남자인 내가? 반대가 낫지 않아?"

그렇게 생각해 두 사람 쪽으로 시선을 돌렸다.

하지만 괜한 걱정이었는지, 피해 여성이 괜찮다고 말해줬다.
그렇다면 상관없겠지. 나는 두 사람을 따라가며 호위하기로 했다.

§ § §

두 사람을 따라 윤락가 안쪽으로 들어갔다.
이 앞으로는 레이스 씨의 저택과 고급 가게가 늘어선 구역밖에 없을 텐데 대체 어디로 가려는 것일까?
그런 내 마음속 의문에 대답하듯 앞장선 여성이 말을 꺼냈다.
"이럴 때는 그랜드 마더에게 보호받는 게 규칙이야. 그곳은 우리가 도움을 요청하는 마지막 보루라 할 수 있어."
"그런가요?"
"마더는 신기한 사람이야……. 그 사람과 있으면 무척 마음이 놓이는 반면, 반대로 내가 지탱해주고 싶어져. 다들 마더와 만나면 마음을 열어 버리지. 그 애도…… 똑바로 마주하면 사실 마음을 터놓을 텐데……."
앞장선 여성의 목소리가 조금 어두워졌다.
「그 애」란 대체 누구를 말하는 것일까?
"……그래도 길드에 조력을 청하지 않는 이유는 뭐죠? 모험가도 많은데……."

"이렇게 말하긴 미안하지만, 이곳 길드는 그다지 믿음직스럽지 않아. 게다가 우리가 길드에 도움을 요청하기는 조금 거북해."

듣자 하니 길드 설립 때 도시의 음지, 윤락가 주민 사이에서 충돌이 일어났다고 한다.

원래 도시가 생기기 전부터 여성이 모이던 이곳에서, 이미 사람들의 신뢰를 모으던 레이스 씨가 개발 계획을 주도하는 길드 책임자와 대면하길 거절한 것이 사건의 발단이었다.

……그거 설마 오잉크 아니야?

하지만 레이스 씨가 그런 영역 의식 때문에 면회를 거절했으리라고는 생각하기 어려웠다.

얼굴을 마주할 수 없는 피치 못할 사정이 있었을까?

윤락가와 길드 사이의 미세한 알력을 들으며 레이스 씨 저택에 도착했다.

앞장선 여성은 마치 제집 안방에 들어가듯 거침없는 발걸음으로 저택 뒤편으로 돌아갔다.

그곳에는 작은 뒷문이 있었다.

그녀가 그 문을 노크하자 잠시 후 문 너머로 목소리가 들렸다.

"누구죠? 암호는?"

"그 목소리…… 옛날 식구야. 암호 같은 건 몰라."

"어머…… 별일이네. 어쩐 일이야?"

천천히 문이 열리고 몸을 내민 사람은—.

“헉?! 잠깐, 왜 카이본 씨가 있어? 어떡해, 나 오늘 비번인데~!”

“뭐야? 너 이 사람 알아?”

문을 열고 나타난 사람은 평소처럼 꼼꼼히 화장하거나 머리를 아름답게 세팅하지 않고 소박한 옷을 입은 스펠 씨였다.

아니, 저야말로 미안합니다. 엄청 나쁜 짓을 한 기분이었다.

“이 사람 우리 단골이거든. 그보다…….”

스펠 씨가 뒤에 있는 여성을 보더니 이완된 분위기가 순식간에 긴장되었다.

“잠깐 마더에게 보호받고 싶은 애가 있어. 이야기해줄래?”

저택 안쪽. 본래 나 같은 외부인이 들어갈 수 없는 그녀들의 개인 공간에서 사건의 경위를 설명했다.

소파에는 스펠 씨와 레이스 씨, 그리고 피해 여성과 그 보호자로 보이는 중년 여성이 앉았다.

나는 그런 그녀들에게서 조금 떨어진 곳에 서서 만일의 사태에 대비해 뒷문을 경계하며 상황을 지켜봤다.

“……그래. 이런 사건은 이번이 처음이니?”

“이렇게 노골적인 경우는 처음이었어, 마더. 하지만 최근 몇 개월 사이 손님과 마찰을 빚는 일이 늘어난 건 사실이야.”

“역시 너희 쪽도 그렇구나…….”

"그렇다면…… 나 이외의 『이곳 출신자 가게』도?"

"그래. ……내일 회합에서 내가 이 이야기를 해 볼게."

이야기의 흐름으로 짐작하건대 최근 도시에 대한 공격은 최종적으로 레이스 씨에게로 귀결하는 것 같았다.

그것은 도시의 기둥인 그녀를 배제해 도시에 심각한 피해를 끼칠 목적일까, 아니면 처음부터 그녀 본인을 노린 것일까…….

"다행히 이번 회합은 길드에서 실력 좋은 모험가를 경호원으로 붙여주기로 했어. 후후, 엄마가 조금 세게 밀고 나갈 거니까 걱정하지 마."

"……우리 쪽 사람에게도 만일의 사태가 벌어지면 마더를 우선해서 지키도록 말해 놓을게."

"안 돼. 네 몸을 먼저 챙겨. 잊었어? 엄마는 이래 봬도 제법 강해."

레이스 씨는 긴박한 분위기를 누그러뜨리듯 가벼운 어조로 말했다.

얼핏 보면 확연히 연하로 보이는 그녀가 눈앞의 여성을 타이르듯 말했다.

마치 어린 딸을 설득하는 부모처럼—.

그 모습에 어색함과 정체를 알 수 없지만 강한 힘을 느꼈다.

아아, 그렇구나. 아이를 위해서라면 스스로 앞으로 나가 어떤 문제에도 막아서는 강인함.

완력이나 무력이 아니라 정신적 강인함. 아이가 무조건 신뢰하고 승리를 믿게 되는, 크나큰 안도감을 주는 존재.

"……어머니는 강하다고 했던가."

한순간 옛날 세상을 뜬 어머니의 모습이 그녀에게 겹쳤다.

마음 내키는 대로 살다가 고향을 떠나 부모에게 얼굴도 제대로 비추지 않으며 가족과의 인연을 경시했던 나.

그런 나를 언제나 걱정하고, 내가 고향으로 돌아가도록 결심하게 한, 돌아가신 어머니의 모습이…….

내일 경호는 내가 가진 모든 힘을 다해 임하겠노라 속으로 맹세했다.

모두의 어머니를 자처하며 강해지려는 그녀에게 경의를 표하기 위해.

그리고 농담을 하자면, 한순간이라도 나의 어머니를 떠올리게 해준 그녀에게 효도하기 위해—.

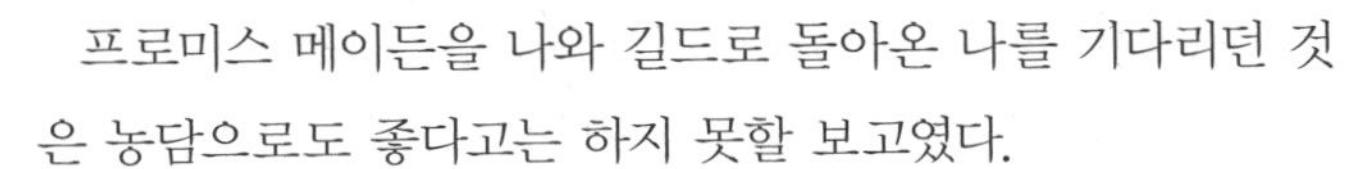

프로미스 메이든을 나와 길드로 돌아온 나를 기다리던 것은 농담으로도 좋다고는 하지 못할 보고였다.

류에가 연행한 남자가 조사 중에 숨을 거뒀다는 것이었다.

류에가 치료해 다친 팔이 나은 것은 나도 확인했다.

하지만 류에의 손을 벗어난 후, 취조실에서 갑자기 쓰러졌다고 했다.

그리고 이것은 그다지 관계없을지도 모르지만, 죽은 후 남자의 모습이 변화해 휴먼이 아니라 마족이란 사실이 판명됐다.

……레이스 씨도 그렇고 그 남자도 그렇고, 마족이란 사실을 숨기는 데는 뭔가 특별한 이유라도 있는 것일까?

"그래서 책임감을 느끼고 있어?"

"조금. 내 생각에 그 사람은 지금까지 소동을 일으킨 사람들과 다른, 배후와 가까운 곳에서 왔다고 봐. 그러니까 잘하면 정보를 많이 끌어낼 수 있을 거라고 생각했는데……."

"사인은…… 독이려나? 즉효성이 뛰어난?"

"맞아. 어떻게 알았어? 카이 군."

"마도구나 마법이라면 류에가 놓쳤을 리 없으니까. ……그나저나 피해 여성 말인데—."

류에의 기분을 바꿔주기 위해 프로미스 메이든에서 얻은 정보를 공유했다.

그리고 내일, 어쩌면 사태가 크게 움직일지도 모른다는 것도…….

"그럼 카이 군은 문지기로 돌아가지 않고 레이스 씨와 함께 건물 안으로 들어가는 거구나?"

"미안, 또 단독 행동을 하게 돼서."

"후후, 그럼 다음에 보상으로…… 그래! 전에 라크에서 약속했지? 『뭐든 하나만 소원을 들어주겠다』고."

"윽! 그걸 아직 기억해?"

"후훗, 얼렁뚱땅 넘어가려고 해도 안 돼. 나중에 뭘 부탁할지 생각해 놔야지~."

짓궂은 장난을 떠올린 아이처럼 웃는 류에를 보고 긴장된 마음이 누그러들었다.

무의식중에 부담을 느끼고 있었다고 자각하고 아직도 자신이 미숙하다는 것을 재인식했다.

언제나 자연스럽게 있을 수 있는 눈앞의 그녀가 갑자기 듬직하게 느껴졌다.

§ § §

그리고 드디어 회합 당일.

이 회합은 올해 세율이나 수익 보고, 행사 제안부터 작은 문제 보고에 이르기까지 다방면의 의제를 논하는, 그야말로 도시가 나아갈 방향을 좌우하는 중요한 모임이었다.

나와 류에는 청사에서 회장으로 들어가는 인물들을 자료와 대조하며 확인했다.

방문자는 모두 『나야말로 이 도시의 중진이다』라고 말하기라도 하는 양 당당한 태도를 취하는 인물뿐이었다.

그들은 저마다 한 명 내지 두 명의 경호원을 거느리고 차례차례 회장으로 들어갔다.

경호원은 모험가부터 조금 거친 풍모의 사람까지 다양하게 존재했지만, 여기저기 류에를 보고 명백히 겁먹은 표정을 짓는 이들이 있었다.

……그렇군. 윤락가에서 장난을 친 사람도 섞여 있는 건가?

그렇게 천천히, 착실히 참가자가 모이는 것을 지켜보길 한 시간째…….

날도 저물기 시작하고 회합 시작을 한 시간 앞둔 그때—.

"이게 누구야? 당신들이 문지기인가요? 수고가 많으시군요."

차가운 목소리와 함께 그 인물이 나타났다.

"아, 돈줄이다."

"아, 배액(倍額)남이다."

타키야가 와서 둘이서 놀려 봤다.

화낼 기력도 없는지, 아니면 다른 참가자 앞에서 문제를 일으킬 수 없었는지, 타키야는 불쾌하게 혀를 차고 회장으로 들어갔다.

그 모습을 바라보고 우리 둘은 하이파이브를 했다.

그나저나 레이스 씨가 출석한다는 말을 듣고 어렴풋이 그럴 거라고 생각했지만, 역시 윤락가 대표자들도 출석하는가 보다.

"오, 너희가 문지기야? 어제 나한테 말해주지 그랬어?"

다음으로 찾아온 사람은 어제 함께 레이스 씨에게 찾아간 여성이었다.

이 사람도 한 세력의 대표였구나. 확실히 억척스런 어멈 같은 모종의 위엄이 느껴졌다.

그렇다면 윤락가 대표자 중에는 레이스 씨 편도 몇 명 있다고 생각해도 될 듯했다.

"그러고 보니 자기소개를 아직 안 했지? 나는 『테스타』라고 해. 앞으로 잘 지내봐."

"테스타구나? 어제 그 아이는 괜찮아? 만약 상처가 심하면 내가 고쳐줄게."

"테, 테스타? 아하하, 이거 참. 어제 그 아이라면 마더 저택에 있는 치유술사에게 치료받고 있으니까 안심해. 어제는 너희 덕분에 살았어."

"아뇨, 천만의 말씀을……. 어쩐지 다들 예정보다 상당히 일찍 오는군요. 이미 출석자 절반 이상이 회장에 와 계세요."

"그래? 그럼 나도 먼저 가서 마더를 기다릴까?"

테스타 씨도 경호원을 대동하고 회장으로 들어갔다.

그 뒷모습을 본 뒤 나도 준비에 들어갔다.

우선 이 대륙에 오고 처음으로 선보이게 되는 그 모습으로 변신하자.

복장이 변하고, 등에 날개가 생기고, 머리카락이 날리며 뿔이 돋았다.

오른쪽 뺨을 덮는 가면을 확인하고 마지막으로 경호원이라는 대의명분을 얻어 애검 『탈명검 브랜디쉬』를 등에 짊어졌다.

"류에, 나는 레이스 씨를 마중 갈게. 여길 맡아줘."

"응, 나만 믿어. 다시 보니까 정말 박력이 대단한걸? 이거라면 어떤 녀석이든 레이스 씨에게 손댈 엄두를 못 낼 거야."

"하하하, 그럼 좋겠는데 말이지."

이미 몇 번이나 다녔는지 모를 밤거리.

이 모습을 그녀에게 보여주는 것은 좋은 계기가 될지도 모르겠다.

나는 오늘 그녀에게 물을 생각이었다. 『왜 마족이란 사실을 숨기느냐』고.

그걸 실마리로 이야기를 캐물을 수 있다면, 그녀 안에 있는 진실을 이끌어 낼 수 있다면…….

이런 모습이기 때문인지, 아니면 생각에 빠진 것을 알기 때문인지 평소라면 호객을 하느라 바쁠 사람들이 전혀 말을 걸어오지 않았다.

하기야, 이런 모습으로 밤의 윤락가를 어슬렁거리면 그럴 만도 하지.

"잠깐 거기 가는— 마왕……님? 으음, 저기……."

방금 한 말 취소. 개중에는 용기 있는 누님도 있었나 보다.

"죄송합니다, 실례했습니다……."

하지만 그 아가씨는 내가 돌아본 순간 종종걸음으로 도망쳐 버렸다. 문득 주변을 돌아보니 사람들이 멀리 떨어진 곳에서 나를 바라보며 얼굴을 맞대고 수군거리고 있었다.

보지 마! 그런 괴생물체라도 보는 눈으로 날 보지 마!

그런 수치심을 견디면서 무사히 레이스 씨가 기다리는 프로미스 메이든에 도착했다.

오늘은 휴업했는지 평소라면 문기둥에 들어와 있는 불도 꺼져 있었고, 저택 창문으로 불빛이 새지도 않았다.

어둠에 싸인 그 거대한 저택의 실루엣에 조금이지만 공포를 느꼈다.

철문을 열어 저택에 다다른 나는 뒷문으로 돌아가야 할

지, 아니면 정문을 노크해야 할지 몰라 평소처럼 정문 문고리를 두드려 보았다.

그러자 이미 기다리고 있었는지, 문 너머에서 내가 찾던 인물의 목소리가 들렸다.

"오늘은 휴업일인데 누구신가요?"

긴장했다기보다도 조금 경계하는 뉘앙스였다. 길드에서는 사전에 경호 담당의 정보를 알리지 않았던 것일까?

우선 내 신분을 분명히 밝히기 위해 이름을 말했다.

"경호를 위해 오늘 길드에서 파견된 카이본입니다."

"어머! 카이본 씨가 경호원이었군요. 지금 열게요."

커다란 열쇠 구멍으로 무거운 소리가 들렸다. 아마 워드 자물쇠(Warded lock)를 쓰나 보다.

"오래 기다리셨—."

"이 모습을 보여드리는 건 처음이죠? 오늘 경호에는 전력을 다할 생각입니다."

"마족, 이셨군요. 이렇게 많은 특수 기관을 갖춘 분과 만나는 건 오랜만이에요."

한순간 그녀에게도 두려움을 사는 것은 아닌가 걱정했지만, 역시 이 정도로 당황할 사람은 아니었다. 그저 표정으로 조금 놀라움이 드러났을 뿐이었다.

"조금이라도 주변을 견제하려고 이런 모습을 취했습니다만, 문제가 된다면 숨기겠습니다."

그러자 그녀는 잠깐 생각한 뒤 그대로 있어도 된다고 말했다.

회합이 시작될 때까지 앞으로 약 30분. 우리는 서둘러 회장으로 향했다.

우리는 윤락가를 걸었다. 앞서가는 레이스 씨의 뒤를 따라가는데 매춘부부터 그녀들의 손님, 호객꾼까지도 모두 그녀에게 머리를 숙여 인사했다.

"대단하네요. 여제(女帝)를 보는 것 같습니다."

"여제라뇨…… 그저 여기에 오래 살았을 뿐이에요."

그녀는 소리 없이 미소 지으며 겸손하게 말했다.

아직 회장에 도착하려면 거리가 있었다. 이쯤에서 이야기를 꺼내 볼까?

"……레이스 씨는 왜 마족이란 사실을 숨기시죠?"

처음에는 이 도시에서 마족을 꺼리거나 박해를 받기라도 했던 걸까, 하고 생각했지만, 적어도 오늘 내가 느낀 것은 부정적인 감정이 아니라 그저 이 위압적인 모습에 대한 호기심 어린 시선이었다.

게다가 지금도 주변을 보면 마족 여성이 활기차게 호객 행위를 벌이고 있었다.

바로 그렇기에 의문이 들었다.

그것을 물은 순간, 거침없이 걷던 레이스 씨의 걸음걸이가 조금 흐트러졌다.

"……티가 나나요?"

속이려는 의지는 없어 보였다. 그녀는 그저 나에게 되물었다.

"제가 특별히 민감할 뿐입니다. 보통은 들키지 않겠죠."

"……그래요? ……그 질문에 대한 대답은 언젠가 말씀드릴게요. 지금은 서둘러 회장으로 가요."

"……네. 무례한 질문을 해서 죄송합니다."

얼버무린 것일까? 아니면 진지하게 받아준 것일까?

어쨌든 「티가 나느냐」고 물은 그 순간, 레이스 씨의 표정에 떠오른 감정은 『초조함』이었다. 그리고 내가 특별히 민감할 뿐이라고 대답한 순간 보인 안심한 얼굴…….

역시 그녀는— 누군가가 자신의 존재를 깨달을까 봐 염려하고 있었다.

하지만— 그렇다면 왜 그녀는 이 도시를 떠나지 않을까? 왜 이 대륙을 떠나지 않을까?

의문은 다시 늘어났다. 그렇지만 지금은 그 의문을 일단 머릿속에서 몰아내자.

이미 회장이 저 앞에 보이니까.

§ § §

"성함과 신원을 증명할 물건을 제시해주세요."

"문지기는 류에 씨였군요? 프로미스 메이든의 오너, 레이스예요. 여기요."

"경호원인 카이본입니다. 길드 카드 받으시죠."

서로 신원을 아는 사이였지만, 철저히 규칙에 의거해 절차를 진행했다.

이 살짝 얼빠진 대화에 나를 포함한 세 명은 작게 웃음을 흘렸다.

그 순간, 뭐라고 표현하기 힘든 충족감과 안도감, 그리고…… 어딘지 모르게 그리운 감각이 가슴속에 밀려들었다.

그것은 다른 두 사람도 마찬가지였는지, 모두 흐뭇한 표정을 짓고 있었다.

"……아차, 레이스 씨가 마지막이야. 북 군도 막 도착한 참이고."

"그랬나요? 이번에도 제가 마지막인가 보네요."

신비한 감각을 떨쳐 버리듯 류에가 길을 비켰다.

그리고 우리는 드디어 회합 회장으로 입장했다.

청사 안은 일반적인 관공서에 회의실을 갖췄을 뿐인 단순한 구조였다.

길드에 의뢰할 필요도 없는 사소한 문의, 영주인 부크 씨에게 의견서나 탄원서를 내기 위한 부서였다.

이 청사 바로 옆에는 귀빈관도 있어서 시찰을 온 부크 씨를 비롯한 다른 귀빈이 지내기 위한 숙박 시설로 쓰였다.

2층으로 올라가서 가장 안쪽에 있는 회의실로 향했다.

오늘 레이스 씨는 밤의 영업을 할 때와 마찬가지로 한 치의 빈틈도 없이 몸단장을 마쳤다. 이것이 그녀 나름의 전투복이겠지.

레이스 씨는 그 큰 문 앞에 서서 크게 심호흡했다. 그리고—.

"레이스예요. 늦어서 죄송합니다."

늠름하고 또랑또랑한 음색으로 이름을 밝히고 문을 열었다.

방 안은 어둑어둑했고 중앙에는 커다란 직사각형 테이블이 놓여있었다.

그것을 둘러싸듯 남녀노소 다양한 인간들이 자리에 앉아 일제히 이쪽을 돌아봤다.

그들 뒤에는 나처럼 무장한 사람이 부동자세를 유지한 채 유사시 곧장 대응할 수 있도록 긴장된 분위기로 대기하고 있었다.

살벌하다고 할 수 있는 그 분위기를 불식하려는 양 어떤 인물이 자리에서 일어났다.

"오셨군요, 마더! 저도 지금 도착한 참입니다!"

적막을 깬 사람은 시찰에서 막 돌아왔을 부크 씨였다.

"그래. 우리는 평소에 서로 얼굴 볼 일이 없으니까 이럴 때라도 모여야지."

이어서 다른 남성이 말꼬리를 물었다. 누가 봐도 일반인과는 거리가 있는 그 행색은 영락없는 해적이었다.

참가자들을 보니 그런 험상궂은 풍모의 사람과 말쑥하게 옷을 차려입은 사람의 비율이 반반이었다.

아마 공적인 대표와 윤락가의 대표겠지.

그렇게 생각하자 음지의 인간이면서 단정하게 옷을 빼입은 타키야의 이질적인 모습이 두드러졌다.

타키야의 뒤에는 낯익은 남성이 서 있었다. 전에 류에에게 목검으로 제압당해 뻗어 있던 자였다.

인사를 얼추 끝낸 레이스 씨는 유일하게 빈 창가 상석으로 갔다.

창을 가로막듯 그녀의 의자 뒤에 서자 모든 사람들의 얼굴이 잘 보였다.

모두 그녀에게 정신이 팔려 함께 방에 들어온 나를 제대로 보지 않은 것 같았다.

이제야 나라는 존재를 깨달은 일동이 순간 경악으로 눈을 크게 떴다.

그중에서도 길드 제복을 입은 남성— 이 도시의 길드장일까? 그는 눈물까지 글썽거리는 지경이었다.

……오잉크, 벌써 몇 번째 하는 생각인지 모르겠지만…… 정말로 뭐라고 공지를 내린 거냐?

"모두 모였군요! 그럼 지금부터 윙레스트 정기 회의를 시작하겠습니다."

"네가 뭔데 대표자 행세냐, 부크? 상석에 앉은 게 누군지 안 보여?"

그럼 그렇지. 개최하기가 무섭게 박력 있는 남성이 윽박질렀다. 역시 서글서글한 성격들은 아닌 것 같았다.

부크 씨는 뜬금없는 트집에 당황했고 그의 경호원이 소리친 남성을 노려봤다.

그때, 정면에 있는 내 의뢰인이 딱 부러진 목소리로 으름장을 놓았다.

"말조심하세요. 우리가 사는 도시를 만들어준 분에게 그게 무슨 말버릇인가요?"

"……내가 잘못했수다."

"스스로 상석에 앉지 못한 제가 못났을 뿐입니다. 역시 그 자리는 마더에게 양보하고 싶더군요."

"부크 님은 조금 더 자신감을 가지세요. 당신이 우리를 위해 얼마나 분골쇄신했는지는 사실 이 자리에 모인 모든 사람이 알아요."

그러자 모두 어색해하면서도 부크 씨에게 고개를 숙였다.

……이야~, 멋있다.

부크 씨가 조금 쑥스러워하며 헛기침하고 분위기를 바꾸려는 양 입을 열었다.

"그, 그럼 다시 시작하도록 하죠. 각자 순서대로 보고해주시기 바랍니다."

이렇게 회의가 시작됐다.

이번에 모인 사람은 도시의 길드장과 영주인 부크 씨, 식료품이나 농작물의 물류를 관리하는 각 상회 회장들, 시민 대표로 참가한 농민 남성.

그리고 음지 세력의 대표로 윤락가 각 파벌 대표 네 명, 윤락가와는 불가분의 관계인 의사, 즉, 치유술사 대표와 어디에 쓰려는지 모르겠지만 마도구를 개발하는 기술자.

마지막으로 레이스 씨. 이렇게 공식, 비공식 대표를 포함해 총 열세 명의 인간이었다.

그들은 저마다 자신이 담당하는 분야에 대해 보고하고 그에 관한 각자의 의견을 내거나 때로는 반론했다. 부크 씨는 속기로 요점을 간추려 회의 내용을 정리했다.

흠, 역시 영주로서 불만을 모두 파악하고 싶은 것일까?

"얼추 보고가 끝난 것 같군요. 아무래도 여러분도 눈치채신 모양이지만, 올해는 기온 상승이 빨라 수확량도 많아질 것 같습니다. 그러니 올해는 농민들에게 우리가 조금씩 자금과 인력을 융통하도록 합시다."

"잠깐만. 그럼 우리는 어쩌라고? 작년에는 흉년이라면서 그 인간들을 우대해줬잖아? 우리도 가게가 늘어나서 콩나물시루 상태야. 공사비가 부족하다고."

"안심하십시오. 수확이 늘어난 만큼 올해는 세금을 평년

보다 낮출 수 있을 듯합니다. 이 일은 이미 중앙 의회에도 승인을 얻었으니까 여러분도 혜택을 누리실 수 있습니다. 아마 꽤 돈이 굳을 테니까 그쪽으로도 자금을 대겠습니다."

"……그렇다면 나도 손이 비는 녀석을 보내주지."

"흠, 그렇다면 하우스 재배용 마도구를 조금 천천히 개발해도 괜찮겠나?"

"아뇨, 계속해서 마도구로 온실을 유지하는 기구를 효율화해서—."

처음 자신감 없던 모습은 어디로 가 버렸을까. 부크 씨는 훌륭하게 회의를 진행했다.

그리고 어느 정도 올해 방침이 결정되자 잠자코 상황을 지켜보던 레이스 씨가 입을 열었다.

그 순간, 모든 이들이 입을 다물고 조용히 그녀를 돌아봤다.

"그럼 다음은 제가 한마디 하죠. 최근 반년 간 윤락가 주변에서 사건, 사고가 끊이지 않는 건 여러분도 이미 알고 계시겠죠?"

"그래, 알지. 그래서 우리 애들도 신경이 곤두섰어……. 미안하다고는 생각해."

"그래도 최근 무서운 누님이 와준 덕분에 모두 얌전해졌어. 오늘도 여기 입구에 서 있었지? 그거 상당히 물건이더군."

"우리 젊은것들이 어떻게든 끌어들일 수 없을까 싶어서 말을 걸었다가 죄다 길드에 잡혀갔어. 아주 도도한 아가씨야."

그 화제가 나온 순간, 윤락가 대표들이 입을 모아 류에에 관해 떠들었다.

거기 너희 둘, 얼굴 기억했다.

"그만들 해! 그 사람에게 얼마나 도움을 많이 받았는데 그런 소리야? 길드장, 이번만은 당신에게 고마워할게. 정말로 좋은 사람을 보내줬어."

테스타 씨가 두 사람을 타이르며 아직도 쭈뼛거리는 길드장에게 감사의 말을 전했다.

"아뇨, 제가 뭘……. 그분이야 뭐……."

"후후후, 어쨌든 그녀가 있는 동안은 문제도 줄어들겠죠."

류에의 처지를 아는 부크 씨와 길드장이 서로 통하는 것이 있는 얼굴로 말을 흐렸다.

그런 조금 훈훈한 분위기 속에서 경계심을 풀지 않고 표정을 굳힌 채로 우리를 시험하는 눈길을 보내는 남자가 있었다. —바로 타키야였다.

"본래 이야기로 돌아가죠. 현재 피해를 본 가게에서 정보를 모은 결과— 아무래도 타깃은 제 저택 출신자와 관련된 가게 같아요."

레이스 씨가 냉엄한 표정으로 말했다.

"그건 틀림없어. 어제 우리 가게 아가씨 한 명이 심한 폭행을 당했다. 그것만이 아니야. 최근 소란은 모두 마더에게 찬동하는 가게에서 빈발하고 있어."

"……그러고 보니 우리 애들이 자주 시비에 휘말렸지……."
모두 짐작 가는 바가 있는지 레이스 씨의 말에 찬동하는 기색이었다.
레이스 씨는 단호하게 말했다.
"최근 강요에 가까운 방법으로 호객을 벌이는 가게가 많이 늘었어요. 다른 가게의 영업 방해는 금지되어 있는데도 불구하고 말이죠. 그리고…… 그렇게 신규로 참여한 사람을 산하로 끌어들이고 있는 건— 당신이었죠? 타키야."
그 순간, 그저 뒤에 서 있을 뿐인 내가 격심한 공포를 느꼈다.
그것은 틀림없는 분노의 감정이었다.
"예. 외부에서 참가하고 싶다는 분이 계셔서 제 산하로 받아들였습니다만, 그게 뭐 문제라도?"
타키야는 천연덕스럽게 흘려버리듯 대답했다.
하지만 희미하게 그의 손이 떨리는 것이 보였다.
그리고 묘하게 시선이 안정되지 않고 간혹 나를 보는 것을 알 수 있었다.
……이상한데? 레이스 씨가 아니라 내 동태를 살피는 이유가 뭐지?
"뭐? 문제라도?! 너 무슨 속셈이야? 마더에게 억하심정이라도 있어?! 이 도시의 방식을 똑바로 교육해야지!"
"방식? 애초에 그걸 도시의 규칙처럼 취급하려는 이유를 모르겠군요."

주변에 대한 반발일까? 아니면 순수하게 이 도시의 운영 방침에 파문을 일으켜 보겠다는 심산일까?

다른 이들도 점차 언성을 키웠고, 그 여파가 그들의 경호원에게까지 퍼지려고 했을 때였다. 레이스 씨가 다시 입을 열었다.

"그렇죠. 저도 제 방식을 윤락가의 총의로 여길 생각은 없어요. 하지만—."

그 발언에 다시 모두 입을 다물고 침묵했다.

한 번 말을 맺은 레이스 씨의 등이 한층 커진 것처럼 보였다.

마치 지금부터 아이를 혼내는 부모 같은, 자연스럽게 등줄기를 꼿꼿이 펴게 하는 분위기였다.

"주위 사람에게 피해를 주지 않도록 보조를 맞추는 건 상식이에요. 그리고 무엇보다 어떤 서비스를 제공하건 저희 일의 근본에는 『봉사하는 마음』이 깔려 있어요. 그것을 어지럽히고 주변에 피해를 주는 『아이』를 타이르지 않는다면, 그건 이미 『부모』가 아니에요!"

그녀는 단숨에 말했다. 강한 어조로, 귀와 마음을 찌르는 분노와 함께.

"제 딸들과 자립한 아이들을 과도하게 권유한다는 이야기도 들었어요. 타키야, 당신이 부모로서 책임을 다하지 않고 제 가족에게 해를 끼친다면, 저는 『남』으로서 적절한 대응을 해야만 해요. 그렇죠? 제 말이 틀렸나요?"

레이스 씨는 이제야 뒤를 돌아보며 나에게 동의를 바랐다.

……당했다. 나를 단순한 경호원이 아니라 완전히 자기 진영의 인간이라는 인상을 주위에 심어주려는 심산이었다.

이 모습을 한 내가 그녀의 배후에 있다는 것을 알리면 분명히 일정 수준의 억제력이 될 것이다.

조금 전까지는 평소 모습으로 문지기를 하고 있었다. 그 모습을 지금 모습과 바로 연결 짓기는 어렵겠지.

하지만 한 번 내가 레이스 씨 측 인간이라는 인상을 주면 사람들은 반드시 내 출신을 알아내려고 할 것이다.

그렇게 되면 나와 류에의 연관성도 알게 된다.

그리고 류에는 이미 윤락가에서 얼굴이 알려졌다. 그런 그녀까지 레이스 씨 편에 붙었다고 알려진다면…….

즉, 그녀는 『나에게 말을 건다』는 한 번의 행동만으로 타키야를 완전히 구석으로 내몬 셈이었다.

평소의 나라면 『이용당한다』는 행위를 용납하지 않았으리라. 하지만 불쾌하지 않았다.

나는 이미 그녀를 위해 모든 힘을 사용하겠다고 결심했으니까.

바로 그렇기에 나는 각오를 다지고 『테러 보이스』를 발동했다.

상대방의 공포심을 자극하는 목소리와 함께 더 큰 위협을 위해 마술을 발동했다.

양팔에 온도를 띠지 않은 검은 불이 밝았다.

"그래, 그렇고말고. 만약 마더가 원한다면 나는 모든 장애를 배제하도록 하지. 그리고 만약 마더에게 무슨 일이 생긴다면 나는 그 원인이 되는 모든 존재를—."

성대하게, 성대하게 연기하자.

이 모습에 어울리는 거만하고 불손하며, 그리고 압도적인 힘을 휘두르는 마왕다운 인격을—.

"모든 존재를 용서하지 않고 파멸로 이끌어 보이겠다."

양팔의 불길을 키운 후 팔을 크게 휘둘러 꺼뜨렸다.

타키야뿐 아니라 이 자리에 모인 모든 인물에게 위협하고자, 마지막으로 눈에 힘을 주고 전체를 돌아봤다.

모든 참가자와 그들의 경호원까지 몸을 떨며 한 걸음 물러났다. 그 모습을 보고 만족스럽게 숨을 내쉬자—.

"카이본 씨, 너무 놀라게 하진 마세요. 후후, 괜찮아요. 이 사람은 원래 착한 분이랍니다. 다만— 자기 제어를 잘하지 못하는 것 같지만요. 무슨 말인지…… 아시겠죠?"

너무 심했나 보다. 죄송합니다.

"꼭 명심해 두겠습니다. 아무래도 마더의 세력을 경시한 모양이군요."

찬물을 끼얹은 듯 조용해진 일동 중에서 처음으로 침묵을 깬 사람은 정면으로 대치하던 타키야였다.

얼굴에 식은땀이 맺혔고 손 떨림이 심해졌는데도 불구하고 아직 일어서려고 했다.

……그 근성과 얼핏얼핏 엿보이는 신념 같은 무언가는 살짝 높이 평가한다.

그래, 그러고 보니 이건 회합이지 않던가. 참가자가 의견을 부딪치는 것이 마땅했다.

실제로 그것은 회합 전반에 수시로 반복되던 일이기도 했다.

하지만 레이스 씨가 입을 연 순간, 모두 입을 다물고 얌전히 그녀의 이야기를 경청했다.

아주 조금, 그 광경을 기이하다고 느꼈다.

"세력이라뇨. 그저 협력을 요청했을 뿐이에요. 이것도 인간관계를 소중히 한 결과죠. 그건 당신도 잘 알잖아요? 게다가 **사실은** 이런 일, 하고 싶지 않으시죠?"

"……무슨 소리인지 모르겠군요. 저는 조그만 야심이 있을 뿐입니다."

마지막으로 그렇게 말한 타키야가 다시 이쪽으로 힐끔 눈길을 줬다. 그리고 이번에는 주눅이 좀 들었는지, 어쩐지 움츠러든 것처럼 침묵했다.

§ § §

회합이 끝을 맞이하고 사람들이 회의실을 떠났다.

마지막으로 남은 이는 나와 레이스 씨 둘뿐이었다.

어둑한 방 안에서 자리에 앉은 채 말이 없던 그녀가 불쑥 말을 흘렸다.

"……죄송해요. ……이용해 버려서……."

"레이스 씨……?"

떨리는 목소리로 중얼거리는 그녀의 등이 몹시 작아 보였다.

방금 회합에서 강철 같은 의지로 타키야와 대항하던 모습은 다 어디로 간 것일까? 작고 연약해 보이는 그녀의 뒷모습에 가슴이 옥죄였다.

……죄책감을, 품은 걸까?

"저는 기뻤습니다. 아무래도 이 모습은 사람들이 무서워하는 경우가 많거든요. 그래도 레이스 씨는 저를 받아들이고 멋지게 활용까지 했죠. 저는 처음부터 오로지 레이스 씨에게 협력하기 위해서 이 모습이 될 것을 결심했습니다. 그러니까 괴로워하실 필요 없어요."

나는 이 등에 닿을 수 없다.

그래서 말을 걸었다. 상냥하게, 쓰다듬듯, 위로하듯…….

"……속죄를 위해 쓰는 것 같아 비겁해 보이지만…… 회합 전에 하신 질문에 대답할게요. 내일, 만약 시간이 되시면 저택으로 와주세요. 저번 일로 당분간 휴업하게 됐으니까요."

"……괜찮으신가요?"

드디어 올 것이 왔나.

전에 부크 씨에게 레이스 씨에 관해 물었을 때 「그녀에 관해 알고 싶다면 시간을 들여라」라고 들은 적이 있었다.

아직 그렇게 많은 시간을 들이지는 않았지만, 그녀를 이해할 때가, 그 마음에 조금이라도 닿을 때가 온 것일까?

"……이제 돌아가요. 저택까지 경호를 부탁드릴게요."

"네. 갈까요?"

이제 문지기 일이 끝났는지 류에가 무료하게 밖에 서 있었다.

류에는 우리를 보자마자 기뻐하며 달려왔지만…….

"레이스 씨, 표정이 왜 그래?"

"네? 뭔가 이상한가요?"

"기운이 없어. 무슨 안 좋은 일이라도 있었어?"

류에가 걱정스러운 표정을 지으며 레이스 씨 곁으로 다가왔다.

"네……? 그런가요? 괜찮아요. 안 좋은 일은 없으니까."

"그래? 무슨 곤란한 일이 있으면 말해줘. 이래 봬도 나는 오래 살았으니까 말이야. 말하자면 언니라고 할 수 있지."

"후후, 그럼 곤란한 일이 있으면 부탁드릴게요. 언니."

"후후후, 나만 믿어."

류에는 그 말을 끝으로 사람들이 청사를 무사히 나간 사실을 보고해야 한다며 기운차게 달려갔다.

레이스 씨는 그 모습을 바라보면서 나직이 이렇게 말했다.

"류에 씨는 멋진 분이네요."

"네. 자랑스러운 파트너입니다."

그 후 우리는 특별한 말을 나누지 않고 묵묵히 그녀를 저택까지 배웅했다.

숙소로 돌아오자 류에가 바로 나를 맞이해줬다.

나는 오늘 일의 경위를 알려주기 위해 그녀를 방으로 불렀다.

하지만 방으로 들어온 류에의 표정은 어딘지 모르게 어두웠다. 무언가를 고민하는 눈치였다.

"왜 그래? 이번에는 네가 고민하는 표정인데?"

"방금 레이스 씨와 말하다가 깨달은 게 있어."

"깨달은 것……?"

"카이 군. 그 사람, 여기에 없어."

"뭐? 그게 대체……."

"아니, 뭐라고 말해야 좋을지……. 엄청 멀어. 거리가 있다고 해야 할까?"

……설마 마음의 거리가 멀다는 소리인가? 분명히 다가서기 힘들고 어떤 선을 넘지 못하게 완고하게 막아서는 인상은 있었다.

"……나랑 닮았어. 응, 맞아. 그 느낌은 카이 군과 숲 속에서 살던 때의 나와 무척 닮았어."

그제야 겨우 그녀의 말을 이해할 수 있었다.

그 숲 속에서 보낸 1년은 정말로 행복하고 즐거운 나날이었다.

하지만 류에가 말한 대로 나는 류에에게 조금 거리를 느끼고 있었다.

아니…… 류에가 나에게 마지막 한 걸음을 내디디지 않으려고 했었다.

그것은『언젠가 찾아올 이별을 자신이 견딜 수 있도록』하기 위한 방어 기제였는지도 모르겠다.

그 장소에 묶여 숲을 떠날 나를 따라나설 수 없다고 생각했기에 무너지지 않았던 마지막 벽—.

류에는 그것을 그녀, 레이스 씨의 마음에서도 느낀 것일까?

"그래도 이상하지 않아? 레이스 씨는 딱히 이 도시에 속박되지도 않았거니와 행동을 제한받지도 않아."

"하지만 레이스 씨는 지금 공격받고 있어. 그런데도 이 장소에서 움직이려고 하지 않아."

"그래…… 그건 분명히 맞아. 게다가 그 사람은 이 대륙에서 나간 적이 없다고 했어."

레이스 씨의 행동은 모순을 품었다.

하지만 그녀의 행동을 이해할 수 없는 사람은 비단 나만이 아니었다.

류에는 고민에 빠진 나를 바라보며 그저 상냥하게 웃음

지을 뿐이었다.

마치 풀리지 않는 문제 앞에 머리를 싸맨 아이를 지켜보는 것처럼.

"있지, 카이 군. 날 구해준 사람은 너야."

류에는 맥락 없이 이야기를 시작했다.

"몇백 년이나 혼자 지내는 것보다, 언젠가 네가 없어지고 말리란 사실을 두려워하며 산 1년이 나에겐 훨씬 무서웠어."

"미안해. 그때 바로 눈치채지 못해서."

"아냐, 사과하지 마. 나도 숨기고 있었고, 결과적으로 나는 그 저주받은 굴레를 벗어나 행복을 찾았으니까."

……대체 무슨 일이지? 갑자기 이런 이야기를 꺼내고…….

이건…… 힌트인가?

그녀는 자신과 레이스 씨는 닮았다고 했다. 그렇다면 레이스 씨 또한 어떤 굴레에 사로잡혀 있다고 말하고 싶은 것일까?

"카이 군. 굴레란 벗어날 수 없는 속박이야. 속박은 비단 물리적, 마술적인 것만을 가리키는 게 아니야."

"……설마."

드디어 그녀가 무슨 말을 하려는지 이해했다.

그래— 그렇구나. 그런 뜻이었어.

해답은 처음부터 제시되어 있었다.

몇 번이나 눈에 담았고 몇 번이나 입에 담지 않았던가?

"보아하니 눈치챈 모양이구나. 그래, 그 사람은—."

"기다리는 사람이 있는 거야. 분명히 자신도 아직 모르는, 하지만 자신을 속박에서 해방해주고 맞이하러 올 사람을……."

류에는 확신을 가지고 그렇게 말했다.

틀림없이 그것이 정답이리라.

왜냐하면 그녀는 자신의 저택을 『프로미스 메이든(약속의 처녀)』이라고 이름 붙였으니까.

§ § §

이튿날 아침.

레이스 씨가 가슴에 품은 『무언가』에 겨우 닿을 수 있다는 생각에 긴장한 탓일까? 평소보다 상당히 이른 시간에 잠이 깨고 말았다.

마침 잘됐다. 나는 어제 회합에서 조금 신경 쓰인 점을 확인하고자 조용히 숙소를 나왔다.

정말로 사소한 일이었다. 너무 신경질적이지 않냐는 말을 들을지도 모르는, 정말로 소소한 어색함.

평소 이렇게 사소한 일을 신경 쓰는 성격이 아니지만, 오늘은 특별했다.

뭔가 거대한 사건이 일어날 때는 가능한 한 만전을 기하고 싶다는 소심한 인간 특유의 생각 때문이었다.

오늘이라는 날을 아무런 근심 없이 보내기 위해 나는 어제 그 청사를 찾았다.

이곳은 길드 관할 시설은 아니지만, 다행히 『영주와 같은 대우』를 보장받았기 때문에 이렇다 할 제지 없이 회의실 입실을 허가받았다.

실내는 조명을 켜도 어둡긴 매한가지였다. 나는 그 안에서 유일하게 자연광이 들어오는 창으로 향했다.

이곳은 어제 레이스 씨가 앉았던 자리의 바로 뒤였다.

그리고 내가 서 있던 곳이기도 했다.

『그 자리는 마더에게 양보하고 싶어진다』. 그때, 부크 씨는 그렇게 말했다.

즉, 이 자리에 레이스 씨가 앉은 것은 암묵적 규칙이란 뜻이었다.

그리고 길드 직원에게 들은 『그녀를 경호할 수 있는 모험가는 드물다』는 정보.

이 사실로 미루어 그녀는 평소 경호원을 대동하지 않는다고 생각해도 될 것이다.

"……타키야는 왜 나에게 몇 번이나 시선을 보냈지?"

만약 그자가 신경 쓴 것이 내가 아니라 그보다 더 뒤— 이

창문이었다면?

내 직감을 믿고 그녀가 앉았던 자리에 앉아 창을 돌아봤다.

그러자 딱 창 너머로 다른 건물의 창이 보였다.

점과 점을 잇듯이 일직선으로 건너편에서 이쪽으로 무언가가 날아든다.

그런 광경을 머릿속으로 그려 보았다.

"……만약 정말로 그렇다면…… 용서받을 생각은 버려라."

조용히 회의실을 뒤로하고 창 너머에 있는 건물을 확인하기 위해서 걸음을 옮겼다.

조사 결과, 그 건물의 정체는 자재를 일시적으로 보관하는 창고 같은 곳이었다.

그리고 그곳의 주인은 역시 예상대로 타키야였다.

순간적으로 눈이 뒤집힐 것 같았지만, 동시에 이런 생각도 들었다.

『왜 어머니라고도 할 수 있는 인물에게 그렇게까지 하는가?』.

그녀는 말했다. 『사실은 이런 일 하고 싶지 않으시죠?』라고.

어쩌면 그녀는 이미 타키야의 배후에 있는 자의 정체를 알고 있는 것일까?

어느 쪽이건 본인에게 직접 물어볼 필요가 있겠다.

다행히 타키야의 사무소가 어디 있는지는 길드에 물으면 금방 알 수 있으니까.

타키야의 사무소로 가자 역시 4대 세력 중 하나답게, 엄중하다고까지는 안 하겠지만 보초가 입구를 지키고 있었다.

전에 엔드레시아에서는 정문으로 상회에 쳐들어갔지만, 이번에는 그럴 수도 없었다.

아무에게도 들키지 않고 비밀리에 내부에 잠입해야 했다.

운이 좋으면 타키야가 누구와 이어졌는지 정보를 입수할 수 있을 것이다.

그리고 만약 정말로 레이스 씨를…… 죽일 생각이었다면 두 번 다시 그런 실수를 하지 않도록 내가 먼저—.

나는 사무소 뒤편으로 돌아가서 몸을 숨기고 검을 장비했다. 그리고 최근 부쩍 등장할 기회가 줄어든 어빌리티 교체를 시작했다.

뭔가 잠입에 알맞은 효과가 없을까 살펴보고 완성한 것이 이것이었다.

【웨폰 어빌리티】

[이심전심]

[오감 강화]

[소나]

[기척 감지]

[어빌리티 효과 2배]

그럼 이걸로 무엇이 가능한가? 그 대답이 이것이다.

『잠깐 뒤쪽을 보고 와줘.』

“응? 누구야? 어이, 어디야?”

우선 보초에게 넌지시 말을 걸듯 [이심전심]을 사용했다.

보통 머릿속에 난데없이 목소리가 들린다고는 생각하지 못한다.

상대방은 아마 건물 안에서 지시했다고 착각할 것이다.

그리하여 사람이 사라진 정문으로 당당히 입장— 할 수는 없는 노릇이다.

건물 옆에 붙어 [소나]를 사용해 내부 상황을 대략이나마 염탐했다.

옥외에서는 그다지 효과를 발휘하지 못하지만, 벽이 있는 덕분에 내부 상황을 어렴풋하게나마 표시해줬다.

그것에 의하면 역시 내부에도 경비로 생각되는 인간의 반응이 몇 개 있었다.

이번에는 곧바로 육성(肉聲)으로 건물 안쪽을 향해 말했다.

“이봐, 잠깐 건물 뒤쪽으로 모여!”

그리고 또 숨기.

그러자 무슨 일인가 싶어 상황을 살피러 온 사람이 정문에 보초가 없다는 사실을 깨닫고 다른 사람들을 이끌고 건물 뒤편으로 우르르 몰려갔다.

“……이 정도로 쉽게 넘어가면 되레 불안한데…….”

하긴, 허구한 날 류에 씨에게 얻어터지고도 같은 짓을 반복하는 인간들이니까 어련하겠어?

실내로 들어가서 다시 [소나]를 발동해 내부의 정확한 맵을 표시했다.

지금 밖으로 나간 사람들 외에는 2층에 몇 명, 그리고 가장 위층에 두 명의 반응이 있었다.

아무래도 타키야가 있는 곳은 최상층이겠지?

나는 [오감 강화]로 주위 움직임에 주의하면서 조심조심 최상층으로 향했다.

“—그래서 결국 넌 왜 그때 쏘지 않았지? 목적은 『위협과 경고』다. 설사 마더에게 맞지 않더라도 경호원을 다치게 하면 충분했어.”

네, 본본입니다. 저는 지금 문 앞에 나와 있습니다.

현재 이곳에서 『벽에도 귀가 있다』를 몸소 표현하는 중입니다. 아니 뭐, 이건 문이지만.

하지만 예상대로 타키야가 있었던 것까지는 좋으나, 설마 어제 실제로 우리를 노린 저격수까지 있을 줄은 몰랐다. 운이 좋다고 해야 할까, 나쁘다고 해야 할까.

이야기를 들어보니 타키야는 직접 레이스 씨의 목숨을 노리지는 않은 모양이었다.

그렇지만 본인도 말했다시피 나를 공격하는 것만으로도 위협은 되었을 것이다.

타키야의 말에 저격수 본인이 이유를 설명했다.

"나는『각하』께서 보낸 사람이야. 그리고 길드 직원과 나 같은 일부 간부만 아는 어떤 정보가 있지."

"……뭐라고?"

"아마 목적을 이루지 못한 이상, 나는 그 도시로 돌아가는 대로 처단당하겠지. 하지만 이대로 철저히 도망친다면 아직 살 가망이 있어."

"내 앞에서 아주 당당하게 말하는군. 백은장이라더니 어지간히 실력에 자신이 있나 보지?"

"미안하지만 사실이다. 이 사무소에 있는 인간들이 떼거리로 덤벼도 나는 절대 지지 않아. 하지만— 그 남자, 그 남자만은 달라. 덤벼도 될 상대가 아니라고 들었다."

아니, 그러니까 글쎄, 오잉크 씨는 정말로 나에 관해 어떤 식으로 공지를 내린 거죠?

드디어 그걸 들을 때가 왔나? 나는 단 한 마디도 놓치지 않겠다는 마음으로 귀를 문에 밀착했다.

"……길드 총수는 알고 있겠지?"

"『구국의 성녀』 말인가? 알고 있다."

뭐야? 그 멋있는 별명은.

"그 사람이『나라도 1분을 버틸 수 없는 수준의 실력자』라며 모든 길드에 통보했어. 실제로 엔드레시아의 파워 밸런스를 하룻밤에 뒤집어 버렸다는군. 들리는 말로는 단신으로 나라를 말 그대로 함락할 수 있다고 해. 내가 충고하겠는데, 발을 뺄 수 있을 때 빼. 각하에게 거스르는 것도 무섭지만, 그런 자에게 홀로 대항하는 것도 현명하지 않아."

어쩜 좋아, 너무 멋있다. 그런 대단한 사람이 있으면 나도 꼭 만나보고 싶어.

……그거 나잖아. 왜 걸어 다니는 국가급 병기 취급을 받고 있지?

이러니까 다들 무서워하지. 걸어 다니는 핵탄두잖아.

"무슨 황당무계한 소릴……. 그런 일이 가능할 리가…… 나는 이미 약속을……."

"당신은 그 모습을 가까이에서 봤겠지? 솔직히 멀리 떨어져서 보기만 해도 간담이 조금 서늘해지더군. 나는 이대로 당신과 타국으로 도망치는 게 최선이라고 생각하는데?"

"정말로 그 정도로, 전 길드에 통보될 정도의 인물이라면…… 나는……."

타키야의 당혹스러운 목소리를 들으며 나는 그 진의, 속에 품은 마음의 소리에 귀를 기울였다.

[어빌리티 효과 2배]는 어빌리티에 들어간 숫자를 두 배로 늘리는 능력이다.

그리고 지금 나는 [오감 강화]를 세팅했다. 그렇다, 『오(5)』다.

이게 무슨 억지인가 싶겠지만, 이 능력은 수를 의미하는 단어에도 반영된다.

다시 말해, 인간의 오감을 뛰어넘은 것을 느낄 수 있게 되는 것이다.

예컨대 본래 인간이 갖추지 못한 자기(磁氣) 감지 능력, 자기 몸의 내부를 분석할 수 있는 내장 감각, 그리고—.

'나에게도, 오기가 있어. 내가 어떤 심정으로 마더에게 적대했는데……. 이렇게 되면 나 스스로……. 빼앗길 바에야…… 차라리 내가…….'

머리에 들어온 것은 타키야의 마음속 소리였다.

이것은 [오감 강화]와 [어빌리티 효과 2배]의 영향으로 태어난 효과 중에서도 특출하게 위험한 능력. 『제6감』.

상대방의 생각이 보인다…… 그것은 최악의 경우 인간 사회에서 살아갈 수 없을 정도로 무서운 능력이다.

아마 앞으로 이것을 사용할 일은 없겠지. 이건 지나치게 위험하다.

바로 어빌리티를 해제하고 한숨 돌린 후 정보를 정리했다.

우선 『각하』라고 불린 인간이 사람을 파견했다.

그리고 그 목적은 윤락가 치안을 악화하고 레이스 씨에게 압박을 가하는 것.

최근에는 그 효과도 미미해져 끝내 직접적인 경고에 나서려고 했다는 것.

역시 타키야는 누군가의 지시를 받고 움직이는 것 같았다.

그나저나 『각하』라……. 그자가 그렇게 높은 지위에 있는 것일까?

그리고 타키야의 마음속 소리, 「빼앗길 바에야」라는 말…….

이건 무슨 의미지? 그 각하라는 인간이 레이스 씨를 빼앗기라도 한단 말인가? 또, 다급해진 타키야가 자기 손으로 무슨 짓을 하려는 것일까?

"……못 박아 둘 필요가 있겠군."

경고문을 보내기 위해 나는 오랜만에 메뉴 화면에서 메일 항목을 열었다.

이 메일 기능은 화면에 직접 문자를 입력할 수도 있지만―.

"얍."

손에 편지 세트가 나타났다. 바로 이렇게 아이템으로 만들 수도 있었다.

게임 시절 『손글씨의 따뜻함을 전하세요』라는 쓸데없는 장인 정신을 발휘하여 구현한 기능이었지만, 나는 실제로 이 기능을 사용하는 사람을 본 적이 없었다.

마우스나 태블릿으로 쓴 다음 보내면 『송신 완료』라는 메시지가 뜨지만, 실물은 수중에 남는 특이한 시스템이었다.

뭐, 손글씨는 제대로 상대방에게 송신되지만.

이번에는 그렇게 나타난 흰 종이에 직접 글을 적어 몰래 문틈에 꽂아 뒀다.

사람은 자기 생각이나 속셈을 들키면 심하게 동요하기 마련이다.

머릿속이라는 불가침의 영역이 침범당하면 어떻게 대처하고 막아야 하는지 모르기 때문이다.

이것으로 아마 타키야의 행동을 어느 정도 지연할 수 있으리라. 그리고 그사이에 레이스 씨가 끌어안은 문제를 알아낼 수 있다면—.

"메일 기능이라……."

이 메일 기능을 만약 지금도 쓸 수 있었더라면…….

이번 소동을 오잉크에게 상담할 수도 있고, 지금도 멀리 떨어진 땅에서 살고 있는 슌과 다리아에게 연락할 수도 있을 텐데…….

아마 메일을 보내도 그것을 일시적으로 받아들일 서버가 존재하지 않으니까 소용없겠지.

밑져야 본전으로 메일 리스트를 갱신해 보아도 역시 연결 중 마크가 끝없이 돌아갈 뿐 아무런 변화가 없었다.

뭘까? 이 말로 표현하기 힘든 패배감과 고독감은.

"슬슬 뜰까? 사람들이 움직일 시간이니까."

이곳도 일단은 상회였다. 거래처 상인들이 찾아와서 소란스러워지기 전에 냉큼 사무소를 빠져나가기로 했다.

저녁 무렵.

류에는 오늘도 윤락가를 순찰하러 갔다.

아무래도 류에도 나와 닮은 구석이 있는지, 「중요한 날이니까 오늘은 레이스 씨 가게 근처를 중점적으로 경비할게」라고 말했다.

그것이 왠지 이상했고, 한편으로는 기뻤다.

"평상시 복장으로 가도 되겠지? 마왕님은 금일 휴업입니다."

일상복을 입고 숙소를 나와 거리를 돌아보며 윤락가로 향했다.

오늘도 저녁놀에 비친 사람들이 즐겁고 어딘가 들뜬 모습으로 길을 오갔다.

그런 거리를 한 걸음 한 걸음 힘차게 걸었다.

웬일로 오늘은 아무도 나에게 말을 걸어오지 않았다.

지금 내가 그렇게 생각에 잠긴 듯 보이나?

거리의 잡음이 가라앉았을 무렵, 드디어 그녀의 저택에 도착했다.

난공불락의 요새를 방불하게 하는 철문을 천천히 열고 정문으로 향했다.

"안녕하세요. 누구 안 계세요?"

문고리를 살며시 두드리자 문이 느리게 열렸다.

문 반대편에는 복잡한 표정을 지은 스펠 씨가 기다리고 있었다.

"……잘 오셨어요."

내 모습을 확인한 그녀는 표정을 조금 슬프게 찌푸렸다.
"오늘은 레이스 씨에게 초대받아 왔습니다."
"네. 들었어요."
나는 저택으로 들어갔다.
평소라면 화려한 샹들리에가 아름다운 진홍색 카펫을 비추며 속세를 벗어나 새로운 세계로 이끌어주는 저택이었다.
하지만 지금은 모든 조명이 꺼져 그저 정적과 암흑만이 펼쳐질 뿐이었다.
그것이 마치 지금까지 이곳에서 지낸 시간은 그저 공허한 환상에 불과했다고 말해주는 것 같아, 아주 조금 가슴이 아렸다.
"카이본 씨…… 마더는 안쪽에 계세요."
"그녀의 방인가요?"
"네. 2층 가장 안쪽 방이에요. 하지만— 그렇지 않아요."
스펠 씨는 슬프게 중얼거렸다.
"저는 엘프예요. 누구보다도 마더와 오랜 시간을 함께 보냈죠……."
그리고 그녀는 이야기했다. 누구보다도 오랫동안 곁에서 지켜본 어머니의 진짜 모습을…….
"마더는 더 안쪽에 있어요. 저택이 아니라 마음 안쪽에. 한때 마더를 손에 넣으려고, 곁에 두려고 한 남성은 수없이 많았어요. 하지만 아무도 마음의 근원, 저도 모르는 그 심연을 비출 수 없었어요."

누구보다도 오랫동안 함께 지낸 그녀조차 알지 못한 레이스 씨의 속내.

"카이본 씨…… 마더를, 부탁드려요."

그녀는 레이스 씨의 방으로 이어진 길을 알려주고 떠났다.

……아마 이곳까지 도달한 사람은 과거에도 있었으리라.

그것은 어쩌면 부크 씨였을지도 모르고, 혹은 다른 사람이었을지도 모른다.

하지만 그녀는 지금도 이곳에 있었다.

레이스 씨의 마음을 보여주듯 어둡고 긴 복도였다. 나는 복도 끝에 있는 문 앞에 홀로 서서 다시 마음을 굳게 먹었다.

그리고 살며시 문을 두드렸다.

§ § §

노크하자 문은 곧바로 열렸다.

나를 맞이한 것은 평소 입는 드레스가 아니라 수수한 나이트 드레스를 입은 레이스 씨였다.

그녀의 방은 객실과 달리 필요 최소한의 가재도구만 있었다.

작은 책상과 침대, 옷장. 그리고 그녀의 싸움에 필요한 화장대.

레이스 씨는 나에게 하나밖에 없는 의자를 권하고 자신은 침대에 걸터앉았다.

"어서 오세요. 후후, 썰렁한 방이라서 죄송해요. ……우선 가볍게 술이라도 마실까 했지만…… 무엇부터 대답하면 될까요?"

나의 절박하고 급한 마음이 전해졌는지, 레이스 씨는 아마 미리 준비해 뒀을 술병을 책상 위에 살며시 다시 내려놓았다.

부드럽게 미소 지으며 고개를 살짝 갸웃거리는 그 모습에서 전해지는 것은 무언가를 체념한 듯한 힘없는 분위기였다.

……아니다. 이런 표정을 짓게 하고 싶었던 것이 아니다.

"우선 왜 마족이란 사실을 숨겼는지 알려주시겠습니까?"

"실은 딱히 거창한 이유는 아니에요. 사실 저, 늙지 않아요."

"그건 어렴풋이 그럴 거라고 생각했습니다. 레이스 씨는 겉모습이 너무 젊으니까요."

"후후, 그렇죠. 이런 모습이지만, 이 대륙에 온 건 약 50년 전이에요. 정신을 차리고 보니 이 대륙에 있었죠."

……50년 전. 평범하게 생각하면 충분히 긴 시간이었다.

"마족이란 사실을 숨긴 이유는 옛날의 저를 아는 사람에게서 숨기 위해서예요. 오래 살다 보면 번거로운 인간관계가 늘어나니까요."

"……그리고 누군가에게서 계속 도망치고 있는 거군요."

그 말을 입에 담았다.

이번 소동과 상대방의 목적, 그리고 그녀가 정체를 숨긴다는 사실.

그것을 감안하면 레이스 씨의 동기는 쉽게 상상할 수 있었다.

“……역시 대단하시네요. 맞아요. 저는 전에 이 땅을 다스리던 영주에게 쫓기고 있어요.”

“그리고 드디어 행동에 나선 거군요?”

“전부터 이런 움직임은 있었어요. 하지만 이곳은 이제 부크님이 다스리는 땅이라서 그다지 강하게 나올 수 없었는데…….”

“직접 손을 쓸 수 없다면 간접적으로 한다, 이건가요? 말하자면 레이스 씨가 소중하게 해 온 도시 그 자체를 인질로 삼은 셈이군요.”

아마 윤락가에서 소란이 빈발한 이유는 레이스 씨를 흔들기 위한 수작일 것이다.

『더 이상 도시에 피해를 끼치고 싶지 않겠지?』라고 협박하는 것이다.

“……제 존재가 딸들, 더 나아가서 도시에 피해를 주는 건 사실이에요. 그래도 저는 이 도시를 떠날 수 없죠. 어떻게 딸들을 두고 갈 수 있겠어요…….”

“따님들은…… 아니, 이 도시는 강합니다.”

그렇게 반론하자 레이스 씨도 그것을 알기 때문인지 덧없이 웃을 따름이었다.

아무렴, 강하고말고.

딸들과 그녀들의 맏언니인 스펠 씨, 저택을 나와 한 세력의 우두머리가 된 테스타 씨.

어디 그뿐인가? 그 회합에 참석한 사람들은 모두 이 도시를 사랑하고, 때로는 대립하더라도 지금까지 협력해 오지 않았던가?

원래대로라면 모든 것을 감독하는 사람, 그랜드 마더라는 존재가 없어도 이 도시는 충분히 잘해 나갈 수 있다.

레이스 씨처럼 말하자면, 부모 슬하를 떠나 홀로서기도 가능할 것이다.

"……정말로 이 도시는 강하고 훌륭하게 자랐어요. 하지만, 그래도 저는—."

"그래도 이 도시, 이 대륙을 떠날 수 없다. 떠나면 데리러 와주지 않을지도 모르니까. 자신을 찾아내지 못할지도 모르니까."

레이스 씨의 말을 끊고 분명하게 말했다.

그러자 마침내 레이스 씨의 얼굴에서 덧없는 웃음이 사라지고 경악만이 남았다.

그러나 그녀는 바로 눈을 내리깔아 버렸다.

"뭐든…… 꿰뚫어 보시네요……. 맞아요. 저는 사람을 기다리고 있어요."

"그 이야기를 자세히 들려주시겠습니까?"

『낙숫물이 댓돌을 뚫는다』. 드디어, 마침내 들을 수 있게 된 돌파구로 뛰어들듯 나는 그녀의 마음 밑바닥에 깔린 소원을 물었다.

그러자 정말로 사라질 것만 같은 웃음을 띤 레이스 씨가 소리 없이 고개를 끄덕였다.

너무나도 약한 반응이었다. 「이렇게 정신적으로 내몰아도 괜찮은가」라는 생각이 가슴속을 메워 갔다.

하지만, 그래도 알고 싶었다. 닿고 싶었다. 손을 뻗고 싶었다. 이 사람의 마음속 가장 깊은 곳에— 마치 그 북녘땅에 홀로 남아 있던 류에에게 손을 뻗었을 때처럼.

"네……. 저도 이미 한계에 달했었던 건지도 모르겠어요. 결국 여기까지 들어오도록 허락해 버린 걸 보면요."

레이스 씨는 자조적으로 웃으며 운을 뗐다.

진실을, 아무도 닿을 수 없었던 가장 깊숙한 곳에 숨은 그녀의 마음을…….

"방금 말했죠? 저는 늙지 않는 옛날 사람이라고. ……사실 제겐 여기로 오기 전, 먼 옛날의 기억이 있어요."

"여기로 오기 전?"

그건…… 설마 『신예기』의 기억일까? 만약 그렇다면—.

"명확하게 떠오르진 않아요. 그래도 단 하나 확실한 것이 있죠. 어떤 사람이 절 소중히 했다는 사실이에요."

레이스 씨는 평온한 표정으로 가슴 앞에 깍지를 꼈다.

그것을 이야기하는 것이 구원이라는 것처럼, 마치 신에게 기도를 올리는 것처럼.

"그 사람이 저에게 멋진 옷을 보내줬어요. 그 사람이 저에게 멋진 목걸이를 보내줬어요. 그 사람이 저를 위해 다양한 물건을 보내줬어요."

하지만 그 이야기를 하는 그녀는 어딘가 쓸쓸해 보였다.

"사람들은 치장한 저를 칭찬해줬어요. 예쁘다고, 아름답다고. 그때마다 기뻐했던 걸 아직도 기억해요."

……설마, 아아, 설마—.

"그래도 누가 보내줬는지, 칭찬해준 분들 중에 그 사람이 있었는지, 저는 그것조차 기억나지 않아요."

가슴이 아팠다. 그녀의 이야기를 듣고 나는 모든 것을 이해하고 말았다.

역시 그것은 신예기의 기억이었다. 그리고 신예기란……게임 시대를 말했다.

"이제는 쓸 수 없지만, 제겐 물건이 전송되는 신비한 창고 같은 게 있었어요. 이런 식으로요."

레이스 씨는 나와 류에가 그러는 것처럼 허공에서 목걸이를 꺼내 보였다.

……의심의 여지가 없었다. 그것은 내가 옛날 『공유 스토리지』로 보낸 장식품이었다.

"놀라셨나요? 하지만 제가 이 땅에 온 후로는 아무것도 오지 않게 됐어요."

……나는 세 번째 캐릭터 『Raith』를 만들었다.

나의 이상을, 류에와는 다른 또 다른 마음을 담아 제작했다.

그리고 다 만든 뒤 동료들과 협력해 그 모습에 어울리는 장비를 긁어모았다.

『분명히 이런 드레스가 어울린다.』, 『액세서리도 필요하다.』, 『무기는 이게 어떨까?』, 『오호~! 란란이 쓰던 거라도 괜찮으면 이것도 줄게~!』.

이상적인 모습으로 꾸미고 미래에 쓸 장비를 맞춘 뒤— 방치했다.

그 무렵, 대규모 업데이트로 『탈검』이 추가됐기 때문이었다.

강하지는 않았다. 하지만 나는 그 무기에 가능성을 느끼고 하염없이 어빌리티를 모으고 다녔다.

그리고 언제부터인가 나는 새로 만든 캐릭터를 키울 의욕을 잃어 그저 가끔 옷 입히기 인형처럼 다뤘다.

류에는 왜 신예기의 기억을, 많은 추억을 가졌을까?

그 해답은 간단했다. 단순히 플레이 시간이 다르기 때문이었다.

최고 레벨까지 육성했고 많은 사람들과 교류했으며 팀원과 보낸 시간도 길었다.

하지만 그녀는 달랐다. 나는 『Raith』를 거의 사용하지 않았다.

그래서 신예기의 추억이 희박했고 애매모호한 기억이 되어 버렸다.

즉…… 그녀의 고독은 내 죄며, 그녀가 기다리는 사람이란―.

"저는 잊혔을지도 몰라요. 이제 필요 없으니까 이곳에 혼자 버려졌는지도 모르죠. 그래도, 그래도 저는 이 추억에 기댈 수밖에 없었어요. 이곳에 있으면, 어쩌면 데리러 와줄지도, 만날 수 있을지도 모른다고 생각했으니까요. 우습죠? 존재하는지조차 알 수 없는 사람을 기약 없이 기다리는 꼴이라니……."

가슴이 찢어질 것 같았다.

자신을 비하하며 메마른 웃음을 짓는 그녀의 모습에 마음이 미어졌다.

소리치고 싶었다. 나라고, 그 사람이 여기 있다고―.

당장에라도 끌어안아 「난 네가 필요해!」라고 외치고 싶었다.

"……만약 제가 기다리던 그 사람이라면, 당신은 저와 함께 갈 수 있나요?"

"후후, 상냥하시네요. 하지만 저는 누가 데리러 와도 여기 남을 거예요. 고맙습니다, 카이본 씨."

"……!"

그렇게 고한 순간, 레이스 씨의 덧없는 미소는 온데간데없이 사라졌다.

겨우 보여준 속마음을 다시 감추고 말았다.

선택을 잘못했나? 아니면…… 너무 늦고 말았나?

이제 와서 내가 기억 속 그 사람이라고 밝혀 봤자 믿어줄 리가 없었다.

여기까지 듣고 정체를 밝혀 봤자 단순한 위로밖에 되지 않았다.

나는…… 내 정체를 밝힐 타이밍을 놓쳐 버린 걸까?

의미 없는 발버둥일지도 모르지만, 나는 그 안경을 꺼내서 썼다.

진실한 모습과 스테이터스를 꿰뚫어 볼 수 있는 그 안경을…….

그러자 그곳에 보인 것은―.

웨이브 진 보라색 장발. 머리 양쪽으로 머리카락을 헤치고 난 작은 날개.

눈동자는 진한 와인레드에 어깨 너머로 살짝 보이는 등날개.

바로 내가 만든 서드 캐릭터, 마족 『Raith』의 모습이었다.

"난, 나는……."

뭔가 없을까? 그녀의 마음에 다시 한 번 닿아 빛으로 가득한 세계로 이끌고 나올 결정타가―.

내가 그 사람이라고 증명할 수단이 없단 말인가?!

이대로 가면 『빼앗을』 수 없다. 그녀를 이곳에서 영원히 기다리게 하는 굴레에서 빼앗을 수 없다.

나는 『탈검사』다. 그걸 인정할 수 있을쏘냐. 물러날 수 있을쏘냐.

무슨, 무슨 방법이 없을까—.

“……이야기가 길어졌네요. 오늘은 영업일이 아니지만, 기왕 오셨는데 제 옛날이야기만 하다가 끝내자니 죄송하네요. 잠깐 술이라도 마실까요?”

무정하게도 이미 그녀에게서는 조금 전까지 보인 덧없고 당장에라도 무너질 것 같은 여린 표정이 사라졌다. 돌파구가 완전히 막히고 말았다.

남은 것은 평소 손님에게 보여주는, 여린 마음을 숨긴 웃음이었다.

나는 절호의 기회를 놓쳐 버린 걸까……?

“레이스 씨, 저는…….”

§ § §

그때였다.

귀에 익은, 하지만 그리운 소리가 머릿속에 울려 퍼졌다.

수없이 반복되어 울리는 그 소리에 무심코 관자놀이를 붙잡고 고개를 숙였다.

"카이본 씨?! 왜 그러세요?!"

레이스 씨가 황급히 다가왔다. 하지만 전자음은 멈추지 않았다.

그것은— 닿을 리 없던 메일이 도착하는 소리였다.

멎지 않는 소리를 막기 위해 메뉴를 열어 메일 항목을 열었다.

그러자 그곳에는—.

『읽지 않은 메일 12,028건. 보낸 사람 Raith』

그 메일을 보낸 사람은 지금 눈앞에 있는 그녀였다.

오늘 아침 타키야의 사무소에서 무심히 눌러 본 갱신 버튼 아이콘이 지금도 빙글빙글 돌며 새로운 메일을 계속해서 수신하고 있었다.

마치 휴대 전화가 전파를 계속해서 찾듯이—.

"저기, 정말로 괜찮으세요? 편찮은 곳이 있으면 잠깐 여기서 쉬셔도……."

레이스 씨가 진심으로 걱정스러운 표정을 짓고 내 낯빛을 살폈다.

당신은 지금까지 그 얼굴 뒤로 어떤 생각을 하고 무엇을 바라며 살아왔을까…….

"괘, 괜찮습니다……."

……왜 수취인 불명의 메일이 나에게 도착했을까.

나는 일어서서 다시 한 번 그녀를 바라보며 최근 날짜가 적힌 메일을 열었다.

눈앞에 있는 여성의 본심을 알기 위해—.

『오늘 저는 그리운 꿈을 꿨어요. 이 생활이 시작되기 전, 이 땅에서 눈을 떴을 무렵의 꿈이요.

그로부터 몇십 년이란 세월이 흘렀네요. 때로는 사랑하는 딸이 자신의 사랑을 찾고, 그리고 때로는 제 소중한 딸이 새 생명을 갖기도 했죠……. 저는 그게 부러웠어요…….

그리고 오늘은 영주인 부크 씨가 방문하는 날이랍니다.

전에도 적었겠지만, 그 사람은 저를 위해 이 도시를 만들어주셨어요.

당신이 어서 저를 찾아주지 않는다면, 제게 함께 가자고 몇 년이나 부탁하는 귀여운 도련님에게 절 빼앗길지도 몰라요.

그러니까 제발 어서 저를 데리러 와주세요.』

그것은 기계로 입력한 문자가 아니라 메일을 실체화하여 손수 기록한 글귀였다.

그녀는 이 편지를 어떤 마음으로 적었을까?

그리고 가장 최근 메일은 바로 오늘 내가 찾아오기 직전에 쓴 것이었다.

『저는 또 한 남성을 이용하고 말았습니다.

그리고 용서받지 못할 일이지만, 왠지 그 사람에게 친근감을 느끼고 말았어요.

당신은 그런 저를 용서해주실까요?

오늘 그 사람에게 제 비밀을 조금 털어놓을 생각입니다.

하지만 저는 당신을 계속 기다릴 거예요. 이 마음만은 변하지 않아요.

제발 이 편지를 읽으시면 저를 데리러 와주세요.

그분은 무척 매력적인 사람이에요. 제발 제가 흔들리기 전에…….』

정말로 왜 이 메일이 지금 이 순간 도착했을까?

나는 아직 걱정스러운 표정을 짓고 있는 그녀를 봤다.

표시된 반투명한 메일 창이 그녀와 겹쳤다. 마치 마음의 소리를 보여주는 것 같았다.

……우연일지도 모른다. 그냥 오작동일지도 모른다.

그래도 나는 싸구려에 흔해 빠진 말이지만, 나잇값도 못하고 『운명』이란 말을 믿고 싶어졌다.

"레이스 씨!"

결심은 굳었다. 그리고 그녀의 마음을 알았다.

그렇다면 이제 망설이지 않겠다. 전력을 다해 부딪힐 뿐이다.

"아, 네?!"

느닷없이 강한 어조로 이름을 불린 탓에 그녀의 목소리가 조금 갈라졌다.

무슨 말을, 무슨 말을 전해야 할까?

그래, 우선은…….

"직업이란 게 있죠? 전사라거나 검사라거나 하는……."

"네, 있지요."

"저는 『탈검사』라는 직업을 가졌습니다. 빼앗는 게 제 전문이죠."

"탈검사…… 처음 듣네요. 실은 저도—."

그녀는 한순간 어리둥절한 표정을 지었지만, 곧 진지하게 말을 받아줬다.

그래서 나는 그녀에게 말했다.

"『마궁투사(魔弓鬪士)』죠? 특수한 무기를 장비해야 비로소 전직 가능한 직업……. 언젠가 장비할 수 있도록 준비한 건 좋지만 요구 능력치가 높아서 고생했겠죠."

안경을 껴서 그녀의 스테이터스를 볼 수 있었다.

그 덕분에 기억났다. 키우려다가 포기한 그녀의 완성형을—.

아아, 선명하게 기억난다……. 수집한 장비를 갖춘 모습과 처음 필드에서 화살을 쏜 그 순간.

마치 안개가 낀 것처럼 떠오르지 않던 그녀에 관한 기억이 잇달아 떠올랐다.

이 타이밍은 분명 우연이 아니다.

"『요궁 블러디 레인』은 내가 지금까지 발견한 활 중에서 제일 강했어. 그래서 친구들과 서로 갖겠다며 난리였지. 언젠가 장비할 수 있도록 훈련하려고 했었는데……."

그녀…… 레이스는 쭉 기다리고 있었다.

도시나 대륙 밖으로 나갈 기회도, 그녀에게 손을 뻗은 사람도 얼마든지 있었을 것이다.

그래도 그저 하염없이 기다렸다.

언젠가 자신을 아는 이가, 자신과 관련 있다고 유일하게 확신할 수 있는 사람이, 선물을 보내온 그가 맞이하러 와줄 그 날을—.

내가 하는 말을 채 이해하지 못했는지, 레이스는 뻣뻣하게 굳어 버렸다.

"……편지가 너무 늦게 도착했어. 불만은 배달원에게 해줘."

"……거짓말 말아요. 농담이죠? 그럴 거야…… 이럴 리 없어……."

아직 믿어지지 않는지, 레이스는 떨리는 목소리로 부정하며 뒷걸음질 쳤다.

여기서 놓칠 수는 없다! 바로 메뉴 화면을 열어 답장을 보냈다.

마음이 앞서 손가락이 떨렸다. 그래도 나는 문장을 완성했다.

내용은 단 한마디—『기다리게 해서 미안해』.

보내기 버튼을 누른 순간, 태어나서 처음 들었을 수신음에 놀란 그녀는 순간 어깨를 흠칫 떨었다.

그리고 떨리는 손으로 허공을 짚어 자기 눈에만 보일 메뉴를 조작했다.

"……! 으…… 흑…… 흐으으……."

그 직후 레이스는 마치 어린아이처럼 흐느끼며 바닥에 주저앉았다.

실이 끊긴 마리오네트가 지탱할 것을 잃고 풀썩 무너져 내리는 것처럼.

나는 그녀에게 다가가서 눈높이를 맞추려고 무릎을 꿇었다.

……대답해줘. 지금이라도 늦지 않았지?

나, 이곳에 남들보다 늦게 도착했어.

지금부터라도 할 수 있을까? 이 도시에서 너를 『빼앗을』 수 있을까?

레이스…… 용서해주겠어? 지금까지 내버려 둔 나를…….

이 세계에 와서 기다리게 한 것뿐 아니라 그 시절부터, 키우지도 않고 아이템만 넘기고 방치했던 나를…….

"정말로…… 정말로 당신인가요……? 제 키다리 아저씨는 당신이었나요?"

레이스는 떨리는 목소리로 매달리듯 물었다.

그렇구나, 나는 레이스에게 키다리 아저씨였나…….

"키다리 아저씨…… 하하, 봐. 다리도 길지? 아직 아저씨는 아니지만…… 나야. 틀림없이 나야."

"저는 정말로…… 잊힌 게 아니었군요……."

"처음 만났을 때부터 혹시나 했어. 가슴이 술렁였지. 그래서 이 도시에 남아서 너에 관해 조사했어."

겨우 얼굴을 든 레이스와 눈을 맞췄다.

말은 하지 않지만, 지금도 레이스의 눈에서는 굵직한 눈물이 뚝뚝 떨어지고 있었다.

레이스가 서서히 나에게 팔을 뻗었다.

"쭉…… 이날을 기다렸어요. 그저 언젠가 데리러 와주리라 믿고 쭉 기다렸어요."

레이스는 나를 강하게, 정말로 강하게 끌어안아 줬다.

지금까지 많은 아이들을 지키고, 살아갈 길을 개척해준 두 팔로…….

그 마음이 절절하게 전해졌다. 그래서 그 마음에 부응하고자 나도 마주 끌어안았다.

방금 나는 그녀의 스테이터스를 확인했다. 그 정보 중에는 내가 모르는 사실이 똑똑히 기록되어 있었다.

【Name】 레이스 레스트

【종족】 상위 마족(데몬 로드)

【직업】 마궁투사, 재생사 (39)

【레벨】 97

【칭호】 약속의 처녀(프로미스 메이든)

위대한 어머니(그랜드 마더)

불굴의 여제

레이스에게도 성이 존재한다는 사실……이 아니라 칭호였다.

그 칭호는 레이스가 지금까지 걸어온 길이 얼마나 가혹했는지 단적으로 보여줬다.

여자 홀몸으로 화류계에서 오랜 세월 싸워 오며, 이날 이 순간까지 자신의 의지로 그 삶을『관철한 것』.

레이스의 삶이 그대로 칭호가 되었다.

마치 세계가 그녀의 삶을 인정해준 것 같아 그것이 무척이나 자랑스러웠다.

힘든 일도, 좌절할 뻔한 일도, 위험에 처한 일도 있었으리라.

하지만 그럼에도 레이스는『처녀』인 동시에『어머니』이길 관철했다.

그리고 나는 지금부터 그녀를— 그녀가 관철한 굴레와 함께 부수고 빼앗을 것이다.

"다시 묻겠습니다. 저랑 함께 가실 수 있겠습니까? 여행을 떠날 생각은 없으신가요? 조금 특이한 동행도 있지만, 분명 친해질 수 있을 겁니다."

"류에 씨 말이군요. 제가 따라가면, 방해가 되진 않을지……."

잠깐 머릿속으로 상상해 봤다.

『카이 군이 날 버리고 레이스 씨에게 갈아탔어! 어떻게 이럴 수 있어, 카이 군!』

『카이 군이 욕망에 패배해서 여자를 끼고 다녀! 어떻게 이럴 수 있어, 카이 군!』

……아니, 아무리 그래도 그 정도로 바보는 아니지. 최근 며칠 사이 류에를 봐선 이런 식으로 반응할 리가…… 없겠지?

"그래도, 만약…… 그럴 수 있다면……."

죄책감과 당혹감, 그리고 아마 이제부터 일어날 문제를 생각하며 결단을 내리지 못하는 것처럼 들렸다.

하지만 그녀에게서는 『동행하고 싶다는 의지』가 분명하게 느껴졌다. 그렇다면—.

"……만약 도시를 나가는 데 필요한 일, 정리해야 할 문제가 있다면 뭐든 말해. 그리고—."

나는 그녀를 끌어안은 채 말했다.

그녀의 가장 큰 근심을 없애기 위해서—.

"그리고…… 너를 노리는 사람이 있다 하더라도 모두 물리쳐 보이겠어."

그녀가 이 도시에 이미 없다는 사실을 알면 그자가 도시에 손을 댈 이유도 없어지겠지.

그리고 그 화살이 나에게 향한다면, 오히려 잘된 일이다.

다행히 나는 자유롭게 여행하는 몸이다. 그리고 더욱 다행히도 나에게는 믿음직한 동료가 있다.

그러니까—.

"그러니까— 나랑 같이 가자, 레이스."

한 번 더 강하게 레이스에게 내 소망을 전했다.

『낙숫물이 댓돌을 뚫는다』. 그것은 나를 두고 한 말이 아니었다.

존재하는지조차 불확실한 사람을 포기하지 않고 기다리는 일념.

믿고 기다려 온 그녀가 그 견고한 돌마저 뚫었다.

오만하다. 내가 쐐기를 부순 게 아니라 그녀가 스스로 부순 것이다.

레이스는 아직 팔을 떼지 않았다. 두 번 다시 떨어지지 않겠다는 양, 부모에게 매달리는 아이처럼 안겼다.

하지만 나의 두 번째 질문에 대답하기 위해서 등을 감싼 팔을 천천히 떼었다.

"해야만 하는 일도, 귀찮게 할 일도 아마 산더미처럼 많을 거예요. 하지만— 제발, 제발 저를……."

겨우 멎은 큰 눈물 대신 눈꼬리로 작은 빛을 흘리며, 그녀는 지금 지을 수 있는 최고의 웃음을 나에게 보여줬다.

"저를 이곳에서 빼앗아 가주세요."

§ § §

방 안에서 겨우 울음을 그친 레이스와 다시 마주 봤다.

지금까지 은연중에 느끼던 벽은 사라졌다. 레이스가 천천히 손바닥을 자기 눈앞에 댔다.

그러자 레이스의 눈동자 색이 내 기억 속의 와인레드로 변했다.

"이제…… 이 모습을 감출 필요도 없겠네요."

"그래. ……그리워. 그 눈, 게다가 머리도."

눈과 함께 레이스의 흑발이 보라색으로 변했다.

박쥐 같은 작은 날개가 머리를 헤치고 나왔다.

그러자 레이스의 심정을 나타내는 것처럼 그 날개가 앙증맞게 파닥파닥 움직였다.

……반전 매력이란 것을 태어나서 처음 이해했다.

"……저기, 제 모습을 계속 기억하고 계셨나요?"

"물론이지. 어떻게 잊겠어."

당연했다. 류에도, 레이스도 내가 이 손으로 직접 만들었으니까.

두 사람 모두 내 이상형을 추구해 만든 이들이니까.

그런 두 사람이 자기 의지를 가지고 이 세계에서 살아가고 있었다.

……정말로 이렇게 기쁜 일이 또 있을까?

"제가 도시를 떠난다면 빠르게 움직이는 편이 좋겠네요……. 내일 길드를 통해 긴급 소집을 열게요."

"긴급 소집……?"

"어제 회합에 출석한 분들을 모으는 거예요. 우선 그분들에게 제대로 설명을 해야죠."

"……타키야는 어떻게 하지? 그는 지금 배후 세력의 의지를 무시하고 무슨 짓을 꾀하려 하고 있어."

나는 타키야의 사무소에서 보고 들은 정보를 레이스에게 전했다.

그러자 그녀는 마치 「못 말린다」고 아이를 혼내는 듯, 달래는 듯한 표정을 지었다.

"그는 지금 도시의 대표자 중에서도 가장 어려요. 그만큼 중압감도 더 심하겠죠. 그 부분을 파고든 걸지도 몰라요. ……게다가 그는 제 저택에서 직접 자라지는 않았지만, 자주 놀러 오고 쇼핑을 도와주기도 했어요. ……후후, 지금은 상상도 못 하시겠지만, 아주 어리광쟁이였답니다."

응? ……타키야가? 어리광쟁이? 그 인텔리 야쿠자가? 거짓말이지?

"그 사람과는 조금 사이가 틀어질지도 몰라요. 하지만…… 이미 모두 어른이에요."

그렇게 말한 레이스의 표정에는 조금이지만 쓸쓸함이 번진 것처럼 보였다.

레이스가 도시를 떠난다. 그것은 대표들이 부모의 슬하에서 자립한다는 뜻임과 동시에 그녀에게도 자식을 떠나보내는 것이기도 했다.

사실 그들은 어엿한 어른이며 그것을 받아들여야만 하는 입장이었다.

그렇기에 그녀는 내일 긴급 소집을 열려는 것이겠지.

"알겠어. 내일 경호는 나뿐 아니라 류에에게도 도와 달라고 부탁할게. 그리고—."

내게는 하나 더 해야 할 일이 있었다.

여행 동료인 류에에게 레이스의 동행을 허락받기 위해 설득하는 중대한 일이었다.

"아직 내게는 해야 할 일이 남아 있으니까."

"그런가요……. 그럼 오늘은……."

오늘은 일단 돌아가겠다고 말하려고 했다.

하지만 그녀는 무슨 까닭인지 나를 힐끔힐끔…… 레이스 씨? 왜 침대를 보세요?

"……조금 전에 머리를 감싸시던데, 지쳤다면 쉬고 가시는 게 좋지 않을까 해서……."

"아, 그건 방금 들었겠지만, 편지 도착을 알리는 소리가 머릿속에 울려 퍼져서 그랬어."

"……네?"

"레이스가 이때까지 보낸 편지들이 한꺼번에 도착했거든."

멈칫. 레이스가 경직했다.

그리고 그 직후, 허둥지둥 날개를 파닥거리고 손가락을 정신없이 꼼지락대기 시작했다.

"저기, 편지는 오랫동안 많이 써 왔지만, 모두 냉정한 상황에서 적은 건 아니에요. 다소 이상한 내용도 섞여 있을 수 있으니까 가능하다면 굳이 읽지 마시고 가만히 두세요. 그래야 저도 앞으로 카이본 씨와 원활하고 원만한 관계를—."

……그렇군. 블랙 히스토리도 섞여 있다는 말인가.

"알았어. 이것들은 소중한 추억으로 마음속에 간직해 둘게."

"……그렇게 해주세요……."

레이스가 처음으로 보여준 수치심 섞인 표정— 그것을 볼 수 있었던 것만으로 만족스러웠다.

나는 저택 현관까지 배웅 받았다.

레이스 씨는 나에게 평온하고 무심코 가슴 설레게 되는 미소를 보였다. 나도 모르게 「다녀오겠습니다」라는 엉뚱한 말을 꺼낼 뻔했다.

"내일 긴급 소집을 열겠다고 길드에 전하러 갈게요. 그때 또 경호를 의뢰할게요."

"알겠습니다. 저도 아침에 일어나자마자 길드로 가겠습니다. 아마 류에도 함께 갈 겁니다."

"……정말로 허락을 받을 수 있을까요?"

"우리 집 아가씨는 그렇게 속이 좁지 않으니까 걱정 마세요."
나는 불안한 표정을 짓는 레이스 씨에게 장난스럽게 대답했다.
그리고 아쉽지만 천천히 몸을 돌려 밤거리로 돌아갔다.

오늘 류에는 눈에 불을 켜고 이 저택 인근을 경비하고 있었다.
그래서 혹시나 하는 마음에 주위를 돌아보며 윤락가를 걸으니 예상대로 한쪽 길가에 사람들이 모인 것이 보였다.
가까이 다가가자 아니나 다를까 우리 집 아가씨가 위풍당당하게 서 있었다.
오늘의 희생자는 누구일까?
"아니, 정말로 몰랐다니까! 설마 무기 휴대조차 금지일 줄 누가 알았겠냐고."
"그럼 왜 저 저택 옆에서 어슬렁거렸지? 불이 꺼진 건 뻔히 보였을 텐데."
"그건…… 이런 곳 가장 안쪽에 있는 저택이니까 어떤 곳인지 조금 조사해 보고 싶잖아? 남자의 본능이라고 해야 하나……."
흠, 보아하니 수상한 사람을 잡아서 검문하나 보군.
"아이고, 류에 씨. 그 사람은 일단 풀어줘. 길드로 연행해서 무기 휴대 벌칙만 받게 하고."

"오, 당신, 이 아가씨랑 아는 사이야? 이제 좀 살았군……."

길바닥에 꿇어앉아 문초받던 사람은 30대 중반 남성이었다.

단단한 근육질 몸매에 대검을 등에 메어 척 봐도 힘깨나 쓰게 생긴 전사였다.

얼마나 고역을 치렀는지 그는 한심한 목소리로 나에게 매달렸다.

아…… 아무리 경계하느라 그랬다지만 이건 좀 불쌍하다. 같은 남자로서 그의 심정은 공감할 수 있었다.

그야 그렇잖아? 어떤 서비스를 해줄지, 어떤 사람이 사는지 신경 쓰이지 않을 남자가 세상에 어디 있겠어?

하지만 안타깝게도 그 저택 주위에는 요금표니 간판이니 하는 것이 없었다.

솔직히 누군가의 소개도 없이 무턱대고 뛰어들기에는 문턱이 너무 높았다.

"……그럼 얌전히 길드로 가겠다면 풀어줄게. 네 길드 카드 번호와 이름도 다 기록해 뒀으니까 허튼 생각 하면 안 돼."

"알았어. 무기를 휴대한 건 엄연히 내 잘못이니까."

남성은 솔직하게 자신의 죄를 인정했다. 그리고 장시간 무릎을 꿇고 있던 탓에 다리가 저렸는지 비틀거리는 걸음걸이로 윤락가를 떠났다.

나는 그 모습을 바라보다가 다시 류에에게 돌아섰다.

"전부, 전부 끝났어. 알고 싶었던 건 전부 알았으니까."

"……응. 그렇게 보여. 아주 좋은 일이 있었다는 얼굴이야."

"그래. 게다가…… 류에에게도 해야 할 이야기가 있어."

그렇게 말하자 류에가 무슨 이야기냐며, 궁금하다는 얼굴로 고개를 갸웃거렸다.

자, 오늘 마지막으로 해결할 중대 사안이다. 류에에게 함께 돌아가자고 제안하고, 먼저 다리를 끌며 돌아간 남성의 뒤를 따르듯이 길드로 향했다.

"아까도 말했지만, 할 얘기가 있어."

숙소로 돌아와 류에의 방 침대 위에 똑바로 앉아 얼굴을 마주했다.

평소보다 말투가 딱딱해진 것이 전해졌는지, 류에도 마른 침을 꿀꺽 삼키며 표정을 진지하게 바꿨다.

"……레이스 씨를, 여행에 함께 데려가고 싶어."

"……자세하게 설명해줄래?"

류에가 나직이 물었다. 거절하거나 혐오하는 기색도 없이 그저 진지하게 물었다.

그래서 나는 레이스 씨가 현재에 이르게 된 이야기를 풀어놓았다.

한때 내가 그녀에게 선물을 보내면서도 방치했었다는 사실.

그리고 자세한 이유는 얼버무리면서도 내 탓에 사람과 접촉할 기회가 적었다는 이야기와 그로 인해 신예기의 기억이

거의 남지 않았다는 것.

마지막으로 나를 계속 기다려 왔다는 사실과 몇 년이나 편지로 엮은 그녀의 마음.

그것들을 모두 숨김없이 류에에게 전했다.

그러자 류에는 뭔가를 이해했다는 식으로 고개를 끄덕였다.

“역시 내 말이 맞았어. 레이스 씨는 나와 많이 닮았구나.”

“……그래. 류에 말이 맞았어.”

“그렇지만…… 카이 군, 정말로 그게 다야?”

“무슨 뜻이야?”

류에는 은근슬쩍 진의를 캐내려는 것처럼 내 눈동자를 들여다봤다.

청명한 하늘 같은 눈동자가 마치 모든 것을 꿰뚫어 보는 것 같았다.

“내가 느낀 신비한 감각. 아마 카이 군도 느꼈을 그 감각이 뭔지 짐작 가지 않아?”

“그건…… 언젠가 말할게.”

그것은 아마 세 사람 사이에 존재하는 신비한, 공명하는 듯한 감각이었다.

같은 계정 캐릭터였다는 사실이 원인이라고 봐야 할까?

하지만 이 사실을 알려주려면 류에와 레이스를 내 손으로 만들었다고 설명해야만 했다.

그렇다면 지금 여기서 류에에게만 이야기할 수는 없었다.

나를 포함해 세 사람이 무사히 모인 다음 시기를 봐서 신중히 이야기해야 할 내용이었다.

그것은 세 사람의 관계에 깊이 관계된 이야기니까.

"그래? 언젠가 말해준다면 그때까진 묻지 않을게."

깊이 추궁하지 않는 류에가 고마웠다.

하지만 이야기는 이것으로 끝이 아니었다. 정말로 중요한 류에의 의견을 물어야 했다.

레이스의 동행을 허락해줄지 않을지를…….

"레이스 씨가 동행한다는 이야기 말인데, 얼마나 같이 다니는 거야? 다음 도시까지? 아니면 레이스 씨를 공격하는 상대를 해치울 때까지?"

"……아니. 앞으로 계속이야. 류에 너와 마찬가지로, 언제까지나 함께."

무슨 말을 듣게 될까?

「싫어」라고 거절당하는 것이 무서웠다.

당연했다. 두 사람 모두 나에게는 소중한, 반신이라고 해 좋을 사람이었다.

그런 두 사람이 만약 서로 대립한다면…… 서로의 존재를 인정하지 않겠다고 한다면…….

류에는 레이스를 일시적인 동행이라고 생각했다. 하지만 나는 그녀와 언제나 어디까지나 함께 가겠다고 밝혔다.

그러자 류에의 표정에 놀라움이 번졌다. 그리고— 불안하게 변했다.

"언제까지나……?! 그, 그렇다면……."

류에는 나를 독점하고 싶은 소유욕과 비슷한 감정을 품고 있었다.

적의까지는 아니더라도, 새로운 동행자에게 질투심을 품지는 않을까?

동생이 새로 생긴 언니가 동생에게 부모를 빼앗긴다고 느끼는 것처럼…….

하지만 류에의 입에서 나온 말은 내가 상상하던 것과 달랐다.

"그럼 이 도시는 어떻게 돼? 괜찮을까, 대표가 없어져도……."

"……응?"

그것은 이 도시에 대한 순수한 걱정이었다.

"레이스 씨가 함께 가는 건 걱정되지 않아?"

"걱정…… 아, 숙박비가 늘어나는구나……. 앞으로는 **세 명이** 열심히 벌어야겠네."

하지만 또다시 류에는 예상하지 못한 대답을 내놓았다.

당연하다는 투로 대답하고 당연하게 받아들였다.

그게 무척 기뻐서, 그런 류에가 자랑스러워서…… 마음속으로 사과했다. 나는 류에를 과소평가했다.

아무래도 우리 집 엘프 아가씨는 한없이, 실로 한없이 넓은 마음의 소유자였나 보다.

나는 내일 다시 레이스 씨를 만나러 간다고 류에에게 전했다.

"그럼 다시 한 번 인사해야겠구나."

"응, 그래."

내가 얼마나 불안했던가, 얼마나 걱정했던가.

내가 그러거나 말거나 류에는 천진난만하게 웃었다.

……네가 이 세계에 있어 줘서 참 다행이야.

분명히 나 혼자였다면 이렇게 평온한 마음으로 살아갈 수는 없었을 테니까.

이리하여 최대의 관건이라고 생각한 류에의 동행 허가를 무사히 받아 냈다. 평소와는 다른 긴장이 계속된 탓에 지친 것일까? 나는 내 방으로 돌아가서 침대에 풀썩 몸을 뉘었다. 의식은 순식간에 꿈속으로 가라앉았다.

§ § §

"카이 군, 일어나~. 레이스 씨를 만나러 간다며? 빨리빨리!"

느닷없는 충격과 흔들림으로 포근한 잠속에서 깨어났다.

으응? 뭐야? 벌써 시간이 그렇게 됐어?

"일어나! 길드 가야지, 길드!"

"음냐…… 잠깐, 잠깐만……. 벌써 시간이……."

눈을 뜨자 내 위에 올라타서 눈을 초롱초롱 빛내는 류에가 보였다.

그리고 그대로 시선을 창문으로 돌리자…… 이상하네. 커튼 사이로 빛이 보이지 않는데…….

"류에…… 지금 몇 시야?"

"딱 네 시!"

"……더 자렴."

새 동료가 늘어나는 게 그렇게 기대되니?

아니, 대단히 바람직한 일이긴 하지만…… 아무리 그래도 이건 조금…….

나는 홧김에 류에를 잡아당겨 이불 속으로 집어넣었다.

"자, 더 자자……."

"이, 이거 놔! 놓으라고, 카이 군. 이런 포근함에 나는 굴하지 않아!"

"두 시간 더. 두 시간만 더 자자……."

"굴하지 않아…… 굴하지 않아……. 따끈따끈하지만 굴하지 않아……."

……끝났군.

그 후 무사히 본래 기상 시각이었던 여섯 시에 눈을 뜬 나는 어느샌가 죽부인처럼 끌어안고 있던 류에를 풀어주고 외출 준비를 마쳤다.

"같이 자는 것도 좋은걸……. 이불이 푸근해~."

"내가 끌어들이긴 했지만, 이제 그만 일어나."

"알았어, 알았어. 충동적으로 빨리 길드에 가서 숨어 있다가 레이스 씨를 놀라게 해주고 싶었거든."

"그거라면 지금부터 가도 안 늦어."

레이스의 동행이 그렇게 기쁠까?

흠…… 하지만 류에는 전에 솔트버그에서 마족이 조금 거북하다고 말하지 않았던가?

나는 이미 레이스의 진짜 모습을 알지만, 류에는 그것을 봐도 아무 말도 하지 않을까?

"류에는 전에 마족이 거북하다고 하지 않았어?"

"응? 딱히 거북한 건 아니야. 그냥 옛날에 놀림당할 때 비교되곤 했을 뿐이지."

"놀림당해……?"

"내가 예전에 이야기했잖아? 난 만난 적 없지만, 슌이나 다리아, 오잉크에게 마족 친구가 있었다고— 아아! 그래! 그런 거구나!"

그래, 그러고 보니 솔트버그에서 그런 말을 했었지.

나는 류에가 무슨 말을 하는지 바로 이해했다.

게임 시절, 내가 레이스를 만든 후 플레이하며 곧잘 이런 말을 들었다.

『네 세컨드와 서드 캐릭터, 체격 차이가 너무 심하지 않아?』, 『레이스 가슴을 떼서 류에한테 조금 붙여줘라.』, 『넌 작은 걸 좋아하는지 큰 걸 좋아하는지 모르겠어.』.

……그거다.

류에는 그 기억이 있어서 마족을 보고 시큰둥한 반응을 보였던 것일까?

뭐, 그게 아니더라도 게임 시절 마족은 타 종족과 사이가 좋지 않다는 설도 있었지.

"그래…… 내가 비교당한 사람은…… 레이스 씨였구나……. 그 가슴이……."

괜찮아, 괜찮아. 나는 네 아담한 체형도 근사하다고 생각하니까.

길드에 도착하자 아직 아침 식사 시간도 되지 않은 탓인지 사람이 거의 없었다.

이제 곧 이 조용한 길드에 레이스가 긴급 소집을 의뢰하러 올 것이라고 생각하자 조금 마음이 들떴다.

그런 약간 어린애 같은 생각을 하면서 로비에서 시간을 보내는데, 입구 쪽에서 당황한 사람들의 목소리가 들렸다.

"오, 왔나 보다."

문을 열고 나타난 것은 상상한 대로 바로 그 사람이었다. 그리고 또 한 사람, 스펠 씨도 함께 있었다.

옆에 앉아 있던 류에가 스펠 씨를 발견하자 쏜살같이 소파에 몸을 웅크려 숨어 버렸다. 완전히 고양이 앞에 쥐 꼴이구나 싶어 피식 웃음이 나왔다.

레이스는 우리를 보지 못하고 바로 접수처로 향했다.

여성 접수원은 설마 이렇게 이른 시간부터 레이스가 직접 찾아올 줄은 꿈에도 생각하지 못했는지, 어쩔 줄 모르고 허둥지둥했다.

"류에도 숨지 말고 나와. 경호 의뢰를 바로 낼 것 같으니까."

"저, 저 애는 거북해……. 귀를 막 간지럽힌다고."

흠, 귀를 간지럽히면 거북하단 말이지…… 기억해 두자.

아무튼 나는 류에와 함께 접수처에 있는 두 사람에게 인사하러 갔다.

두 명 모두 아침부터 드레스를 차려입고 완전 무장이라고 할 수 있는 차림새로 절차를 밟고 있었다.

하지만 레이스는 어제 보여준 진짜 모습이 아니라 흑발에 녹색 눈동자, 그리고 머리와 등에 난 날개를 감춘 상태였다.

역시 이 자리에선 평소 모습으로 있는 것이 좋을 것이다.

새삼스러운 생각이지만, 이 사람과 지금부터 24시간 함께 여행하겠구나.

미인도 3일만 보면 질린다고 하지만, 그럴 리가 없잖아……. 족히 3년은 가슴이 두근거릴 것이라고 장담한다.

"안녕하세요? 레이스 씨."

절차를 모두 밟은 레이스에게 말을 걸었다.

레이스는 멋진 반사 신경을 발휘하며 나를 돌아봤다.

하지만 조금 불만스러운 표정을 짓고 있었다.

"어제는 더 친근하게 불러주셨잖아요."

"아니…… 일단 상황이 정리될 때까지는……."

"……싫어요."

무서운 파괴력이다.

이 허를 찌르는 모습이, 누님의 토라진 태도가 무서운 파괴력을 낳아 내 정신력이 쭉쭉 깎인다!

레이스 씨, 어제는 분위기를 타고 말을 놨지만, 역시 말을 트기에는 용기가 필요하거든요.

류에에게는 이런 생각을 한 적이 없었는데……. 이것이 여성성의 차이인가?

그야말로 가슴이 시킨 일— 비유가 아니라 말 그대로.

"저기…… 류에 씨가 안 보이는데……."

그리고 이번에는 류에가 안 보여 표정에 그늘을 드리웠다.

이상하네. 방금까지 옆에 있었는데…….

돌아보려고 하는데 등에 뭔가가 부딪쳤다. 고개만 돌려 뒤를 보자, 세상에, 류에 씨가 재주 좋게 내 몸에 밀착해 교묘하게 모습을 감추고 있었다.

옆으로 잽싸게 비키자 은폐물을 잃고 현대판 닌자 류에가 모습을 드러냈다.

"류에 언니, 오랜만이에요! 왜 그 후로 저택에 안 오셨어요?"

"으악, 나왔다! 오늘은 일 때문에 왔으니까 달라붙지 마! 에잇, 떨어져! 안기지 마!"

그 순간, 먹잇감을 포착한 맹금류처럼 스펠 씨가 날아들었다.

하하, 정말로 사랑받고 있구나.

"스펠, 긴장한 건 알지만 진정해야지?"

"네~. ……역시 마더는 못 속여."

흠, 이곳에 스펠 씨가 있는 건 무슨 이유가 있어서일까?

하지만 우선 그녀, 레이스와 류에를 만나게 하는 것이 먼저였다.

류에는 레이스의 정면에 서서 머리부터 발끝까지 찬찬히 살펴봤다.

"으음…… 역시 일이 모두 정리될 때까지 진짜 모습은 안 보여줄 거야?"

"아, 네……. 죄송해요."

"괜찮아. 다만…… 전에 만났을 때보다 미인이 됐어. 각오를 다진 멋진 얼굴이야."

긴장한 표정인 레이스와 대조적으로 류에는 기뻐하며 그녀를 평가했다.

"만난 적은 없지만, 난 레이스 씨에 관해서 알고 있었어. 신예기부터 말이야."

"네? 그럼 류에 씨도 저와 같은 시대의 기억을……?"

"응. 그러니까 나와 레이스 씨는 동료나 마찬가지야."

류에는 레이스에게 조용히 오른손을 내밀었다.

그리고 상상 이상으로 우호적인 태도를 보이는 류에에게 놀랐는지, 레이스도 머뭇머뭇 팔을 뻗었다.

두 사람은 서로의 손을 꽉 맞잡았다.

딸 같기도 하고 가족 같기도 한…… 그런 두 사람이 손을 잡았다.

나는 이 광경을 평생 잊지 못하리라.

"나는 류에라고 부르면 돼. 카이 군은 카이 군이라고 부르면 될 거야."

"하하하, 그거 좋네요. 카이라고 불러요."

"그, 그럼 카이 씨와…… 류에 씨."

"류에."

존칭이 마음에 들지 않는지 우리 집 고집쟁이는 한 번 더 자기 이름을 부르도록 강조했다.

얘도 참, 시작부터 레이스를 난처하게 하면 쓰나~.

"류, 류에 씨."

음? 레이스도 제법 고집이 있는데?

"류에!"

"류, 류에 씨!"

뭐야, 얘네. 귀여워. 훈훈해.

"류에 씨!"

"류에! ……앗!"

"자, 포기하고 류에라고 부르세요. 사람들이 쳐다보잖아요."

"그럼 그렇게 할게요. 잘 부탁드려요, 류에."

류에는 평소 볼 수 없는 레이스의 표정과 반응을 아주 간단하게 끌어냈다. 역시 대단하다.

그런 두 사람을 지켜보던 스펠 씨가 말없이 나에게 다가왔다.

"마더에게 이야기는 모두 들었어요. 드디어 마더의 마음에 닿아…… 붙잡는 사람이 나타나다니……. 역시 제가 사람 보는 눈은 있네요."

"하하하, 스펠 씨가 눈여겨본 건 류에 아니었어?"

"후후, 그렇죠. 그래도 언니가 좋아하는 사람이니까 정말로 기대했다구요."

"그렇게 말하니까 쑥스러운걸. 그나저나 스펠 씨도 오늘 함께 온 걸 보면……."

"……네. 저도 회합에 출석해요. 프로미스 메이든의 차기 대표가 되기 위해서. 이래 봬도 저는 마더와 같은 시간을 이 도시에서 보냈어요."

전에 류에에게 『레이스가 한 아이를 데리고 왔다』는 이야기를 들었다.

그 아이가 스펠 씨였구나.

그렇다면 스펠 씨는 이 도시 중진들에게 마더가 떠난 뒤

프로미스 메이든을, 윤락가의 정점에 있는 저택을 이끌 새로운 대표로 나설 생각인가?

그렇다면 긴장할 만도 했다.

"그럼 경호 의뢰는 지명제로 할게요."

"응? 좋아. 나랑 카이 군이 확실하게 지켜줄게. 레이스는 아무 걱정하지 말고 당당히 다니면 돼."

"후후, 든든하네요."

말을 주고받는 사이 의뢰 절차도 완료된 모양이었다.

아마 지금부터 연락하면 사람들이 모두 모이는 건 점심을 지나서일 것이다.

우선 우리는 그 시간이 될 때까지 레이스의 저택에서 대기하기로 했다.

§ § §

"와, 저택 안쪽은 이렇게 생겼구나! 좋다…… 포근해."

"후후, 그런가요? 여기서 딸들과 함께 살고 있어요."

"좋겠다, 좋겠다! 다 같이 밥을 먹거나 하겠지?"

레이스의 저택에서 아침을 먹기로 해서 나와 류에는 저택 안쪽으로 안내받았다.

이미 저택 안에는 먹음직한 향기가 가득했다. 아침부터 아무것도 먹지 않은 위장이 밥을 달라며 불쌍하게 아우성

쳤다.

이미 식당에는 식기가 가지런히 놓였고 사람들이 아침 준비에 쫓기고 있었다.

그 모습에 나도 뭔가 도와야겠다고 생각하는 것은 직업병일까?

"두 분은 앉아 계세요. 오늘은 저랑 마더가 큰 도약을 하는 날이니까 기분을 좀 냈어요."

"기대할게. 자, 류에도 방해되니까 이리 와서 앉아."

"응. 이렇게 복작복작 모여 사는 것도 어쩐지 즐거운걸?"

혼자 살던 시간이 너무 길었던 탓일까? 류에는 이 집단생활이 무척 부러운 눈치였다. ……흠, 만약 이 도시를 떠나는데 준비할 시간이 좀 걸린다면 보디가드도 겸해서 류에를 이곳에 둘 수 없을지 물어볼까?

그런 생각을 하다 보니 코를 찌르는 향긋한 냄새가 정점에 달했다.

그리고 옆에서 레이스가 팔을 뻗어 접시를 내밀었다.

"오늘은 딸들이랑 같이 저도 실력 발휘를 해 봤어요. 입맛에 맞으셔야 할 텐데……."

"이건…… 살팀보카[#4]에 토마토소스를 얹었군요."

아니, 이건?! 상상 이상으로 본격적인 요리가 등장했습니다?! 아침부터 먹기엔 꽤 무거운 음식이었지만, 지금부터 거

#4 살팀보카(Saltimbocca) 송아지 고기에 햄을 싸서 세이지로 양념하여 구운 이탈리아 요리.

사를 치러야 하므로 배를 든든하게 채워 둬야 할지도 모르겠다.

고기를 예쁘게 감싼 햄에서 얼핏 세이지의 실루엣이 보였다.

그렇다. 이것은 고기와 고기, 그리고 허브를 함께 먹는, 실로 고기요리다운 고기요리였다.

만드는 방법과 사용하는 재료가 다양해서 이렇다 할 정형이 없는 것이 매력이며, 지금 나온 요리는 비주얼이 대단히 아름다웠다.

"요리를 잘 아시네요? 저는 소스만 만들었을 뿐이라 조금 부끄럽네요."

"안히야! 이허도 마시서!"

"……류에, 버릇없이 왜 그래. 아직 인사도 안 했잖아."

"……꿀꺽. 그랬지. 미안해. 너무 맛있어 보여서."

류에가 옆자리에서 감자를 레이스가 만든 소스에 찍어 우걱우걱 먹고 있었다.

확실히 맛있어 보이긴 했다. 냄새도 그렇고 때깔도 그렇고, 익기도 적절하게 익었다.

어느샌가 테이블에 앉은 아가씨들이 모두 웃으며 우리 쪽을 보고 있었다.

그리고 상석에 레이스가 앉자 일제히 그쪽을 돌아봤다.

"어제 일로 모두 놀랐고 생각할 일도 있겠지만, 지금은 잊고 먹자. 오늘은 최근 윤락가에서 대활약 중인 류에 씨와…… 그, 나의…… 알지? 카이본 씨도 초청했어."

그 풋풋한 언동에 심장이 쿵 했습니다. 다 큰 어른이 이런 표현밖에 떠올리지 못할 만큼 귀여웠습니다.

"그럼 다 같이 먹자. 잘 먹겠습니다."

"잘 먹겠습니다."

이리하여 레이스와 그녀의 딸들과 함께 시끌벅적하고 무척이나 화려한 시간을 보냈다.

……그나저나 하나같이 미인뿐이니 밥이 목으로 넘어가는지 코로 넘어가는지 모르겠다.

아침 식사를 마치고 뒷정리가 시작되자 할 일 없는 아가씨들이 나에게 다가왔다.

아무래도 하고 싶은 이야기가 있어 입이 근질근질한 눈치였다.

주위를 확인하며 재빨리 다가온 그녀들이 조금 흥분한 목소리로 작게 물었다.

"카이본 씨, 어떻게 마더의 마음을 빼앗으셨어요?!"

"솔직히 아무에게도 넘어가지 않을 거라고 생각했어요."

완전히 여자아이들의 연애 이야기였다. 삼십 대 직전인 오빠에게는 난이도가 너무 높구나.

하지만 본본이 누구인가. 이 꽃미남 페이스와 청산유수 같은 입담으로 이 상황을 헤쳐 나가 보겠노라.

"머리를 땅에 박고 부탁했죠. 함께 가주지 않으면 한겨울 엔드레시아 바다에 알몸으로 뛰어들겠다! 라면서."

……청산유수는 얼어 죽을. 그런 게 즉흥적으로 떠오를 리 없잖아?

일단 뻔한 거짓말로 이야기를 얼버무렸다.

"칫, 비밀이구나~. 그래도 마더가 따라갈 정도니까 엄청 멋진 대사였겠지?"

"우리는 직업상 그런 말에 익숙한데, 그런데도 무심코 따라가고 싶어지는 대사라면……."

"실은 여길 떠난 아이들이 다 남자에게 반해서 나간 건 아니야. 돈을 모아 자기 가게를 차리거나 심기일전해서 다른 길을 찾아 떠난 사람이 많아."

"그래도 옛날에 여기서 일하던 아이가 높은 사람에게 반해서 떠났다는 이야기도 있어~!"

"맞아, 맞아! 자세히는 모르지만, 아이도 무사히 태어났대."

"그렇게 로맨틱한 이야기가 있었군요. 역시 다들 그런 상황을 꿈꾸나 보죠?"

그 후로도 두 사람은 점점 비약하여 이야기를 이어갔다.

나는 거기에 맞장구를 치면서 질문을 하는 것만으로 벅찼다.

"그 정도로 인생 역전을 바라진 않지만, 뭐, 조금은…… 그치?"

"솔직히 이 도시 단골손님 중에선 기대할 수 없지만 말이야~. 노려야 할 건 역시 수확제 시즌이지. 다른 대륙에서도 손님들이 많이 오니까."

하하하, 역시나 제법 신랄하다.

그나저나…… 이곳을 떠나는 사람도 가지각색이군.

일찍이 이곳 아가씨에게 프러포즈해서 경사스럽게 함께 떠난 남성도 있다고 한다.

그렇다면 나도 그 선배님에게 밀리지 않도록 레이스를 행복하게 해주겠다고 맹세했다.

§ § §

"그럼 다녀올게. 영업은 내일부터 개시하고, 그때까지 다들 문단속 잘 해."

"아마 별일 없겠지만, 테스타가 맡기고 간 아이도 잘 돌봐줘."

정오. 긴급 소집 요청이 전달되어 슬슬 대표들도 모였을 무렵, 우리도 레이스를 앞세워 저택을 나섰다.

아직 영업시간은 아니었지만, 해가 떠 있는 동안 준비를 마치고 장도 봐야 하므로 윤락가에는 의외로 사람이 많았다. 그들이 모두 우리를 보고 못 볼 것이라도 본 것 같은 표정을 짓고 있었다.

그랜드 마더인 레이스와 오른팔이나 마찬가지인 스펠 씨,

그리고 요 며칠 사이 일약 스타덤에 오른 방범대원 엘프 아가씨 류에.

……마지막으로 밤거리의 가게를 출근하다시피 들락거리는 총각, 바로 나.

어? 이상하다? 왜 눈물이 나지……?

군중의 시선을 모으며 우리는 청사에 도착했다. 오늘 건물 입구는 모험가가 아니라 길드 제복을 입은 직원이 지키고 있었다.

우리는 건물 안으로 들어가 접수원에게 어떤 소식을 들었다.

"레이스 님, 스펠 님. 오늘 긴급 소집 말입니다만…… 실은 어젯밤 부크 영주님께서 산악 방면 마을로 시찰을 떠나셔서 결석하게 됐습니다."

"그래요……. 바쁜 분이신 데다 갑작스러운 소집이었으니까 어쩔 수 없죠. 다음에 제가 직접 찾아뵐게요."

본래 귀족들이 따로 관리하던 광대한 토지를 고작 다섯 명에게 맡겼으니 현 영주들의 부담이 이만저만이 아닌 듯했다.

……가능하다면 부크 씨에게도 다른 사람들과 같은 타이밍에 알리고 싶었건만.

그 사람이 없으면 나는 레이스와 만날 수 없었다.

게다가 무엇보다도—.

"카이 군, 어서 가자."

"앗, 지금 갈게."

사고를 일시 중단하고 그녀들을 쫓아갔다. 지금은 눈앞에 있는 일에 집중하자.

"드디어 이때가 왔어, 레이스."
"……네."
"마더, 괜찮아요. 다들 알아줄 거예요."
"후후, 우리가 있으니까 정 안 된다 싶으면 억지로라도―."
"류에, 큰일 날 소리 하지 마."
"흐악! 장난이야~."
거대한 문 앞. 전에 왔을 때와는 상황이 다르기 때문인지, 압박감에 눌린 레이스의 어깨가 희미하게 떨렸다.
하지만 지금 그녀는 결연한 각오와 소중한 동료, 그 두 요소를 갖췄다.
레이스는 양손을 문에 대고 천천히 열었다.
실내는 아직도 조명을 바꿀 생각이 없는지 오늘도 여전히 어두웠다. 그리고 긴장된 분위기 때문인지 몰라도 저번보다 숨이 막혔다.
역시 레이스가 직접 긴급 소집을 열었기 때문일까?
테이블에는 공석이 두 곳 있었다. 부크 씨의 자리와 레이스 씨가 앉을 상석이었다.
남은 자리에는 그날과 같은 인물들이 나란히 앉았고 그들 뒤에는 오늘도 경호원이 부동자세를 유지하고 있었다.

그리고 문제의 타키야는…… 흠, 이상하게 차분하다. 그리고 그 뒤에는 낯선 남자가 있었다.

경호원을 바꿨나? 묘하게 호전적인 표정을 짓고 있는데…….

"오늘은 급한 호출인데도 불구하고 이렇게 모여 주셔서 감사합니다."

레이스는 자리에 앉으며 바로 운을 뗐다.

나와 류에는 레이스 뒤에 대기하고 스펠 씨가 레이스 옆에 섰다.

"마더, 긴급 소집은 초유의 사태 아니야? 게다가 제법 대단한 사람들을 모아왔잖아?"

"그러게 말이야. 스펠 양과 방범대원 엘프 누님까지……. 저번에 온 그 마족 형씨는 어쨌어?"

아, 역시 나인 줄 모르는구나.

어쩔 수 없지. 여기는 어두우니까. 절대로 내 평소 모습이 밋밋하기 때문이 아니다.

"그나저나 이 소집에 스펠 양까지 왔다는 건…… 이거 상당히 거시기한 안건인가?"

"네, 맞아요. 거시기하죠."

레이스는 가볍게 미소 지으며 한 남성 대표의 말을 맞받았다.

레이스 씨, 말투가 너무 가볍지 않습니까?

다들 깜짝 놀란 거 안 보여요? 잠깐만, 설마 갑자기 폭탄

발언을 던질 생각은 아니죠?

「실은 이 사람과 여행을 떠나기로 했어요. 죄송합니다.」 같은 소리 안 하실 거죠?

내가 전전긍긍하는 사이 레이스는 천천히 입을 열었다.

"저 레이스는 이 도시를 떠나기로 했습니다. 제가 현재 맡은 업무는 스펠에게 인계하겠습니다. 앞으로 프로미스 메이든의 책임자는 스펠이에요."

그 순간, 모든 사람의 의자가 바닥을 긁는 소리가 났다.

의자를 내던질 기세로 일어난 사람, 경악으로 눈을 휘둥그렇게 뜬 사람, 그리고…… 머리를 감싸고 몸을 움츠린 사람과— 사납게 웃는 사람.

각각의 반응에 아랑곳하지 않고 레이스는 말을 이었다.

"이런 사사로운 일을 보고하기 위해 여러분을 소집한 점에—."

"자, 잠깐만, 마더! 무슨 뚱딴지같은 소리야! 설명해줘!"

"그래! 왜, 왜 이렇게 난데없이……."

하지만 그것을 차단하듯 잇따라 반발이 터져 나왔다.

아니나 다를까, 설명을 바라고 그녀를 붙잡으려는 목소리였다.

당연했다. 규모는 다르지만, 비유하자면 한 나라의 대통령이 뜬금없이 자진 사임을 발표한 꼴이었다.

이러한 반응을 예상했을 레이스가 침착한 어조로 말했다.

"여러분. 제가 이 도시를 떠나면 왜 곤란한지, 이 자리에서 다시 한 번 생각해 보시겠어요?"

"그야…… 우선 절대적인 지배자가—."

"저는 지배 같은 건 하지 않았어요. 그건 여러분도 잘 아시겠죠. 여러분이 협력해주셔서 제가 이 자리에 서 있는 거니까요."

"그건 마더가 그만한 일을 지금까지 해왔으니까 그렇지! 지배는 하지 않았어도 우리는 마더에게 마음을 바쳤어. 이봐, 다들 안 그래?"

동조를 바라는 그 말에 모두가 호응했다.

레이스가 무슨 말을 해도 그것을 지워 버리려는 목소리가 끊임없이 터져 나왔다.

그 목소리가 레이스를 다시 도시에 묶어 놓으려고 했다.

……아니, 이 말은 적절하지 않다. 이건 소망이다. 내가 레이스를 곁에 두고 싶다고 바라듯이 그들도 레이스를 바라고 있었다.

왜냐하면 도시 주민에게 레이스는 어머니와 마찬가지니까.

부모와 떨어질 것 같은 아이가 상황을 받아들이지 못하고 매달리는 것은 당연한 반응이었다.

그래, 아이라면 당연하다. —하지만, 아니잖아?

다들 이미 다 큰 성인이잖아? 어린아이가 아니잖아?

그저 자기들보다 오래 살고 언제나 곁에 있어 주는 믿음직한 어머니 같은 사람— 그런 레이스에게 반사적으로 기대 왔을 뿐이잖아?

나도 만약 그런 사람이 있다면 기댈 것이다. 아이란 그런 법이니까.

부모가 언제까지고 건강했으면 좋겠다. 그 생각의 근간에는 분명히 이런 소망이 깔려 있으리라.

하지만 그럼에도 아이는 언젠가 부모 곁을 떠나야 한다. 부모도 언젠가는 아이보다 먼저 떠난다. 그것은 자연의 섭리이자 순리다.

그렇기에…… 레이스는 다시 입을 열었다.

자신을 붙잡으려는 커다란 아이들에게 이별을 고하기 위해서.

"……저도 아이들을 보내줄 때가 되었어요. 여러분도 이미 한 사람의 아버지, 어머니, 할아버지, 할머니가 되었는걸요. 안 그런가요?"

레이스는 타이르듯 조용조용 그들에게 말을 건넸다.

그 내용은 놀랍게도 지금 내가 마음속으로 하던 생각과 완벽하게 일치했다.

그리고 그 말을, 그 진의를 이해한 일동이 일제히 잊고 있던 사실을 깨우친 듯 눈을 크게 떴다.

"……드디어, 엄마가 기다리던 순간이 왔어. 얘들아, 부탁해……."

그리고 어머니로서 건넨 마지막 말은 너무나도 잔인하고 비겁했다—.

어두운 회의실 안에서 사람들이 고개를 숙이고 입을 다물었다.

경호원들까지도 침통한 표정으로 본인들의 고용주를 위로하는 모습을 보였다. 침묵이 방 안을 감쌌다.

간헐적으로 흐느끼는 소리까지 섞이자 그것을 계기로 일동이 오열하기 시작했다.

부끄러움도, 체면도 잊고 어른들이 눈물을 흘렸다.

어른이라도 부모가 없어지면 울기도 한다.

나도, 나도 그랬다. 스스로 인격이 삐뚤어졌다고 말하는 나조차 그랬다.

하지만 지금 이 자리에 있는 사람들은 모두 걸출한 인물들, 많은 사람들을 통솔하는 높은 지위에 있는 사람들이었다.

그것을 증명하듯 한 남자가 이 분위기를 타파하려고 말을 꺼냈다.

"……참된 의미로 우리에게 자립하라는 마더의 의지는 전해졌어. 하지만 왜 이렇게 서두르지? 너무 갑작스럽다고! 좀 알려줘. 적어도 설명이라도 해줄 순 있잖아?!"

"우리가 마더…… 레이스 양에게 지나치게 의지했다는 건 충분히 이해합니다……. 정말로 떠나시겠다면 더는 말리지 않겠습니다. 하지만 저도 당신의 설명이 듣고 싶군요."

말을 꺼낸 사람은 윤락가 대표 중 한 명인 거친 복장을 입은 남성과 단정한 제복을 입은 윙레스트의 길드장이었다.

양 세력의 총의를 대표하듯이 두 사람은 레이스에게 자초지종을 설명해 달라고 요구했다.

하지만 그런 와중에 단 한 사람, 머리를 감싸 쥔 채 움직이지 않는 남자가 있었다.

타키야였다. 그리고 그 뒤에 선 경호원이 왠지 희열을 느끼는 표정으로 히죽거리며 이 사태를 지켜보고 있었다.

"……류에, 타키야 뒤에 있는 남자를 경계해줘."

목소리를 낮춰 류에에게 그렇게 말했다. 그런데—.

"어허…… 하지 말라니깐? 찌르지 마."

진지한 얼굴로 마더 옆에 선 스펠 씨가 류에 뒤로 손을 돌려 콕콕 찌르고 있었고, 류에는 그것을 필사적으로 막는 중이었다.

너희 참 태평하다?! 아침 조회 중인 초등학생이냐!

내가 스펠 씨 손을 대신 막자 두 사람이 나를 쳐다봤다.

그것을 확인한 나는 눈짓으로 타키야를 가리켰다.

그러자 그의 주변에만 감도는 이질적인 분위기를 깨달았는지, 두 사람의 표정이 딱딱해졌다.

그러는 동안 레이스는 사건의 발단을 이야기하기 시작했다.

모든 이가 바라는 해답을— 어머니인 자신이 어떤 생각을 하고, 무엇을 바라며, 그리고 왜 지금 떠나는 것을 결의했는지를…….

"긴, 무척 긴 이야기야. ……엄마는 어떤 사람을 기다리고 있었어."

레이스는 천천히 침착하게 이야기를 풀어놓았다.

일동은 소리 없이 마른침을 삼키며 레이스가 들려주는 이야기에 귀를 기울였다.

하지만 그런 와중, 이야기를 듣던 타키야만이 어리둥절한 표정을 지으며 고개를 들었다.

이해할 수 없다, 이게 대체 무슨 소리냐고 묻고 싶은 것처럼.

그리고…… 타키야 뒤에 선 경호원이 왠지 불쾌한 표정을 짓기 시작했다.

"내 앞에 나타난 남성이 내가 기다리던 사람이었다고, 어제 겨우 깨달았어. 미안해. 이런 식으로 변명해도, 아무리 어머니로 살아와도…… 나도 결국 한 사람의 여자였어. 나는 그 사람을 따라가기로 마음먹었어."

레이스의 독백이 끝났다.

마지막으로 자신이 여자의 행복을 선택했다는 사실을 밝히며…….

다시 정적이 찾아왔다.

진실을, 그녀의 사정을 안 일동이 다시 입을 다물었다.

하지만 그런 와중에 마더를 바로 곁에서 지켜보던 인물,

한때 같은 저택에서 일한 테스타 씨가 울음 섞인 목소리로 입을 열었다.

"드디어…… 드디어 나타났구나. 다행이야. 정말로 다행이야……. 마침내, 마침내 마더의 마음에 닿은 사람이 나타난 거구나……."

그녀는 레이스가 완고하게 마음의 문을 닫고 있다는 사실을 알고 있었나 보다.

아니…… 어쩌면 이 자리에 있는 사람들 모두, 그녀에게 지탱 받고 오랫동안 같은 시간을 보낸 사람들은 모두, 마음 속 어디선가 레이스의 속마음을 눈치채고 있었는지도 모르겠다.

테스타 씨의 발언을 계기로 다른 이들도 이해한 표정을 짓고 눈물 흘리는 것을 보면 말이다.

아직 이 자리에 모인 사람에게밖에 이해받지 못했고, 이 사실이 퍼지면 앞으로도 많은 어려움에 부딪칠 것이다.

하지만 적어도 지금 이곳에서는 행복한 결말을 맞이했다고 봐도 되지 않을까?

—그렇게 생각한 그때였다.

아까부터 기이한 표정을 짓던 타키야의 경호원이 품속에 손을 넣었다.

그리고 다음 순간, 무언가가 날아들었다.

다행히 이 신체의 동체 시력은 레벨에 맞게 강화되었기 때문에 여유롭게 피할 수 있었다.

하지만 다른 이들은 그러지 못했다.

이곳에 있던 경호원들이 모두 의식을 잃은 것처럼 바닥에 풀썩 쓰러져 버렸다.

나는 눈만 움직여 류에를 확인했다.

뭐야……? 빙벽으로 깔끔하게 방어해 버렸는데……? 그거 그렇게 순식간에 가능한 거였어?

"흥. 막은 녀석도 있군."

예기치 않은 습격의 주범, 타키야의 경호원이 불쾌하게 내뱉었다.

기습이 실패했는데 초조한 기미도 없이 그저 오만불손한 태도를 유지하는 그 모습에서 실력이 상당하겠다고 짐작했다.

……잠깐. 분명히 타키야는 그때 그 저격수를 『백은장』이라고 하지 않았던가……?

그렇다면 저 녀석도 거기에 필적한다는 말인가?

"타키야! 너 이 자식, 무슨 수작질이냐!"

"아, 아니야! 내가 한 게 아니야! 너, 이게 무슨 짓이야!"

"뭐긴 뭐야? 내 할 일이 줄어드나 싶었는데, 아무래도 예상이 빗나간 모양이군. 어이, 너. 널 데리러 온 남자란 게 각하는 아닌가 보지?"

레이스는 아무 대답도 하지 않았다. 단지 빤히 한 방향만 바라볼 뿐이었다.
올바른 대응이다. 지금은 가능하면 아무도 입을 열지 말았으면 한다.
주위 사람들도 갑자기 벌어진 사건에 화가 난 것은 알았다.
그래도 지금은 가만히 있어 주길 바란다.
안 되잖아? 다 된 밥에 재 뿌리면.
난 최근 며칠 동안 끈기 있게, 진득하게 일을 진행해 왔다고.
이제야 겨우 원만하게 해결되나 싶었는데…….
이러면 안 되잖아? 안 돼, 안 돼. 안 된다고. 왜 내 성격을 건드려?
"류에, 만일을 위해 다른 사람들을 지켜 줘."
"……?! 아, 알았어."
우리를 없는 사람 취급하며 습격자는 아무렇지도 않게 레이스에게 질문을 던졌다.
그렇군. 레이스의 긴급 소집을 자기에게 유리한 내용으로 해석했나?
아마 도시를 떠나는 이유가 레이스를 노리는 『각하』란 녀석 아래로 들어가기 위해서라고, 그렇게 생각했나 보지?
그럼 안 돼지. 우리가 힘들게 도달한 대단원에 초를 치다니.
"거기 둘, 가만히 있어. 나는 그 여자만 데리고 가면 돼. 불필요한 살인은 하지 않는 성격이거든."
남자는 씩 웃으며 손가락 사이로 쥔 무수한 바늘을 은근슬쩍 보여줬다.

대단하네. 재주도 좋아. 게임 시절에는 본 적 없는 기술이다.

분명히 이 세계에서 갈고닦은 그만의 기술이겠지.

……그런데 그게 뭐 어쨌다고?

"착하네. 그런데 어쩌지? —난 필요하면 얼마든지 사람을 죽이는 성격인데."

말을 끝낸 순간, 회의실 중앙에 있던 거대한 테이블을 발로 세게 찼다.

날아간다는 어쭙잖은 결과는 남기지 않았다. 말 그대로 한 방에 박살나 날카로운 나무 파편이 놈에게 쇄도했다.

남자는 순간적으로 양팔을 교차해 방어했지만, 그의 장비는 산탄총에 맞은 것처럼 너덜너덜해졌다.

그리고 정신을 차리고 보니 내가 착용한 장비가 어떤 모습으로 변해 있었다.

감정이 고양되어 이 모습으로 변해 버린 것일까?

이유가 뭐든 간에 마침 잘됐다. 바닥을 강하게 박차고 나가 몰골이 엉망이 된 남자에게 육박했다.

정말로 눈 깜짝할 사이에 코앞에 엄청나게 피를 흘리는 남자가 나타났다.

대단하네. 이 몸은 이런 속도로 움직일 수도 있나?

"바늘 투척? 꼭 닌자 같군."

"으아아아아아아아악?!"

그 몸에 익힌 기술도, 싸우는 데 필요한 양팔도, 오늘로 안녕이다.

더는 쓸데없는 짓을 하지 못하도록 남자의 양팔을 강하게, 정말로 강하게 붙잡았다.

손가락이 깊숙이 파고들었다. 살갗을 뚫고 근육을 찢어 뼈를 부쉈다. 팔을 말 그대로 잡아 뜯었다.

"나는 말이야…… 남이 내 계획을 망치면 참지 못해."

"아아아아아아아아악!! 내 파아아아아아아아아아아아아아알!"

"류에, 지혈해줘. 대화도 제대로 못 하겠어. 하는 김에 머리만 남기고 전부 얼려줘."

"……알았어."

팔꿈치부터 그 아래까지 뜯긴 남자의 출혈이 순식간에 멈추고 이번에는 발끝부터 단숨에 얼음이 퍼졌다.

그리고 그 얼음에 내가 어둠 마술을 발동했다. 동사하면 안 되니까 말이다.

어둠 속성을 부여한 얼음은 성질을 바꿔 단순한 검은 덩어리로 변했다.

눈을 있는 대로 까뒤집고 호흡도 거칠어진 남자가 움직이지 않는 몸 대신 눈빛으로 나를 죽이겠다는 의지를 전해 왔다.

"너, 너어어! 죽었어, 기필코 죽이고 만다! 넌 끝장이야, 끝났다고!"

"……닥쳐."

내 귀에 들리는 것은 어둡고, 시커먼 감정이 담긴 내 목소리였다.

무의식중에 발동한 『테러 보이스』가 습격자의 이성을 점점 마모시켰다.

왜 그래? 이제 얼음은 차갑지 않잖아? 왜 몸을 떨어?

“기뻐해라, 죽이진 않을 테니까. 네 고용주한테 전해…… 레이스는 내가 데려간다고.”

자연스럽게 연극을 하듯 과장된 말투로 변했다.

모든 위압감을, 보이지 않는 적에게 내 의지가 전해지도록 지금 가진 모든 의지를 담아 습격자에게 전언을 맡겼다.

“레이스는 내가 앞으로 영원토록 이 팔 안에 둘 거다. 그리고 너는 반드시 파멸시킨다.”

어디 있는지 모르지만, 각오해라.

가까운 미래에 나는 반드시 널 없애러 갈 것이다.

“얼마든지 부하를 보내 봐라. 쓸데없이 목숨을 잃도록, 얼마든지 네 조무래기들을 보내 봐라. 너는 그만큼 잃게 될 것이다.”

거창하게, 거창하게 마왕다운 언동을 반복했다.

내 마음이 고양되도록, 상대방의 뇌 속에 이 공포를 영원히 새기도록.

“설령 네게 가족이 있다고 해도, 지켜야 할 사람이 있다고 해도, 친한 친구, 널 따르는 아이, 사랑하는 이가 있다고 해도 전부, 전부 빼앗아 가겠다."

모든 적의를 한 몸으로 받아들이겠다. 얼마든지 상대해 주겠다.

『적이냐 같은 편이냐 둘 중 하나』. 이 양자택일에서 설마 이 정도로 극단적으로 적대하는 인간이 나타날 줄이야.

"전해라. 지금 당장."

나는 어둠 마술을 해제하고 문밖으로 걷어찼다.

양쪽 팔을 잃은 탓인지, 남자는 균형을 잡지 못하고 쓰러졌다.

그는 있지도 않은 팔을 필사적으로 버둥거려 간신히 일어났다. 온 얼굴이 여러 액체로 엉망이었다.

"한 번도 멈추지 마라. 똑바로 가. 안 그러면 죽이겠다. 쫓아가서 죽이겠어. 쉬어도 죽는다."

"으아아…… 흐으으윽…… 아악……."

이미 말소리조차 낼 수 없을 정도로 정신이 나갔는지, 남자는 쏜살같이 달려갔다.

나는 바로 이 자리에 있는 길드장에게 지시했다.

"추적하십시오. 고용주가 누구고 어디에 있는지 알아내기 위해서라도."

방금 테이블을 날려 버린 여파로 다치지 않았을까 걱정했지만, 류에가 지시대로 사람들을 지켜줬는지 그들 앞에 빙벽이 생겨나 있었다.

"곧바로 사람을 알아보겠습니다……."

자리에서 일어난 길드장이 황급히 방 밖으로 나가는 모습을 보고 나는 겨우 긴장을 풀었다.

"……후우, 훼방꾼이 있었군요."

사람들의 얼굴을 돌아보자 모두 하나같이 공포에 질려 있었다.

그중에서도 타키야의 경우는 이미 완전히 죽음을 각오한 얼굴이었다.

"충고했을 거다, 타키야. 편지는 봤겠지?"

"힉! 다, 당신이……. 전부, 알고서……."

"……왜 이 도시에 적대했지? 이곳은 네 고향이 아니었나?"

안다. 이 남자의 본성이 썩어빠지지 않았다는 것 정도는 안다.

하지만 여기서 모든 사실을 고백하게 하지 않으면 아무도 납득하지 못할 것이다.

자신이 사모하는 레이스 앞에서 실토하기는 어려울지도 몰랐다.

하지만 나는 추궁을 늦추지 않고 물었다.

……나도 레이스도 어렴풋이 눈치채긴 했다.

하지만 지금 이곳에서 말하지 않으면 다른 이들은 이 일을 마음에 담아 둘 것이다.

레이스가 떠나는 도시에 근심을 남겨 둘 수는 없었다.

"……어떤 자의 전령이 왔어. 조만간 이 도시에 있는, 마더라고 불리는 자를 접수하겠다고 했지. 물론 내가 가만히 보고만 있진 않았어. 하지만—."

타키야의 고백은 굴욕과 패배로 얼룩진 에피소드였다.

자신의 세력을 차례차례 처치당한 타키야는 절대로 대적할 수 없다는 두려움에 사로잡혔고, 그 후 완전히 패배자 근성에 찌들어 버렸다.

『이길 수 있을 리 없다』, 『더는 막을 수 없다』. 타키야는 레이스가 그 인물에게 넘어가는 것은 시간문제라고 생각한 모양이었다.

"놈에게 협력하면 나도 마더와 함께 곁에 둘 수도 있다고 했어."

"……너는 어머니를 해칠 인간의 감언이설에 넘어간 거냐?"

……다시 말해 이 녀석은 잡혀갈 어머니와 함께 있고 싶어서 그 앞잡이가 됐다는 것인가?

"들었지? 이 이야기를 믿을지 말지는 각자의 판단에 맡기지."

기가 막힌다고 해야 좋을지, 아니면 딱하다고 해야 좋을지 판단하기 힘든 핑계였다.

하지만 그 이야기를 들은 일동은 후자에 가까운 반응이 많은 것 같았다.

같은 처지니까, 똑같이 레이스 아래에서 자랐으니까 그 마음을 이해한다…… 그런 뜻일까?

그렇다면 이제 이 녀석의 처우는 이 도시 사람들에게 맡기도록 하자.

개인적으로는 이 자리에서 지금 당장 한 대 날려 버리고 싶지만.

"……타키야. 어째서 주위 사람에게, 나에게 상담하지 않았니?"

그때, 가만히 사태를 지켜보던 레이스가 천천히 타키야에게 걸어갔다.

감정의 기복이 느껴지지 않는 평탄하고 무기질적인 목소리였다. 타키야가 더욱 공포에 떨며 말했다.

"마더를 번거롭게 할 수는……."

"솔직히 말하렴."

레이스는 주저앉은 타키야 앞에 무릎을 꿇고 얼굴을 똑바로 마주 보며 강한 어조로 말했다.

"……아무것도 못 하는 인간으로, 보이기 싫었어. 다른 녀석들에게, 깁보이기 싫었어."

"그런 고집을 피우니까 이렇게 다친 거야."

자신을 기만하는 행위. 좋아하는 사람을 스스로 상처 입히는 행위. 타인을 끊임없이 속이는 행위.

그것들은 모두 본인의 마음을 해치는 행위다.

레이스는 그것을 용서할 수 없었으리라. 그래서 그녀는 마지막까지 습격자의 질문에 대답하지 않고 그저 가만히……

타키야를 바라보았다.

"네 마음은 잘 알았어. 뒷일은 앞으로 도시를 지탱할 사람들이 정할 일이야. 이게 내가 너희에게 주는 마지막 숙제야."

레이스는 일어나서 일동에게 그렇게 말했다.

사람들은 말없이 타키야를 바라봤다. 미안함과 약간의 분노, 그리고 슬픔이 섞인 표정으로…….

"……오늘 회합은 일단 여기서 끝냅시다. 저마다 하고 싶은 말도 있고, 상담하고 싶은 것도 있겠죠. 저는 조금 더 이 도시에 있을게요. 그동안 찾아오세요."

레이스는 그 말만 남기고 천천히 회의실을 나섰다.

"마더, 저는 만일을 위해 여기 남을게요."

"고마워, 스펠. 그럼 맡기고 갈게."

나와 류에도 레이스를 따라서 방을 나갔다.

수고했어, 레이스. 정말 잘했어.

그리고 수고했어, 류에. 사람들을 잘 지켜줬어.

마음속으로 두 사람의 노고를 위로했다.

앞장서서 가던 레이스가 나지막이 중얼거렸다.

"……이게 제가 끌어안은 문제의 일부예요."

불안한 목소리를 내지 말아줘. 이 정도로 포기하지 않으니까.

"괜찮아. 레이스를 위해서라면 최악의 경우 나라 한두 개 정도는 함락시킬 테니까."

"후후…… 그렇게까지 말해주시나요? 저는 복 받은 사람이네요……."

앗, 지금 못 믿는 거지? 정말로 함락시킨다? 만약 상대가 정말로 나라의 중진이라면 그냥 멸망시켜 버린다?

뭐가 어찌 됐건 드디어 레이스가 여행을 떠날 수 있게 됐다 .

도시를 잠식하는 존재를 제거하고 언젠가 찾아올 재앙을 나에게 유도하기 위한 포석도 마련했다.

아직 보지 못한 적대자 양반, 당신이 싸우게 된 건 일찍이 세계를 신에게서 빼앗고 최강의 존재를 꺾은 진짜 마왕님이다.

요즘은 걸어 다니는 국가급 병기처럼 취급받는 나에게 네가 얼마나 버틸 수 있을까?

"그런데 카이 씨…… 저기, 저를 평생…… 팔 안에 두겠다는 말은……."

"말이 그렇다는 거지. 기대에 찬 눈으로 보지 마."

……레이스 씨, 요즘 점점 이미지가 망가지고 있지 않나요?

4장 날개를 펼치고

습격 사건 이후 하루가 지났다.

혹시나 하는 마음에 류에와 둘이서 레이스의 저택에 묵기로 했는데, 이게 참 여러모로 피곤했다.

금남의 구역에 나 홀로 남자. 하렘이니 남자의 로망이니 그런 소리를 하는 인간도 있을지 모르지만, 그럴 리가 있겠냐!

그런 건 모두 자신에게 맹목적인 사랑을 베풀어 준다는 전제하에 그렇게 생각하는 것이다. 현실에서 똑같은 상황이 되어 봐라. 무조건 후회한다!

"레이스, 오늘부터 류에만 여기 두고 나는 숙소로 돌아갈 건데 괜찮겠어?"

"저기…… 혹시 기분을 상하게 해드렸나요……?"

"그런 게 아니고, 레이스도 그렇고 다른 아가씨들도 그렇고, 미인이 너무 많으니까 자꾸 신경이 쓰여서."

"아이, 갑자기 고백하셔도 제가 마음의 준비가 되지 않아서……."

"아니, 누가 고백을 했다고 그래?"

이 누님, 손님이 아니게 되자 가끔 이런 본심인지 노림수인지 알 수 없는 농담을 날리신다.

어쨌거나 정말로 나는 숙소로 한번 돌아가는 편이 좋겠다. 아마 오늘이나 내일쯤부터 바빠질 테니까.

틀림없이 내가 레이스를 데리고 간다는 이야기가 도시에 쫙 퍼졌겠지.

그리고…… 사람들이 모두 그 사실을 얌전히 받아들이리란 보장은 없었다.

그 회합 자리에 있던 사람들은 그나마 이해해줬다. 하지만 그렇지 않은 사람, 이야기를 남에게 전해들은 사람이라면 어떨까? 아마도 일부는 직접 찾아와서 행패를 부리거나 할 것이다.

그렇다면…… 그 모든 도전에 응하는 것이야말로 이 도시에서 레이스를 빼앗는 내가 짊어질 책임이 아닐까?

"어쨌든 난 한번 돌아가겠지만, 류에는 이대로 두고 가면 안 될까?"

"그건 물론 괜찮지만…… 저기, 식사만이라도 드시러 오지 않으실래요?"

잠깐, 이 파괴력은 무엇인가. 그렇게 애교스러운 눈으로 보지 마시죠. 비겁하게…….

괜찮을까? 레이스와 앞으로 쭉 함께 있어도. 하루하루 이성과 본능이 격돌하게 생겼는데?

"꼭 먹으러 올 테니까 안심해."

내적 갈등과 붉어질 것 같은 얼굴을 숨기고자 나는 등을 돌려 저택을 떠나려고 했다.

"카이 씨!"

그러다가 뒤에서 이름을 불려 무심결에 돌아봤는데—.

"다녀오세요."

……그 만면에 띤 웃음에 녹다운 됐다.

나는 숙소로 돌아오기 전에 길드에 한번 얼굴을 내밀었다.

부크 씨가 돌아왔는지, 그리고 어제 습격자에 관한 속보가 없는지 듣기 위해서였다.

그런데 오늘은 웬일로 길드에 사람이 와글와글했다. 수많은 모험가들이 진지한 표정으로 로비 한쪽에 모여 얼굴을 마주하고 있었다.

나는 그들을 곁눈질하며 접수처로 가서 용건을 밝혔다.

"부크 님은 이미 이곳으로 향하고 계시지만, 도착하려면 최소 내일은 되어야 합니다."

"그런가요? 그럼 하나 더 질문이 있는데…… 어제 그 일에 관한 길드장님의 보고는 없었습니까?"

"여전히 진전은 없습니다. 추적자의 연락은 아마 다음 마을에 도착하는 대로 오리라 생각합니다."

휴대 전화 같은 편리한 연락 수단이 없는 세계이다 보니 수시로 연락할 수도 없나 보다.

"그리고…… 주모자가 타키야 님에게 파견한 또 한 명의 모험가가 정보를 넘기는 조건으로 신변 보호를 요청해 왔습니다. 판단은 보류하고 있습니다만……."

혹시 그 저격수인가? 문 너머로 들린 대화를 떠올리면 제법 판단력이 뛰어난 인물 같았는데…… 도망가지 않고 이쪽에 붙기로 했나?

"이 이야기는 오잉크에게 전해졌나요?"

"정보를 캐낸 뒤 처리하라고 하셨습니다. 하지만 최종적인 판단은 당사자인 카이본 님에게 맡긴다고 하셨습니다."

와우, 누가 조직의 우두머리 아니랄까 봐. 이럴 때는 평소의 순진한 얼굴로는 상상도 못 할 짓을 하는구나.

그 저격수는 실제로 위해를 가하지는 않았는데 어떻게 할까?

"귀찮으니까 오잉크에게 죽이지 말고 다른 이용 방법이 없을지 생각하라고 전해주십시오."

"……알겠습니다."

이것으로 길드에 온 목적은 일단 이루었다. 하지만 역시 평소와 다른 이 분위기가 무엇인지 궁금했다.

이 분위기의 정체를 물으려고 했으나, 직원 누님은 지금 들은 이야기를 서둘러 오잉크에게 전달하기 위해 카운터 안쪽으로 들어가 버렸다.

그러다가 문득 이쪽을 보는 또 다른 직원이 있다는 것을 눈치챘다. 이 도시의 길드에서는 보기 드문 남자 직원이었다. 그에게 대신 물어보자.

"죄송합니다, 잠깐 말씀 좀 묻겠습니다."

"……네, 왜 그러시죠?"

"평소보다 길드에 사람이 많은데, 대규모 토벌 의뢰라도 나왔나요?"

아니면 다 같이 제초 작업이라도 하나?

일사불란하게 밭일을 하는 모험가 무리…… 조금 구경하고 싶기도 하다.

"네. 대규모 전투…… 방어전이라고 해야 할지도 모르겠군요."

"방어…… 그런 위기 상황에 처해 있었나요? 작전 개시는 언제죠? 대상과 수는?"

이럴 수가, 마인즈밸리처럼 마물 범람이라도 발생한 걸까?

잘 보니 직원의 얼굴도 어딘지 모르게 험악했다. 마치 노려보는 것 같은 절박한 표정이었다.

그런데 갑자기 직원이 접수대를 쾅 치며 의뢰서 한 장을 제시했다.

"대상은 한 명— 당신입니다!"

토벌 의뢰　대상『카이본』

수령 자격　이 도시를 사랑할 것
보수　　　마더와 함께 이 도시에서 살아갈 권리
의뢰인　　윙레스트 유지 일동

"당신은 이 도시에서 마더를 빼앗는 외적이나 마찬가지. 이렇게 되리라고 예상하셨을 겁니다."

"……이걸 길드에서 정식 의뢰로 받아들였다고요?"

그는 직원인 이상 오잉크에게 나에 관한 공지도 받았을 것이다.

그런데도 불구하고 이런 선전포고나 다름없는 행동을 했단 말인가?

범상치 않은 각오를 한 것이리라. 정신을 차리고 보니 로비에 있던 사람들이 모두 이쪽으로 다가오고 있었다.

맹렬한 적개심을 내비치는 인물들이 나를 놓치지 않겠다는 양 포위했다.

……적으로 인정하지도 않은 상대가 이런 식으로 일제히 적개심을 드러내는 일은 좀처럼 맛볼 수 없는 경험이었다. 하지만 이것이 나에게 주어진 시련, 책임으로 생각하기로 했다.

"……도시의 노동력이 하루아침에 사라질 거다. 각오는 됐겠지?"

"……당신에게는 전용 의뢰를 준비해 뒀습니다. 이 의뢰를 받아주시겠죠?"

지정 의뢰　『모험가 및 희망자와 모의전』
지명 대상　카이본
의뢰인　　윙레스트 유지 일동

고작 하루 만에 이런 것까지 준비하다니…….

이로써 아무도 처벌받지 않고 의뢰라는 명목하에 정식적으로 매질을 할 수 있다는 거군.

길드에서 주관하는 결투가 아니라 이런 방식이라면…… 이미 규칙 없는 사투라고 해도 과언이 아니었다.

하지만 나는 그것을 모두 이해한 상태에서, 모두가 보는 앞에서 의뢰서에 사인했다.

"장소는 어디지? 지금 당장 가겠다."

§ § §

"레이스, 레이스! 정말 이걸 받아도 괜찮아?!"

"네. 딸들이 옛날에 입던 옷이지만요."

"대단한걸? 순식간에 나한테 딱 맞는 사이즈로 변했어."

내 새로운 동료, 레이스. 같은 시대를 살았고 같은 굴레에 묶여 있던 사람.

이 도시에서 모든 이의 어머니로 살아온 멋진 여성.

그리고…… 어떤 그리움 같은, 신비한 기분이 들게 하는 동료.

그녀의 집에 머무르게 된 나는 여행을 떠나기 전에 저택 대청소를 하겠다는 그녀에게 협조했다.

다양한 추억으로 가득할 것 같은 상처투성이 옷장.

정말로 많은 편지로 채워진 책상.

그것만이 아니었다. 그녀는 물건을 소중히 하는지, 창고 안에는 수많은 가구가 분해된 채 잠들어 있었고, 손때 탄 공구와 함께 소중히 보관되어 있었다.

이러한 성격의 레이스는『재생사』라는 직업을 가졌으며 나에게 그 기술을 선보였다.

그녀는 이미 저택을 떠난 딸의 옷장에 잠든 드레스를 꺼내 눈 깜짝할 사이에 사이즈를 줄였다.

반사적으로 술식 해석을 해 보고 싶었지만, 그건 다음 기회에 하기로 했다.

지금은 이 새로운 동료를 더 많이, 더욱더 많이 알고 싶었다.

"레이스는 좋은 어머니구나. 이 의자도, 이 테이블도 모두 직접 만들었지? 절약은 중요하니까."

"알아보시네요? 후후, 궁상맞죠?"

"아니야. 나도 목공이 특기거든. 다음에 뭔가 같이 만들자."

"네, 좋아요."

아주 멋진 얼굴로 웃는 사람이다.

처음 만났을 때, 나는 이 사람의 웃는 모습이 조금 거북했다.

그때는 이유를 몰랐지만, 지금이라면 알겠다.

그것은 자신을 감추기 위한 웃음이었다. 그래서 무의식적으로 혐오감이 든 것이었다.

바로…… 내가 그 숲에서 카이 군에게 보이던 것과 같은 표정이었으니까.

"레이스, 앞으로 친하게 지내자. 곤란한 일이 있으면 뭐든 말만 해."

"네. 잘 지내봐요, 류에."

오늘 저녁 찬거리를 사러 간다고 해서 나는 레이스와 함께 윤락가로 나왔다.

아마 내가 없어도 이미 레이스에게 해코지할 사람은 없겠지만, 어제 일도 있어서 그만 함께 가겠다고 말해 버렸다.

다들 흐뭇한 얼굴로 바라보는 것이 조금 부끄러웠다.

"그나저나 오늘은 사람이 적은걸……?"

"듣고 보니 그러네요. 평소라면 물건을 반입하는 업자나 경호원이 올 시간인데……."

윤락가 안에도 식자재를 취급하는 가게가 있어서 우리는

그곳으로 향했다.

나도 이 일대 경비를 맡았던 터라 이곳의 생활 리듬은 나름대로 파악하고 있었다.

저녁노을이 지기 전, 딱 이 시간쯤 출근하는 여성을 지키고자 경호원이 찾아오거나 가게에서 낼 안주 따위를 위해 상인이 물건을 대러 오곤 했다.

그런데 오늘은 그런 남자들이 한 명도 보이지 않았다.

그것만이 아니었다. 단골 가게가 열릴 때까지 근처 술집에서 시간을 보내는 남자들조차 없었다. 아니, 아예 오늘은 술집이 문을 열지 않았다.

"……남자가 아무도 없네?"

"이상하네요. 이럴 리가 없는데……."

"잠깐 윤락가 밖으로 나가 볼까?"

"네……. 조금 불길한 예감이 들어요."

윤락가를 빠져나와 윙레스트 중앙 광장까지 왔다.

이제 조금만 더 가면 길드인데 무슨 연유인지 마차들이 바리케이드를 만들어 더는 진입하지 못하도록 길을 막아 놓았다.

그 마차를 살펴보니 윤락가에서 본 적 없는 상인의 소유였다.

게다가 마차 건너편에서는 조금 전까지는 코빼기도 보이지 않던 남자들의 목소리가 들렸다.

"이건…… 의도적으로 봉쇄한 것 같네요. 이 마차를 치워 주실 수 있나요?"

"누워서 떡 먹기지."

나는 내 몸에 보조 마법을 걸고 옆에 세워 둔 마차 짐수레를 치웠다.

그러자 감시하던 사람이 있었는지, 당황한 목소리가 들렸다.

내가 만든 틈으로 레이스가 몸을 비집어 넣어 봉쇄선 안쪽으로 발을 들였다.

나도 쫓아 들어가자 방금 들린 목소리의 주인이 레이스와 대면한 채 쩔쩔매고 있었다.

"이게 무슨 소란이죠? 윤락가 밖이면 무슨 짓을 하든 괜찮다고 생각하시나요?"

"마, 마더…… 아니에요. 허가는 제대로 받았어요."

정말로 도시의 남자들이 모두 모였는지, 광장 중심부는 엄청난 열기에 휩싸여 있었다.

하지만 들리는 것은 단순한 환성이 아니었다. 이건…… 비명?

"비켜주세요. 중심부에서 뭘 하는 거죠?"

"안 돼! 마더에게는 보여줄 수 없어! 이건 우리 문제야!"

"그래! 이 녀석만은 우리 손으로 해결해야 한다고!"

레이스를 알아본 다른 사람들도 앞을 가로막고 더 이상

지나가지 못하게 양팔을 벌렸다.

왜 이렇게 필사적일까……? 이 중앙에서 대체 무슨 일이—.

"야! 뭐 하냐! 덤벼, 더 덤비라고! 한 방 정도는 쳐 봐!"

그때, 중앙에서 쩌렁쩌렁한 고함이 들렸다.

고막을 찌르는, 주변에 울려 퍼지는, 폭발할 듯한 감정이 실린 고함이었다.

나는 더 이상 참지 못하고 막아선 사람들을 떠밀며 성큼 성큼 안쪽으로 들어갔다.

잡초를 헤집고 나아가듯 방해하는 사람을 난폭하게 밀쳐 버렸다.

지금 들린 것은 분명히 카이 군의 목소리였다. 나는 그런 목소리를 내는 그를 본 적이 없었다.

연기하거나 무섭게 변화시킨 목소리밖에 몰랐다.

이렇게 순수하게 분노를 드러낸 목소리는 여태껏 듣지 못했다.

"왜 그래……? 왜 그런 목소리를 내는 거야……?"

그 노성에는 희미하게 다른 감정이 섞인 것처럼 느꼈다.

나에겐 그것이 누군가에게 사과하는 것처럼 들렸다.

"당신…… 누님, 제발 물러나십시오. 당신을 적으로 돌리고 싶지 않습니다."

이번에는 내가 윤락가에서 붙잡은 적 있는 사람들이 막아섰다.

"……거기서, 비켜!"

방해하지 마, 나는 카이 군이 걱정된다고!

빙벽을 만들어 억지로 길을 열었다.

그리고 마침내 중앙으로 진로를 확보한 나는 그곳으로 단숨에 달려갔다.

그러자 그곳에 펼쳐진 것은—.

"젠장! 젠장! 네가 대체 뭔데! 왜! 왜 우리에게서 마더를 빼앗아 가냐고!"

"내가 필요하니까! 레이스가 바라니까! 뭐 해? 일어나!"

"마더의 이름을 함부로 부르지 마! 으아아아아아아아!"

어마어마한 수의 사람들이 바닥을 굴러다녔다.

무기를 쓰는 모습은 보이지 않았다. 대신 모두 얼굴이 붓거나, 몸을 웅크리거나, 분하게 발을 잡고 쓰러져 있거나 했다.

그리고 중앙에 있는 카이 군도 상의를 잃고 무기도 없이 맨손으로 수많은 남자들과 대치하고 있었다.

이게 무슨 상황이지? 왜 카이 군이 도시 사람들과 싸우고 있어?

왜 다들 그런 눈으로 카이 군을 보는 거야? 카이 군은 적이 아닌데…….

"……그렇게 된 거군요."

"레이스, 말려줘! 사람들이 이상해!"

어느샌가 레이스가 내가 만든 길을 통해 뒤를 따라왔다.

이 광경을 본 그녀는 체념 어린 표정을 지었다.

"……말리지 못할 거예요. 저는 도중에 몇 번이나 붙잡혔어요. 이런 일은 처음 겪었어요. 그만큼 그들의 의지가 굳다는 증거겠지요."

"레이스, 왜 이런 일이 벌어졌는지 알아?"

"……제 탓이에요. 아마 제가 여행을 떠나는 걸 받아들이지 못한 사람들이 카이 씨에게 결투를 신청했을 거예요."

결투…… 그러고 보니 양측 모두 무기를 들지 않았다. 분명히 규칙은 있어 보였다.

애초에 카이 군이 진심으로 상대하면…… 아무도 살아 있지 못했겠지.

그 규칙에 카이 군이 따르고 있다면…….

"카이 군이 스스로 결투를 받아들인 걸까?"

"아마도…… 그렇겠죠. 제가 사람들을 설득해야 한다고 생각하지만…… 왠지…… 왜 그런 걸까요? 말려야겠다는 생각이…… 들지 않아요."

"레이스?"

레이스의 목소리가 떨리고 상기됐다. 왜, 왜 너까지 슬픈 표정을 지어?

나는 잘 모르겠어. 받아들이는 데 익숙해져 버린 나는…….

그래도 이곳에 레이스를 데리고 와선 안 됐다는 것은 알아.

하지만 이미 알아 버렸으니까, 나는 마지막까지 이곳에서 두 사람을, 레이스와 카이 군을 지켜봐야 한다고 생각해.

그러던 그때, 또 새로운 사람이 카이 군 앞으로 나섰다.

그 인물은—.

"……내가 이곳에 설 자격이 없다고, 이 자리에 있는 사람이라면 누구나 생각하겠지."

"타키야."

사정이 있었다고는 하나 도시와 어머니라고 부르던 레이스에게 적의를 드러낸 사람.

그리고 누구보다 그녀 곁에 있고 싶다고 강하게 바란 탓에 잘못된 선택을 한 사람.

"하지만 그래도! 설령 마더가 그러길 바라고, 네가 마더를 지킬 힘이 있다고 해도! 배신자로 욕먹는 한이 있어도 나는 네 앞을 막아서야만 해! 마지막으로 내 책임을 물겠다!"

"말 잘했다! 덤벼, 너도 **이 녀석들과 똑같이** 땅바닥에 나자빠져서 패배감이나 곱씹고 있어!"

레이스는 대단해. 이렇게 모든 사람에게 사랑받고 있으니까 말이야.

울면 안 돼. 똑바로 지켜봐야지.

나는 얼굴을 숙인 레이스의 어깨에 손을 얹고 앞을 보게 했다.

레이스는 나보다 키도 크고 멋진데 왠지 동생 같아.

"봐, 열심히 싸우고 있어. 다름 아닌 카이 군에게 맞서는 거라고. 아무나 할 수 있는 일이 아니야."

"네……. 모두 제 자랑스러운 아이들이에요."

"마지막까지 지켜보자. 분명히 다들 이해해줄 테니까."

"네……. 고마워요, 류에."

싸움은 한순간이었다.

타키야가 전속력으로 달려가서 힘껏 뒤로 젖힌 주먹을 카이 군의 얼굴로 뻗었다.

하지만 카이 군은 상반신만 옆으로 크게 돌려 피하고 그대로 탄력을 이용해 타키야의 얼굴에 주먹을 꽂았다.

날아간다. 다른 수많은 사람들이 쓰러진 그 장소로, 똑같이.

"……아직 설 수 있는 놈은 나와! 나에게 덤빌 녀석, 레이스를 붙잡을 녀석이 있으면 나오라고!"

카이 군은 주위를 향해 부르짖었다.

아직 덤비지 않은 상인이나 싸움과는 그다지 인연이 없어 보이는 사람들이 모두 고개를 떨구고 분한 마음에 눈물을 흘렸다.

쓰러진 사람들도 모두 어깨를 떨었다.

아마 사실은 다들 받아들였을 것이었다.

그래도 그것은 분명히 나처럼, 내가 그 숲에 남겨졌을 때처럼 억지로 자신을 속여 받아들인 것이 아니었다.

확실하게 이해한 상태에서도, 그들은 싸워야만 한다고 생각했다.

"더는…… 없나 보군. 그렇다면 다시 한 번 선언하겠다!"

전원이 주목한 가운데 카이 군은 다시 그 모습, 마왕 같은 모습으로 변했다.

"레이스는, 모두가 사랑하는 그녀는 내가 앞으로 영원히 온갖 고난, 역경을 타파하고 지키겠다고 맹세한다!"

그는 힘주어 우렁차게, 도시 전체에 울려 퍼질 것 같은 성량으로 선언했다.

후후. 레이스, 들었어? 놓치지 말고 끝까지 들어줘야 해.

"지금은 날 믿어. 레이스는 반드시 행복하게 해줄 테니까. 절대로 슬프게 하지 않아. 그러니까…… 나한테 너희 어머니를 맡겨줘."

정말로 조금이지만, 질투하게 돼.

"레이스. 슬슬 돌아갈까?"

"네. 더 이상 제가 여기 있을 수는 없으니까요."

모두의 어머니 레이스는 울음과 쑥스러움에 얼굴을 붉히면서 말했다.

괜찮아. 분명 시간이 걸릴지 모르지만, 다들 이해해줄 거야.

옛날에 어떤 책에서 읽은 적이 있어. 남자는 주먹다짐을 한 뒤에는 화해하는 법이래.

오늘 우리는 아무것도 보지 않았다. 우리는 그렇게 하기로 마음먹었다.

§ § §

결과 발표! 나 한 명 VS 도시 유지 열일곱 명+구경꾼 수백 명의 정신 공격!

……이렇게 속 편하게 생각할 수 있다면 얼마나 좋을까.

결과를 말하자면 내가 전원 주먹으로 끝장냈지만, 과연 이 싸움으로 이해해줬을지 의문이었다.

아니, 애당초 이해하느냐 못 하느냐의 문제가 아니라 남자로서, 가족으로서 부린 오기였을지도 몰랐다.

딸을 달라는 남자에게 아버지가 모질게 대하고, 때로는 「한 대만 맞자」라고 말하는 것처럼.

어쩌면 여기서 난 모두에게 한 대씩 맞아야 했는지도 모르겠다.

하지만 난 그녀를 영원히 지키겠다고, 힘으로 빼앗아 가겠다고 표명하기 위해서라도 강한 모습을 보여줘야만 했다.

그래서 힘은 조절하나 전원 일격에 때려눕히겠다고 결단한 것이었다.

"때리는 사람도 아프다……. 그럴 리가 없을 텐데 말이야, 적어도 나에 한해서는."

아프기는커녕 생채기 하나 없는, 무기 대신 휘두른 오른손을 가볍게 쓰다듬었다.

아, 그렇지. 내가 아픔을 짊어질 때는 지금이 아니야.

"……슬슬 이 주변도 조용해졌나?"

방에서 방금까지 있었던 싸움을 떠올리던 나는 드디어 침대에서 무거운 엉덩이를 들었다.

숙소 주인도 그 싸움에 참여했었는지, 지금은 그의 아내가 접수처를 맡고 있었다.

아마도 다른 곳도 상황은 비슷할 것이다.

하지만 길드에서 받은 의뢰인 이상 보고를 하긴 해야 했다.

아직 거리로 나가기가 조금 무섭지만, 어쩔 수 없지.

"죽을죄를 지었습니다!"

"아뇨, 어느 정도 예상한 일이었습니다."

"하지만 중립을 지켜야 할 우리 길드가 이러한 의뢰를 수락해선 안 됐습니다. 이 일과 관련된 모든 길드 관계자 및 모험가에게는 마땅한—."

"그럼 이렇게 합시다. 이 일을 무마해. 없던 거로 쳐. 이건 SS랭크인 내가 내리는 명령이다."

"으, 하지만……."

"이번에만 특례로 용서하죠. 앞으로 같은 문제가 일어나지 않도록 힘써 주세요."

도착하자마자 길드장에게 불려가서 오체투지로 사죄받았다.

분명히 길드 입장에서는 문제겠지만, 이번만은 어쩔 수 없는 일이었다.

그쪽이 규칙과 의뢰 시스템을 이용해서 결투를 신청했으니까 나도 제도와 권력을 이용해서 무마해도 불만은 없으리라.

오잉크 귀에 들어가면 귀찮아질 것 같지만, 이번 일은 이것으로 끝났다고 봐도 되겠지.

"어쨌든 의뢰는 무사히 달성했어요. 도시 유지 여러분과 모의전도 마쳤으니까, 이제 보수에 관한 이야기를 해 볼까요?"

그 의뢰, 보수에 관해 전혀 언급하지 않았단 말이죠.

나는 함박웃음을 지으며 다시 얼굴이 새파랗게 질린 길드장과 교섭을 시작했다.

§ § §

"역시 임시 수입은 좋은 거야."

흡족하게 웃으며 윤락가를 걷는 악덕 모험가, 바로 나.

0을 한 손으로 샐 수 없을 만큼 두둑하게 뜯어냈다.

이 도시에서 지출이 꽤나 컸기 때문이었다. 주로 레이스의 가게에서 쓴 거지만.

그나저나 그 저택은 아름다웠고 가구도 일품이었지만, 주거 공간은 그다지 넓지 않았다. 가게 수입은 다 어디에 사용되는 걸까?

주류 보충도, 생활비도 솔직히 내가 낸 금액만으로 여유롭게 충당될 양이었다. 더 호화로운 생활도 가능하리라 보는데…….

그런 생각을 하는 사이 오늘도 어김없이 프로미스 메이든을 찾아왔다.

아직도 휴업 중이었지만, 나는 대문을 열고 들어가 건물 뒤편으로 돌아갔다.

노크 세 번. 그러자 반대편에서 몹시 익숙한 목소리가 되돌아왔다.

"암호를 말해! 어어…… 산!"

「어어」라니? 너 지금 즉석에서 생각했지? 일단 정석이라고 할 수 있는 대답을 말해 보자.

"강!"

"땡. 『산』이라고 하면 『더미』지. 산더미처럼 쌓인 아이스크림을 먹어 보고 싶다."

"다음에 만들어줄 테니까 어서 열어주시죠."

"네~."

짠, 문 반대쪽에 있는 사람은 바로 우리 집 엘프 아가씨였습니다.

집 잘 지키고 있었니? 착하다, 착해.

평소 버릇으로 머리에 손을 뻗으려고 하다가 문득 류에가 빤히 내 얼굴을 바라보는 것을 알았다.

어리둥절한 표정이었다. 하지만 무엇을 이해한 것처럼 곧 그 표정이 사라졌다.

"왜 그래? 얼굴에 뭐 묻었어?"

"아무것도 아니야. 카이 군, 어서 와."

"다녀왔어."

여기서 살지도 않으면서 그만 「다녀왔다」라고 대답하고 말았다. 이곳에는 그런 분위기가 있었다.

그것은 어쩌면 지금 마주 보고 있는 류에가 주는 안심감 때문인지도 모르겠다.

저택 내에서는 이미 저녁 준비가 시작됐고, 아침보다 더욱 힘이 들어간 듯 보였다.

레이스가 부엌에서 지휘하고 딸들이 부지런히 손발을 움직였다.

그 광경을 보고 옛날에 일하던 주방과…… 부엌에 계시던 어머니가 떠올랐다.

그건 과거에 대한 선망일까? 아니면 순수한 추억일까?

옆을 돌아봤다. 류에는 무엇이 완성될지 기대하며 기다리는 어린아이 같았다.

그 모습을 보고 미미한 망설임을 떨쳐 냈다.

선망할 리가 있는가. 지금 이 순간이야말로 내가 가장 행복한 순간이다.

"자리에 앉을까? 뭐가 완성될지 기대하면서 기다리자."

"그래. 앉자, 앉자~."

그렇고말고. 그녀는, 그녀들은 지금 이 순간 이곳에 있으니까.

다음 날 아침. 오늘도 프로미스 메이든에서 아침을 먹기로 약속한 나는 스펠 씨에게 어떤 보고를 받았다.

"응? 오늘 아침 부크 씨 마차가 당도했다고?"

"네. 아침에 물건을 사러 나갔다가 마침 귀빈관 쪽으로 가는 걸 봤어요."

스펠 씨가 물건을 사러 윤락가 밖으로 나갔을 때, 마침 부크 씨가 돌아왔다는 것이었다.

그 말인즉, 정말로 이야기해야 할 인물이 드디어 왔다는 뜻이었다.

만나러 가야만 한다. 레이스를 이 도시에서 데리고 나가야 하니까.

몇 년이나 레이스를 흠모하며 빈번히 가게를 찾아왔고, 무엇보다 나와 레이스를 만나게 해준 사람이었다.

그런 그를 나는 만나지 않을 이유가 없었다.

결심이 흔들리기 전에 나는 레이스에게 그를 만나러 가겠다고 전하러 갔다.

레이스는 아침에 잘 일어나지 못하는지, 언제나 딸들이 아침 준비를 마칠 무렵 일어난다고 했다.

영광스럽게도 잠에서 깬 그녀를 볼 수 있는 역할, 잠자는 미녀를 깨우는 명예를 얻은 나는 레이스의 방으로 갔다.

그리고 조심스럽게 세 번 노크했다. 아무런 대답이 없었다. 문을 열어서라도 말을 걸어야 할까?

"『문을 열어라』. 내 안의 무언가가 그렇게 속삭인다."

그런 고로 실례합니다.

문을 열자 침대 옆에 장식한 꽃에서 달콤한 향기가 코를 찔렀다.

그리고 침대에는 거대한 산이……. 흠, 이불 속에 파고들어 자는 타입인가?

"레이스, 이제 아침 먹어야 하니까 일어나야지?"

"……우우……."

앓는 소리처럼 흐릿한 목소리가 봉긋한 이불 속에서 들렸다.

흠…… 어째 이미지랑 안 어울리는데?

"레이스~, 벌써 일곱 시 반이야~. 지금부터 일찍 일어나는 버릇을 들여야지~."

다시 부르자 겨우 그 봉긋한 이불 산이 반응했다.
꾸물꾸물 움직이는 모습이 흡사 알을 깨고 태어나는 생물 같았다.
……응? 이 이불 산, 이상하게 크지 않아?
"우~! 숨 막혀~! 놓아줘~."
"으음……."
……아주 익숙한 그분의 목소리가 들리는데?
예상대로 이불 속에서 류에가 얼굴만 빼꼼 내밀었다.
뭐야? 같이 잤어? 이렇게 부럽고 괘씸할 수가?!
"카이 군, 레이스가 일어나지도 않고 놓아주지도 않는데 어떻게 할까?"
"흠…… 그럼 찰싹찰싹 때려 보렴."
"좋았어."
두 사람은 어젯밤 함께 술을 마시다가 그대로 같이 잠들어 버렸다고 했다.
그리고 그대로 도망가지 못하게 붙잡혔다고…….
그나저나 그거 찰싹찰싹이 아니잖아? 출렁출렁이잖아?
"우…… 류에……?"
"잘 잤어? 레이스. 나는 안고 자는 인형이 아니니까 놓아줘."
"……후후, 꿈이 아니었군요. 에잇!"
"으악!"
이 오빠에게는 조금 자극이 강한 달콤하고 몽실몽실한

꼬오오옥♥
zzz...

분위기구나. 밖에서 기다리겠습니다.

"추…… 추한 모습을 보여드렸네요."

"하하하, 좋은 구경 했어."

"내가 말하기도 그렇지만, 나보다 아침잠이 많을 줄은 몰랐어."

"류에는 여행이 시작되고 조금씩 개선되고 있지?"

무사히 눈을 뜬 잠자는 공주님 시스터즈를 동반해 식당으로 갔다.

오늘은 아침 식사의 정석인 베이컨과 달걀 프라이, 그리고 조금 특이하지만 토르티야 같은 얇은 빵, 거기다 콜슬로 샐러드였다.

달걀 프라이는 아무래도 완숙인 듯했다. 모두 그것을 콜슬로 샐러드와 함께 빵에 싸서 먹고 있었다.

여러분, 집 안에서는 제법 와일드하시군요. 참고로 류에 씨는 평소에도 이렇습니다.

"그나저나 레이스, 할 얘기가 있는데 괜찮을까?"

"네. 무슨 일이죠?"

빵을 돌돌 말던 레이스에게 부크 씨가 도시로 돌아왔다는 사실을 전했다.

그 이야기를 들은 레이스는 드디어 올 것이 왔다며 결의를 다지듯 빵을 **한입에** 먹은 뒤 천천히 이야기했다.

"도리를 지킨다면 원래 가장 먼저 이야기했어야 할 사람이에요. 저도, 그리고 카이 씨도……."

돌돌돌.

"그래, 맞는 말이야. 그러니까 아침을 먹고 면회 약속을 잡고 올게."

돌돌돌돌.

"……부탁드릴게요. 바쁜 분이니까 빨리 가시는 게 좋을 거예요."

돌돌돌돌돌.

"알았어. 면회를 한다면 시간은 밤이 좋겠지?"

"그렇죠. 오후에는 도시 주요 인사와 인수인계를 상담해야 하니까요."

돌돌돌돌돌돌.

"……그나저나, 레이스는 잘 먹는구나?"

"—앗!"

아까부터 나를 보면서 대화하는 도중에도 레이스의 손은 쉴 새 없이 빵을 돌돌 말고 있었다.

그것참, 정신이 멍해지는 광경이라서 언제 지적하면 좋을지 타이밍을 잡지 못했다.

"……아, 이건, 아침을 많이 먹어서 하루의 활력을……."

"마더, 무슨 말씀이세요? 점심 저녁도 저희보다 많이 드시잖아요?"

그리고 진실을 폭로하는 스펠 씨와 그 말이 맞다며 고개를 주억거리는 딸들.

새빨개진 레이스와 경쟁심에 불이 붙었는지 허겁지겁 빵을 말아 대는 류에.

이상하네. 방금까지 나름대로 각오를 다지고 행동하려고 했는데, 어깨에서 힘이 쭉 빠져 버렸다.

나는 식사를 마치고 바로 면회 신청을 하러 갔지만, 부크 씨는 아무래도 돌아오자마자 잠든 모양이었다.

하기야 장거리 이동이 계속되면 지치니까, 별수 없지.

오후에는 다른 일거리가 있지만, 아마 저녁 이후라면 문제없이 만날 수 있을 거라고 확신하는 안내원의 이야기를 듣고 나는 일단 저택으로 돌아갔다.

§ § §

프로미스 메이든의 객실을 하나 빌려 쓰던 나는 알코올이 들어가지 않은 음료를 마시면서 때가 오기를 가만히 기다렸다.

그리고 창문으로 드는 빛이 병에 반사되어 붉게 물들기 시작할 무렵, 나는 드디어 시간이 됐다며 정신을 가다듬고 방을 나와 레이스와 류에를 찾았다.

류에는 이미 준비를 마쳤다. 그런데 레이스가 아직 방에

틀어박힌 채 나오지 않는다고 했다.

나는 걱정이 되어 레이스의 상태를 살피러 방을 찾아갔다.

"레이스, 나야. 시간 다 됐는데— 무슨 일 있어?"

안으로 들어가자 레이스가 슬픔에 젖은 표정으로 옷장을 빤히 바라보고 있었다.

거의 비어 버렸을 그곳에 단 한 벌, 몹시 작은 옷이 덩그러니 남아 있었다.

"그건…… 아동복?"

"앗! 아뇨, 그게…… 미안해요. 잠깐 생각에 빠져 있었어요."

"심각하게 고민하는 표정이었는데…… 그 옷에 문제라도 있어?"

"……이건 어떤 아이에게 주려고 했지만, 결국 줄 수 없었던 옷이에요."

"……그래."

나는 그녀의 모습을 보고 더 깊이 캐묻진 말아야겠다는 생각이 들어 거기서 이야기를 끊었다.

나는 두 사람과 함께 다시 귀빈관을 찾았다.

그러자 안내원이 곧장 저택으로 들어가더니 노인을 한 명 대동하고 돌아왔다.

집사복을 입고 몸에 많은 경험과 지식을 축적했을 것 같은 노숙한 인물이었다.

"이야기는 들었습니다. 카이본 님, 류에 님. 그리고…… 격조했습니다, 레이스 님."

레이스와 면식이 있는 것으로 보였다. 부크 씨의 비서…… 아니, 집사, 하우스 스튜어드일까?

"오랜만이에요. 부크 님과 함께 이 도시에 와 계셨군요."

"아뇨, 저는 이번에 다른 용무로 방문했습니다. 아, 죄송합니다. 안으로 들어오시죠."

아무래도 그는 부크 씨의 본가 쪽 집사가 맞는 듯했다.

듣자 하니 부크 씨와 마찬가지로 그도 옛날부터 레이스를 아는 인물 같았다.

"주인님은 이미 집무실에서 기다리고 계십니다. ……레이스 님."

"……네."

집사 남성이 안내하며 레이스를 불렀다.

그 목소리에는 수많은 감정이 뒤섞인 것처럼 들렸다.

깊은, 정말로 깊은 감정이…….

"……아뇨, 아무것도 아닙니다."

하지만 그는 입을 다물었다. 그리고 어떤 문 앞에 멈춰 섰다.

롤 케이크의 캐러멜 같은 무늬가 새겨진 아름다운 황토색 문이었다.

그는 문을 노크하고 부크 씨의 대답을 기다렸다.

"들어오십시오, 카이본 씨."

귀빈관인데도 집무실 안에는 방대한 자료가 정리된 책장이 주르륵 늘어섰다.

아마 이 방은 손님이 방문해도 부크 씨밖에 사용하지 않는 곳이겠지.

그의 책상에는 지금도 서류가 산을 이루고 있었다. 하지만 그는 조금도 싫은 티를 내지 않고 손을 멈춘 뒤 우리를 미소로 맞이했다. 그리고 한 박자 쉬고 평소처럼—.

“오옷?! 이럴 수가, 마더까지 오셨습니까! 이, 이런 영광스러운 일이!”

“북 군, 나도 있어!”

“하하핫! 물론 알고말고요, 류에 양. 세 사람이 모두 오시다니, 무슨 일이시죠?”

그는 레이스를 보자마자 대번에 흥분하여 자리에서 일어났다. 아, 서류가 무너졌다.

“……부크 씨. 실은 긴히 드릴 말씀이—.”

내가 바로 이야기를 꺼내려고 한 순간, 뒤에서 대기하던 레이스가 한 발 앞으로 나왔다.

그리고 눈을 감고 무슨 부탁을 하듯 고개 숙였다.

……먼저 말하게 해 달라는 뜻이리라.

나는 레이스에게 순서를 양보하고 뒤로 한 걸음 물러났다.

“부크 웰드 영주님, 갑자기 찾아뵈어 죄송합니다.”

"하하하, 이런 방문이라면 환영입니다. 괘념하지 마십시오."
레이스는 조금 딱딱한 말투로 인사했다.
그리고—.
"부크 님…… 아니, 부크. 당신에겐 지금까지 많은 도움을 받았어요. 이 도시를 세우고, 이 땅을 지키고…… 나아가서 저희까지 돌봐주셨죠."
"마더…… 아뇨, 레이스 양. 그건 제가 응당 갚아야 할 은혜였습니다."
레이스의 평소와 다른 태도에 그도 따라서 태도를 고쳤다.
천연덕스러운 분위기가 자취를 감추고, 웃음기 어린 얼굴은 뭔가를 짐작한 것처럼 진지하게 바뀌었다.
두 사람은 오래전부터 알고 지낸 사이라고 했다. 『부크』라고 이름을 부를 정도로. 아마 그가 아직 영주가 되기 전, 지위를 무시하고 이름으로 부르는 것이 당연하던 젊은 시절부터 그 인연은 이어졌으리라.
두 사람은 그리움에 잠긴 것처럼 이야기했다. 젊을 적 그와 아직 이 도시에 오기 전 그녀의 추억을…….
"은혜…… 제가 당신에게 느낀다면 몰라도 그 반대는 짐작되지 않네요."
"무슨 말씀입니까? 제가 아직 대륙 중앙 도서관에서 근무할 때부터 몇 번이나 도움을 받았는지 모릅니다."
"……그립네요. 매일 많은 책들을 카트로 옮기고, 제가 그런 당신을 불러서 책이 있는 곳을 묻곤 했었죠?"

"레이스 양이 불러 주시는 것이 당시 제 기쁨이었습니다! 동료들 사이에서는 『목공 여인』이라고 불렸죠."

"……그 얘기는 처음 듣는데요. 조금 부끄럽네요."

"그 무렵 레이스 양이 찾던 책들은 모두 다 목공 관련 서적이었으니까요. 후후, 설마 레이스 양 같은 아름다운 여인이 『가구를 만들기 위한 자료는 어디 있죠?』라고 묻는 날이 올 줄은 몰랐습니다."

두 사람은 지나간 날의 추억을 즐겁게 되새겼다.

그리고 나는 류에와 함께 얌전히 두 사람의 추억담에 귀를 기울였다.

"당신이 그 전쟁에서 두각을 드러냈다고 들었을 때, 그리고 영주로 임명됐다고 들었을 때의 일은 지금도 기억해요."

『그 전쟁』이란 아마 이 대륙의 통치 체제를 바꾸어 놓은 사건을 말하리라.

그렇구나……. 여기서 살아왔다면 레이스도 당연히 그 전쟁을 경험했겠지.

……그녀의 몸이 엉망이었던 이유는 그 전쟁 때문이었을까?

"저도 영주로 임명되고 처음으로 이 권한을 사용했을 때의 일을 기억합니다. 당신을, 그 전쟁에서 행방이 묘연해진 당신을 찾아라. 그것이 제가 처음 내린 명령이었죠."

"……그리고 저는 그런 당신을 이용하듯 이 도시를—."

"아뇨!"

그때까지 화기애애하게 대화하던 부크 씨가 레이스의 그 발언을 강하게 부정했다.

"저는 단지 필요해서, 그리고 당신을 돕고 싶어서 도시를 세웠을 따름입니다. 그것을 이용이라고 하신다면 저는 앞으로도…… 영원히 이용당해도 상관없습니다."

"부크……."

"……조금 흥분했군요. 그런데 이런 옛날이야기를 다 하시는 것을 보면 뭔가 특별한 이유가 있어 보입니다."

두 사람의 대화가 끊겼다.

드디어 본론으로 넘어갈 때가 왔다. 몰래 침을 삼킨 목에서 꿀꺽 소리가 났다.

"……생각해 보면 제 가게에 오시는 분들은 모두 처음에 당신의 소개로 방문한 분들뿐이었죠. 정말로 당신에게는 아무리 감사해도 모자라요."

"그랬던가요? 하지만 그거야말로 계기를 만든 것에 불과합니다. 그들이 단골이 된 것도, 그리고 그 후 가게를 찾는 사람이 늘어난 것도 레이스 양의 인덕이 일궈 낸 성과죠."

"그래도 제가 정착할 수 있는 도시를 만들고, 살아가기 위한 양식을 벌 수단을 마련해주셨어요. 정말로…… 정말로 저는 당신에게 감사하고 있어요."

깊은 감사의 마음을 담은 상냥한 말.

그 말을 들은 부크 씨는 감개무량한지 눈시울을 살짝 적셨다.

"당신 덕분에 저는 뿌리를 내릴 수 있었어요. 그리고—"

레이스는 말을 끊고 등에 난 작은 날개를 파닥였다.

그렇다. 그녀는 오늘 본래의 모습으로 이곳에 나타났다.

도시 주민들은 모르는 모습. 아마 오래 알고 지낸 스펠 씨와 부크 씨밖에 모를 모습. 어쩌면 조금 전에 만난 집사도 알지 모르지만…….

"……그런 거군요."

그는 조용히 눈을 감고, 레이스가 말을 잇기 전에 평온한 음색으로 입을 열었다.

"방으로 들어오는 그 모습을 봤을 때부터 대충 알고 있었습니다. 알고 있었고말고요……. 드디어 다시, 하늘로 날아오를 때가…… 왔다는 말이군요?"

그 온화한 목소리가 서서히 떨리는 목소리로 변해 갔다.

"네. 오랫동안 날개를 접고 쉴 수 있게 해주셔서 진심으로 감사드려요."

그건 마치 오랜 세월을 함께한 부부가 서로에게 감사하는 것 같았다.

그 모습에 조금이지만 질투심이 들 것 같았다.

하지만 그것은 내가 품어야 할 감정이 아니었다. 그에게만, 부크 씨에게만 용서되는 감정이었다.

그는 말을 떨면서도 가슴속에 폭풍 치는 감정을 억누르고 이렇게 레이스의 새로운 출발에 이해심을 내비쳤다.

이것이…… 자신의 감정보다 상대를 존중하고자 하는 어른의 태도이리라.

자기감정을 관철하는 것을 신조로 삼고 때로는 방약무인한 행동도 자행하는 나와는 상극을 이루는 삶의 방식이었다. 나는 이때 무심코, 진심으로 부크 씨를 멋있고 존경할 만한 인물이라고 생각했다.

그런데—.

"그나저나 그 사람은 어디 사는 누굽니까?! 괜찮다면 당장 그분에게 안내해주셨으면 좋겠군요!"

"아, 그게…… 실은……."

갑자기 『부릅』이라는 소리가 들릴 것처럼 눈에 힘을 준 부크 씨가 자리에서 벌떡 일어나 이쪽으로 다가왔다.

"우리의 마더를 맡겨야 할 분입니다. 우선 제가 한 방 때리지 않으면 직성이 풀리지 않을 것 같습니다! 마더에게는 미안하지만, 이건 양보 못 하겠습니다! 자, 바로 마차를 준비하죠. 당장 찾아갑시다!"

……지금부터 같이 손봐주러 가자고? YAH YAH[#5] 하면서?

#5 YAH YAH 일본 가수 CHAGE AND ASKA의 노래 『YAH YAH YAH』의 가사. 「지금부터 같이 손봐주러 가 볼까. YAH YAH YAH」.

"걱정하지 마십시오! 저도 육체파는 아니지만 남자입니다! 왕년에 도서관에서 단련한 이 이두박근으로 따끔하게 한 방 먹여야겠습니다!"

이상하네. 멋있고 존경스럽다고 생각하자마자 이 모양 이 꼴이야!

그리고…… 이상하게 눈치가 없어! 왜 오늘 면회를 내가 신청했는지, 그리고 지금도 내가 여기 있는지 생각해 보라고요. 이 방에는 지금 저도 류에도 있다니까요!

하지만 그 위세는 당당하여 보기 좋았다. 그의 의지를 확인하는 것도 목적이었으니까.

그렇다면…… 나도 그에 걸맞게 진심을 다해서 맞설 의무가 있었다.

나는 지금 이 자리에서 내 모습을 마왕으로 바꾸었다.

그리고 검을 짊어지고 어빌리티 조합을 교체했다.

【웨폰 어빌리티】

[용신의 가호]

[생명력 극한 강화]

[피해 감소 –30%]

[방어력+30%]

[물리 내성+30%]

[피해 감소 –15%]

[방어력+15%]

[물리 내성+15%]

[모든 능력치+5%]

[어빌리티 효과 2배]

좋아, 덤벼라.

……더 이상의 설명이 필요 없는 완전한 방어 태세였다.

"카이본 씨?! 왜 그러십니까, 갑자기 그런 모습으로 변하셔서?"

"아뇨, 이게 최소한의 예의가 아닐까 생각해서요."

"예의요……?"

"네. 그렇게 굳은 결의로 주먹을 휘두르겠다고 결심하셨다면 거기에 맞서는 저도 전력을 다해 상대해야 한다고 생각했습니다."

"맞선다니……. 서, 설마!"

부크 씨가 눈을 크게 뜨고 몸을 흠칫 떨었다.

이제 와서 겨우 내가 그 상대, 레이스를 데리러 온 사람이라고 깨달은 것이었다.

척 봐도 알 수 있을 정도로 동요한 그는 한 걸음 뒷걸음질 쳤다. 그런 부크 씨에게 나는 방금 보인 각오를 확인하고자 다시 한 번 현실을 들이댔다.

"그랜드 마더는…… 레이스는 우리와 함께 여행을 떠날 겁니다. 방금 보인 기백은 대단하더군요. 저는 그런 당신에게라면 맞아도 좋다고 생각합니다."

천천히 양팔을 벌리고 한 걸음씩 그에게 다가갔다.

가면으로 얼굴 절반을 가린 채 옅은 웃음을 띠고 다가오는 지금 내 모습은, 만약 이 장면이 만화였다면 배경에 위압감 넘치는 효과음이 들어가 있으리라.

자, 때리십시오. 겁먹지 말고, 마음속에 소용돌이치는 감정을 모두 실어서!

"힉! 히이익! ……하지만 여기서, 여기서 물러설 수는……!"

부크 씨의 시선이 한순간 내 몸을 넘어 그 뒤로 향했다.

그곳에는 아마 레이스가 있겠지. 그의 눈동자에 다시 뜨겁게 타오르는 불길이 어른거렸다.

"물러나지 않겠다! 절대로 물러나지 않겠다! 으아아아아아아!"

부크 씨는 조금 새된 함성을 지르며 죽음도 불사하겠다는 표정으로 달려들었다.

그리고 팔을 크게 뒤로 젖혔을 때, 그의 눈빛과 나의 눈빛이 정면으로 부딪쳤다.

분노와 슬픔과 체념과, 선망과 실의와 감사와, 그리고 분명하게 자리 잡은 공포.

뒤죽박죽된 감정이 소용돌이치는 그 눈동자를 본 나는—모든 장비를 해제했다.

어빌리티 효과도, 마왕 세트를 장비해 얻는 스테이터스 강화도 모두 내던졌다.

그리고 다음 순간, 레이스를 생각하는 강한 주먹, 강하면서도 상냥한 남자의 주먹이 정확하게 뺨에 꽂혔다.

내지른 팔과 미미하게 틀어진 내 목.

상체를 굽히고 어깨를 들썩이는 중년 남성과 그를 가만히 내려다보는 나.

……그래. 그렇겠지. 어차피 어빌리티 같은 게 없어도 대미지는 들어오지 않겠지…….

방어력이 없다시피 한 이런 장비에도 불과하고 대미지는…… 통증은 전혀 느끼지 않았다.

입술이 찢어지지도 않았다. 멍조차 들지 않았으리라. 단지 주먹이 닿았다는 사실과 밀려서 움직였다는 결과만 남았다.

오히려 때린 본인의 주먹이 더 아플 것이다.

그래, 아프지 않다. 전혀, 하나도, 눈곱만큼도 아프지 않다.

—젠장, 웃기지 마! 왜…… 왜 안 아프냐고…….

그의 주먹이, 결의와 각오와 몇 년에 걸쳐 쌓아 올린 마음을 실은 주먹이 전혀 아프지 않았다.

그 사실이, 그 현실이 참을 수 없을 만큼 분하고 괴로웠다.

지금 이 순간만은 진심으로 이 몸뚱이를 원망스럽다고 생각했다.

"이걸로…… 이걸로 오랜 세월 레이스 양을 기다리게 한

죄는 청산해드리겠습니다!”

이 사람은 자신의 분노가 아니라 레이스의 슬픔을 위해 주먹을 휘둘렀다고 말하는 것인가?

이 상황까지 와서도 이 사람은 아직 레이스를 위해 나설 수 있단 말인가?

“자, 다음은 카이본 씨 차례입니다! 어떤 이유가 있어도 폭력은 폭력이니까요.”

그는 거친 숨을 고르며 상체를 곧게 폈다. 그리고 꿋꿋하게 양팔을 벌리고 그렇게 말했다.

어떻게 그럴 수 있으랴. 내가 어떻게 그럴 수 있겠는가.

도시 주민들의 도전을 받아들여 수도 없이 주먹을 휘둘러 왔다. 그것은 그들에게 맞아줄 이유 따위 없다며, 거만한 찬탈자로 남기 위해 선택한 길이었다.

하지만 나는…… 유일하게 이 몸으로 온전히 주먹을 받아들여야 할 상대가 있다고 생각했다. 그것이 이 사람, 부크 씨였다.

내가 그에게 주먹을 휘두를 수 있을 리 없었다. 왜냐면—.

“저는…… 당신에게 이미 이루 헤아릴 수 없는 은혜를 입었습니다. 그러니까 절대로 손은 대지 않겠습니다.”

그에게는 주먹을 휘두를 권리가 있었다. 거기에 반격하는 배은망덕한 짓을 어떻게 할 수 있겠는가.

지금 이곳에서 말해야 했다. 빼앗는 자로서 의무를 다하기 위해—.

"지금까지…… 지금까지 레이스를 지켜주시고, 아껴주시고, 구해주셔서…… 정말로, 정말로 감사합니다."

깊이, 정말로 깊이 머리를 숙이고 바로 몸을 돌려 방 밖으로 걸어 나갔다.

지금은 홀로 두는 편이 나았다. 같은 남자이기에 알 수 있었다.

우리를 지켜보던 두 사람도 내 뒤를 따라왔다.

"으…… 우으으! 크으으으으……."

조용히 닫힌 문 너머에서 흐느낌이 새어 나왔다. 이를 악물고 억누른 그 소리를 들으며 우리는 걸음을 재촉해 그곳을 뒤로했다.

§ § §

복도 앞에는 조금 전 우리를 방까지 안내해준 집사복의 노신사가 소리 없이 서 있었다.

그는 우리가 나오는 것을 보고 조용히 허리를 숙였다.

"카이본 님, 류에, 님, 그리고 레이스 님…… 주인님의 결례를 부디 용서해주십시오."

"당치도 않아요. 죄송한 건 오히려 저인걸요."

"넓은 아량에 감사드립니다. 주인님이 진정될 때까지 이쪽에서 쉬시기 바랍니다."

우리의 대화를 들은 것일까……. 아니, 아마 부크 씨처럼 레이스를 본 순간부터 모든 것을 깨달았는지도 모르겠다.

우리는 집사를 따라서 아직 부크 씨의 목소리가 어렴풋이 흘러나오는 어두운 복도를 떠났다.

"……카이 군, 괜찮아?"

이동 중에 류에가 작게 물었다. 걱정스러운 표정이었다.

"응, 아무렇지도 않아. 회복도 필요 없을 정도야."

"그래? 방을 나올 때부터 엄청 괴로운 표정이어서 다친 줄 알았어."

"……그래? 내가 그런 얼굴, 이었구나."

뭐야, 그 사람 주먹은 역시 아픈 게 맞았다.

기본이지, 기본……. 정신 공격은 기본이야.

안내받은 응접실에는 어떤 손님이 먼저 와 있었다.

그 사람을 본 집사 노인은 한순간이지만 몸에 힘이 들어갔다.

"아이드 아가씨…… 돌아와 계셨습니까?"

"그래, 지금 도착했어. 손님이지? 내가 모실게. 너는 물러나 있어."

"하지만 이분들은—."

"……물러나라고 했어. 이건 명령이야."

그 인물은 아직 젊어 보이는 여성이었다.

하지만 그녀에게서는 어딘지 모르게 위엄 같은 것이 흘러나왔다.

방금 노인에게 명령한 것을 보아 그녀가 높은 지위를 가진 인물임은 틀림없으리라.

"인사가 늦었네요. 당주 부크 웰드의 맏딸인 아이드 웰드예요."

……뭐?! 잠깐, 뭐야? 부크 씨, 처자식이 있었어?!

다시 한 번 앞에 있는 아가씨를 봤다. 드세어 보이는 눈매였지만, 틀림없이 미인이라고 할 수 있는 용모와 아름다운 금발을 지녔다. 이거, 사모님이 상당히 미인이겠는데?

"정중히 응대해주셔서 감사합니다. 모험가 일을 하고 있는 카이본입니다. 운 좋게 인연이 닿아 부크 씨와 알게 되었습니다."

"북 군의 딸이구나? 나는 류에야. 북 군에겐 마차도 얻어 타고 자주 도움을 받고 있어."

잠깐만요, 류에 씨. 그렇게 말하면 부크 씨가 편리한 운전수처럼 들리잖아요!

그 사람 영주라고요, 영주!

"당신이 아이드 씨……. 저는 레이스 레스트라고 해요. 처음 뵈어요."

"역시 당신이……. 당주님에게 무슨 용건이라도?"

레이스의 이름을 들은 순간, 그녀의 눈꼬리가 올라갔다.
험악하다고까지는 안 하겠지만, 그녀에게선 분명히 팽팽한 압박감이 전해졌다.
"부크 님에게 꼭 전해드려야 할 이야기가 있어서 보고차 들렀어요."
레이스는 그녀를 아는 눈치였다. 하지만 그 목소리에는 약간의 죄책감과 공포가 섞인 느낌이었다.
"그래요? ……우선 이 말부터 할게요. 전 당신이 싫어요."
느닷없는 선언에 나와 류에의 호흡이 딱 멈췄다. 그러나 정작 본인은 놀라지도, 충격을 받지도 않고 그저 말없이 그 선언을, 그 마음을 긍정하듯 말했다.
"그렇겠죠……. 결국 저는 마지막까지 그 사람을 고르지 않았으니까요."
아이드 양은 자신의 혐오감을 겸허하게 받아들인 레이스가 마음에 들지 않았는지, 분노를 드러내며 허공을 가르듯 한쪽 팔을 번쩍 들었다.
그 심상치 않은 분위기에 상황이 좋지 않다고 느낀 나는 레이스 곁으로 살짝 다가섰다.
"아버지가 어떤 심정으로 당신 뒷바라지를 했는지, 그리고…… 어머니가 그런 아버지를 어떤 심정으로 봐 왔는지……! **창녀 따위**가 이해하진 못하겠죠!"
바로 옆에 선 레이스의 어깨가 살짝 떨리는 것을 느꼈다.

"부크 씨의 딸이라고 해도 말이 너무 지나치군요. 더 나눌 말은 없습니다. 물러가 보겠습니다."

더는 여기 있을 이유가 없었다. 나는 억지로 끼어들어 이야기를 끊고 레이스의 팔을 붙잡았다.

"아버지의 손님이니까 이런 말은 하고 싶지 않지만…… 잠깐 빠지세요."

하지만 그녀는 내 말도 대수롭지 않게 잘라 버렸다.

그것이 당연하다는 투로 명령을 덧붙이며 말이다.

말하는 모습이 상당히 그럴싸해 보이는데? 아가씨. 하지만 귀족도 아닌 영주의 딸이 그렇게 잘난 지위일까?

"이거 이상하네요. 이 대륙에는 귀족이 없다고 들었는데 말입니다. 영주의 따님이 그렇게 타인에게 명령을 내리고 억지로 불러 세울 권한이 있습니까?"

"냉정하게 생각하면 일개 모험가에 지나지 않는 당신이 저를 방해해 봤자 본인의 앞날에 좋을 게 없다는 걸 잘 아실 텐데요?"

역시 영주의 딸에게까지 내 이야기가 전해지지는 않았나 보다.

하지만 일부러 이 아가씨에게 그것을 설명해서 이해시켜야겠다는 생각은 들지 않았다.

오로지 한시라도 빨리 여길 떠나고 싶다는 마음뿐이었다.

실제로 그녀를 포함한 부크 씨의 가정에 복잡한 사정이

있을지도 몰랐다.

하지만 아무리 그래도 방금 그 언사는 참을 수 없었다.

「아무것도 모르는 주제에」. 나도 지금 막 알았을 뿐이지만, 그런 말이 목구멍까지 치밀어 올랐다.

가정사? 그게 우리랑 무슨 상관인가? 말이야 바른 말이지, 조금 험하게 말하면 그건 전부 부크 씨 책임이지 않은가?

거기서 생긴 앙금을 이런 식으로 풀어도 곤란하다. 하물며 이런—.

"……말을 말아야지. 레이스, 류에, 저택으로 돌아가자."

생각을 중단했다. 더는 이 아가씨에 관해 생각해선 안 된다.

변해 버린다. 내 인식이 변해 버린다. 그러니까 그 전에 이 곳을 나가야 한다.

"저기, 카이 씨…… 전 괜찮아요."

"아니, 내가 가고 싶으니까 가는 거야."

두 사람의 손을 붙잡아 방을 나섰다.

"미안, 아이드. 다음에 봐."

방을 벗어나기 전에 류에가 미안하다는 투로 인사했다. 얼떨떨하게 선 아이드를 두고 방을 나오자 복도에는 방금 나간 집사가 미안한 표정으로 대기하고 있었다.

우리를 말리지도 않고 그저 입을 다문 채 머리를 숙이는 그의 옆으로 나는 성큼성큼 지나갔다.

뒤에서는 정신을 차린 아이드의 분노에 찬 고함이 들렸지만, 이곳에는 그 말에 대답할 사람은 없는 듯했다.

"저기, 카이 씨. 역시 전 돌아갈게요. 제겐 그 아이의 이야기를 끝까지 들을 의무가—."

"없어. 처자식이 있었다고 해도 이해하고 원조해줬다면 이런 일은 일어나지 말아야 했어. 그래도 이렇게 됐다면 그건 부크 씨 책임이야."

"하지만—."

솔직히 타인의 가정사 따위 내 알 바 아니었다. 그건 상대방도 마찬가지일 것이다.

그녀도 우리 상황과 사정은 모르고, 그녀가 뭐라고 지껄이건 우리와는 관계없는 이야기였다.

그런 인간이 레이스가 지금까지 걸어온 길에, 그리고 부크 씨의 노력에 왈가왈부하자 기분이 좋지 않았다.

하물며 가정 내 문제인 이상 내가 간섭할 필요는 없었다.

가장 풍파를 일으키지 않는 방법으로 끝내려면 그 자리에서 다짜고짜 돌아가는 수밖에 없었다.

레이스의 기분도 이해한다. 하지만 그대로 그곳에 있었다면 레이스는 불필요한 상처를 입었을지도 모른다.

그렇게 되면 끝이다. 완전히 내 인식이 바뀌어 버린다.

『같은 편인 부크 씨의 딸』이라는 인식이 『적인 아이드의 아버지』로—.

나는 스스로의 인격이 삐뚤어졌다는 사실을 잘 알고 있었다. 『인간은 적이냐 같은 편이냐 둘 중 하나』. 그 사고방식은 지금도 내 근간에 깔려 있으며 고칠 생각도 없다.

나는 내 생각에 따를 것이다. 만약 인식이 변해 버리면 완전히 그 둘을 적으로 인식해 버리리라.

그래서…… 더는 그곳에 머물 수 없었다.

그러나 결국 부크 씨와 제대로 이야기도 나누지 못하고 그대로 헤어져 아쉬움이 남았다.

다음에 따로 날을 잡아 나 혼자 만나러 와야겠다.

"……있지, 레이스. 아마 그 아이는 엉뚱한 화풀이를 한 게 아닐까?"

그런데 그때, 류에가 아직 근심을 떨치지 못한 레이스에게 말을 걸었다.

그것은 걱정이라기보다도 일깨워주려는 것 같은 의지가 얼핏 보였다.

"우린 저쪽 사정을 몰라. 하지만 나는 아이드가 몹시 어려 보였어. 화난 아이를 달래는 건 부모가 할 일이야. 레이스가 고민할 필요는 없다고 봐."

"그럴……까요?"

"레이스는 어머니이지만, 그 아이의 어머니는 아니야. 게다가 레이스는 어머니란 사실보다 우리와 함께 가길 선택했어. 게다가 아이드에겐 아버지도 있고 말이야."

그건 류에 나름의 설교였는지도 모르겠다.

자신이 상처 입는 것도 개의치 않고 계속해서 손을 내미는 레이스를 향한 설교.

물론 그것은 미덕이며 레이스의 매력이기도 했다. 하지만 그녀는 이제 우리의 동료였다.

동료가 다칠지도 모르는 길을 걸으려고 한다면 그것을 말리는 건 당연지사였다.

류에는 이미 레이스를 자신의 동료, 가족이나 마찬가지라고 생각하는 듯했다.

그렇기에 이런 쓴소리까지 했으리라.

"류에는 레이스가 슬퍼하게 되는 게 싫어서 그래. 그건 물론 나도 마찬가지야. 괜찮아. 적어도 부크 씨는 자기 딸을 그대로 둘 사람이 아니야."

조금 예상하지 못한 문제가 발생하고 말았지만, 아직 시간은 있었다.

레이스에게도 생각하는 바가 있겠지만, 지금은 가만히 상황을 지켜보기로 하고 오늘은 이만 저택으로 돌아가기로 했다.

§ § §

이튿날.

레이스와 류에를 저택까지 바래다준 뒤 숙소로 돌아온

나는 다시 부크 씨가 도시를 떠나기 전에 약속을 잡고자 아침 일찍 귀빈관으로 향했다.

그 사건 후 도시에는 다시 활기가 돌아왔고, 남성 일동도 조금씩 일상을 되찾아 가고 있는 듯했다.

그런 가운데 귀빈관 앞에서 어떤 인물이 나에게 말을 걸었다.

"오, 설마 당신, 어제 이 저택에 온 모험가 아니야?"

"응? 너는…… 전에 류에에게 잡혀갈 뻔한 모험가였나?"

"기억하고 있었군? 그땐 정말 고마웠어."

레이스를 만나고 돌아가는 길에 프로미스 메이든 주변을 어슬렁거린다는 이유로 류에에게 붙잡혔던 남성 모험가였다.

오늘은 이곳 경비 의뢰라도 받았는지 등에 대검을 짊어지고 있었다.

"내가 어제 여기 오긴 했는데, 그건 왜?"

"아하, 역시 그랬군……. 그럼 하나만 물을게. 레이스란 사람을 찾으라는 말을 들었는데, 어디 있는지 통 보이질 않아. 길드에 물어봐도 아무도 대답해주지 않아서 난감하던 참이야. 당신 어제 함께 있었지? 좀 알려줘."

그야 지금 이 도시에서 레이스에 관해 캐묻고 다니면 아무도 솔직하게 대답해주지 않겠지.

누군가가 레이스를 노린다는 이야기는 이미 각 파벌 상층부에 알려졌다. 함구령이 떨어져도 이상하지 않았다.

그렇다면 이 남자는 대체 누구에게 명령받았을까…….
뭐, 대충 예상은 되지만 말이지.
"누가 찾으라고 지시를 내렸지?"
"지금 이 저택에 체류 중인 어떤 분이라고만 해 둘게."
"아이드 씨로군. 그럼 못 알려줘."
예상한 대답에 더는 할 이야기가 없다는 태도로 이야기를 맺고, 본래 목적대로 저택으로 들어가려고 했다.
그러나 그는 노골적으로 내 발을 묶고자 막아섰다.
"부탁할게, 나도 이게 일이야! 당신한테는 은혜도 입었으니까 가능하면 평화롭게 해결하고 싶어!"
"으…… 그래도 안 돼! 비켜, 난 저택에 용무가 있어."
아이드의 지시라면 따를 수 없었다. 하지만 이처럼 자기 일에 충실할 뿐인 사람은 아무래도 함부로 대할 수 없었다.
이런 내 사고회로가 미웠지만, 그래도 이것만은 양보할 수 없었다.
만약 지시를 내린 사람이 부크 씨라면 지금 당장 레이스를 데리고 만나러 가겠지만—.
"절대로 안 된다면 솔직히 말하겠어. 실은 레이스 씨란 인물의 위치는 대강 파악했어. 하지만 내가 직접 가도 문전박대만 당하더라고……."
"뭐야? 그럼 그날 밤 류에에게 잡힌 건 누명이 아니었어?"
"그런 셈이지. 당신이 절대로 말해줄 수 없다면……."

지금까지는 넉살 좋게 말하던 그가 날 위협하고자 낮고 어두운 목소리를 내며 등에 있는 검으로 손을 가져갔다.

"나도 이게 일이야. 살짝 난폭한 해결법이지만, 이해해줘."

……으음, 난감하네. 어떻게 된 영문인지 이자를 적으로 단정 지을 만큼 미워할 수 없었다.

"흐음…… 어쩔 수 없지."

나는 이제야 겨우 『그것』의 효력을 확인해 보고자 품속에 손을 넣었다.

"각오는 됐겠지? 후회해도 모른다?"

"하핫! 재미있는 소리를 하는군!"

그로부터 10초 후—.

"아이고…… 많고 많은 사람 중에 하필이면 이런 사람에게 싸움을 걸다니, 이 아가씨 참……."

"얼른 난폭한 해결법을 보여주시죠? 자, 얼른!"

현재 귀빈관 앞에는 한 모험가가 고개를 숙이고 있었다.

곤란할 때는 권력 발동. 이거, 가능한 한 일을 평화적으로 해결하고 싶을 때는 유용하겠는데?

아이드에게는 왜 꺼내지 않았냐고? 그야 마음에 들지 않았으니까.

어쨌든 이렇게 된 이상 그는 임무를 속행할 수 없겠지. 그럼 이제 어떻게 나올까?

"그나저나 넌 다른 도시에서 온 것 같은데, 아이드 양의 경호원이야?"

"그래, 맞아. 하지만…… 이걸 어쩐다……."

"그럼 부크 씨에게 말을 전해줘. 오늘 밤 다시 뵐 수 없겠냐고."

"음, 그건 딱히 상관없는데……."

운이 좋으면 그때 아이드와 관련된 문제도 해결의 실마리가 보일지 모르겠다.

게다가 하루가 지나 냉정함을 되찾은 부크 씨와 다시 한 번 이야기를 나눠야 했다.

아이드가 레이스를 찾는 이유는 아마 어제 하던 이야기, 비난을 계속하기 위해서겠지.

그렇다면 그 원인을 제거하면 이 남자의 일도 포함해 모두 원만하게 해결될 터였다.

"그럼 만약 무슨 움직임이 있으면…… 그렇지, 프로미스 메이든으로 찾아와줘. 그곳에 나도 있을 테니까."

"알았어. 괜히 마음 쓰게 해서 미안해, 카이본 씨."

그와 헤어진 나는 바로 이 일을 보고하러 프로미스 메이든으로 돌아갔다.

그 후로 시간이 조금 지나 시각은 정오 직전.

오늘도 침대 위에서 인형이 된 류에와 주인이 된 레이스가 잠에서 깨어 식사를 마친 후, 우리는 슬슬 여행 채비를 마무리하려고 장비 엄선과 수리, 손질을 위해 저택 정원에서 짐을 펼쳐 놓았다.

낯익은 레이스의 드레스형 방어구와 한때 애용한 활.

그것들의 내력이나 추억으로 이야기꽃을 피우는데 저택 대문에서 누가 부르는 소리가 들렸다.

"이봐~, 카이본 씨~! 나야, 나! 지금 잠깐 볼 수 있을까~?"

바로 오늘 아침에 헤어진 그 모험가였다.

보아하니 무장도 하지 않았고 얼굴에도 어쩐지 안도한 표정이 떠올라 있었다.

무사히 부크 씨에게 이야기를 전달한 모양이었다.

"이야~, 이거 엄청난 미인이구만. 부크 나리가 빠지는 것도 이해하겠어."

"죄송해요. 힘들게 이런 곳까지 오시게 해서……."

인사는 그쯤에서 끝내고 그는 용건을 간결하게 설명했다.

오늘 밤 세 명이 함께 귀빈관으로 와줄 수 없겠냐는 내용이었다.

이번에야말로 부크 씨 본인의 지시였으며 내가 그 초대에 응한다는 뜻을 전하자 레이스와 류에 두 사람도 동행 의사를 밝혔다.

"좋았어, 그럼 난 다시 부크 나리에게 전달하러 돌아갈게."

"계속 왔다 갔다 하게 해서 미안한데……."

"저기, 마침 점심시간이니까 가볍게 뭐라도 드시고 가시겠어요?"

가사 능력이 최대치에 달했을 것 같은 우리의 누님 레이스가 그렇게 제안했다.

그건 좋은 생각이다. 그는 오늘 아침부터 발바닥에 땀나도록 일해 줬다. 그리고— 아이드의 경호원이었다.

경호원이라면 어느 정도 신뢰하는 사이일 것이다. 그렇다면 그 부녀의 사정을 조금은 알고 있을지도 몰랐다.

나는 사양하는 그를 붙잡아 그대로 정원에서 가벼운 식사를 하기로 했다.

"……단순히 빵에 재료를 끼웠을 뿐인데 왜 이렇게 맛있는 걸까?"

"공감. 레이스, 이거 맛있는데?"

"그냥 토스트인데 그렇게 말씀해주시니 다행이에요."

"우물우물…… 겉은 바삭바삭하고 안에서는 치즈가 주르륵……. 맛있어."

레이스가 만든 토스트를 먹으며 나는 은근슬쩍 그에게 물었다.

부크 씨와 아이드. 그 두 사람 사이에 무슨 일이 있었고 부인은 어떻게 되었는지를.

"음…… 관계가 없진 않은 모양이니까 괜찮겠지……. 아가씨는 말이야, 여기저기 돌아다니느라 바쁜 나리를 대신해 이 지방 주요 도시를 통치하는 사람이야. ……뭐, 말은 거창해도 사실 작은 도시지만.”

“흠, 묘하게 명령 내리는 폼이 익숙하다 싶었는데 그런 이유가 있었군.”

“아가씨가 지금처럼 당차게 행동하게 된 데는 이유가 있어. 지금으로부터 12년 전 일이야. 나리가 지방으로 시찰을 나간 사이…… 마님이 돌아가셨어.”

그가 이야기한 내용은 어렴풋이 예상하던 사실이었다.

역시 부크 씨의 아내는 세상을 떠났나 보다.

그때, 나는 쉴 새 없이 움직이던 레이스의 손이 멈춘 것을 깨달았다.

그녀는 그의 이야기에 집중하듯 우리 쪽을 빤히 바라보았다.

“아가씨는 홀로 마님의 임종을 지켜야 했어. 나리가 돌아온 건 그로부터 나흘 후의 일이었지.”

“……그래서?”

이 뒤에 뭔가 결정적인 사건이 기다리고 있다는 예감에 나는 재촉하듯 물었다.

“부크 나리는 시찰을 갈 때면 언제나 이 도시를 거점으로 삼으셔. 마님이 돌아가셨을 때도…… 이곳에 머물고 계셨지.”

“……?!”

이번에는 레이스도 크게 반응했다.

말하는 본인도 그것을 깨달은 눈치였다.

하지만 그는 이야기를 이었다.

"하지만 만약 이곳에 머무르지 않았어도 나리는 제때 도착하지 못했어……. 우리가 사는 『리브러리』는 여기보다 훨씬 남쪽에 있으니까 말이야."

거기서부터는 쉽게 상상할 수 있는 내용이었다.

아이드는 아버지가 매번 들르는 도시에 증오심을 품게 됐고, 자신이 사는 리브러리에서 윤락과 관련된 구역을 없애 버렸다.

하지만 부크 씨는 그렇게 갈 곳을 잃은 사람들을 이 도시로 불러들여 레이스에게 맡겼다.

그런 사건이 쌓이고 쌓이다 보니 어느 순간 두 사람 사이에는 눈에 보이지 않는 벽이 생겨 버렸다.

……왜 부크 씨는 사태가 이 지경이 될 때까지 친딸을 내버려 뒀을까?

"카이 씨. 오늘 밤, 저는 한 번 더 아이드와 이야기를 나눠야겠어요."

그때, 레이스가 뭔가 결심한 것처럼 일어났다.

"……카이 씨는 부크와 둘이서 하고 싶은 이야기도 있을 테니까 자리를 비켜주세요."

"응…… 그래. 그러는 편이 서로를 위해 좋을지도 모르겠어."

레이스는 지금 이야기를 듣고 뭔가 실마리를 찾았을까?

아니면 내가 모르는 무언가가 아직 이 이야기에 숨어 있는 걸까?

지금은 알 수 없지만, 그건 모두 오늘 밤, 다시 귀빈관을 찾았을 때 밝혀질 일이었다.

"……내가 말이 많았군. 의뢰인의 정보를 떠벌리다니, 모험가로서 실격이야."

"걱정하지 마. 상사의 명령이었다고 할 테니까."

"하핫, 미안해."

그는 마지막으로 토스트 하나를 입에 욱여넣고 자리에서 일어났다.

아, 참— 아직 이름을 듣지 못했구나.

"이름을 알려줘. 이럴 때 이름을 팔아 두면 앞으로 승진할 수 있을지 누가 알아?"

"그러고 보니 아직 자기소개도 안 했던가? 나는 『갈스』야. 그리고 승진은 됐어."

그는 그렇게 말하며 주머니에서 S랭크의 증거인 백은색 카드를 꺼내 보여줬다.

역시 평범한 모험가가 아니었다. 이러니까 영주 자제의 경호원으로 발탁됐겠지.

"그럼 맛있는 빵 잘 먹고 갑니다! 또 보자고!"

달려가는 그를 눈으로만 배웅한 뒤, 레이스도 각오를 굳힌 표정으로 일어섰다.

어떤 결심을 했는지는 묻지 않겠다. 그저 그녀를 믿을 뿐이었다.

동료가 상처 입을지도 모르는 길을 가려고 하면 멈춰야 마땅하다.

하지만— 설령 상처 입더라도 우리 곁으로 돌아온다고 믿고 기다려주는 것 또한 동료다.

"류에. 레이스 곁에 있는 건 상관없어. 하지만 믿고 기다려줘."

"……응. 분명히 이젠 괜찮을 거야. 그런 얼굴이야."

평소에는 어딘지 모르게 얼빠진 느낌이지만, 류에는 누구보다도 주변 사람을 잘 보고 있었다.

자기가 지켜야 할 동료가 생겨 류에 또한 성장했다고 봐야겠지.

"……그리고 갈스 군, 마지막에 내 참치 토마토 토스트를 먹고 도망갔어. 용서 못 해."

"……정말로 잘 보고 있구나."

§ § §

저녁. 약속한 시간이 다가왔다.

귀빈관을 다시 찾았을 때, 이미 이야기가 되어 있는지 곧바로 응접실로 안내받았다.

어젯밤 같은 부담감은 없었다. 오직 레이스만 각오에 찬 표정으로 선두를 걸었다.

"실례합니다."

"기다렸습니다."

실내에는 부크 씨와 아이드가 소파에 앉아 기다리고 있었다.

부크 씨는 언제나 들려주던 밝은 인사 없이 그저 조용하게 말을 받았다.

그리고 아이드는 고뇌에 빠진 양 고개를 숙인 채 들려고 하지 않았다.

"부크 씨. 오늘은 그녀들만의 자리를 마련해줄까 합니다. 괜찮으시면—."

"그러지요. 저도 카이본 씨와 나눠야 할 이야기가 있으니까요."

레이스가 나를 돌아보고 힘있게 고개를 끄덕였다. 거기에 호응해 나도 고개를 마주 끄덕였다.

그리고 여성들을 남겨 둔 채 나는 부크 씨와 어제 본 집무실로 갔다.

"이거…… 어제는 부끄러운 모습을 보이고 말았군요……."

"그렇지 않습니다."

"……그리고 세 분을 불쾌하게 해드렸죠. 제 책임입니다."

집무실에 도착하자 그는 소파에 앉아 나에게도 자리를 권했다.

탁자를 끼고 대면한 부크 씨는 예상대로 딸인 아이드에 관한 화제를 꺼냈다.

“대략적이지만, 그쪽 사정을 들었습니다. 자세하게 들어봐도 되겠습니까?”

“방금 아이드에게도 한 이야기를 들려드리죠…….”

부크 씨는 자조적으로 웃었다. 그것은 지금까지 중요한 이야기를 딸에게 하지 않은 자신에 대한 조소일까?

“저는 레이스 양을 사랑했었습니다.”

“과거형인가요?”

“네. 지금도 기억납니다. 제 마음은 친애에서 경애로 변해 갔죠.”

그는 만남부터 이별에 이르는 이야기를 들려줬다.

대륙 중앙에서 일한 과거. 그곳에서 레이스와 만난 사건. 그곳에서도 레이스는 작은 가게를 운영했다는 사실. 그리고— 전쟁이 일어난 것.

“카이본 씨는 오잉크 님과 아는 사이셨죠?”

“네. 오래된 친구입니다.”

“오잉크 님은 그 전쟁의 지휘를 맡고 계셨습니다. 저는—.”

갑자기 밝혀진 동료의 과거에 내가 놀라는 사이, 부크 씨는 찬장에서 어떤 물건을 꺼냈다.

“저는 전술서를 편찬하던 관계로 참모로 발탁되어 오잉크 님과 함께 최전선으로 갔었습니다.”

"체스…… 그러고 보니 항구 마을에서도 길드장님과 두고 계셨죠."

그것은 체스판이었다. 부크 씨는 흑백이 체크무늬를 이루는 아름다운 판을 탁자에 놓고 한 손으로 내게 체스 말을 건넸다.

"한 판 두지 않겠습니까?"

"참모로 전쟁에 참여한 부크 씨에겐 상대가 안 되겠지만, 그래도 괜찮다면 해 보죠."

"저도 좋아할 뿐이지 실력은 없습니다. 어쨌든…… 저는 전쟁통에 레이스 양과 헤어졌고, 몇 년이나 지난 뒤 겨우 찾아낼 수 있었습니다."

레이스는 전쟁의 불길과 동시에 당시 대륙의 대부분을 다스리던 사람에게서 도망치고 있었다.

하지만 그런 역경 속에서도 굳세게 살아가던 레이스는 주변 사람들에게 희망을 나눠주며 작은 농촌을 부흥시키고 있었다.

그 무렵부터 그는 레이스에게 존경심을 품게 됐다고 말했다.

"전에 말씀드렸죠? 이 도시를 세웠을 때 일을……."

달각. 부크 씨의 말이 판 위를 전진했다. 나는 어색한 손놀림으로 그에게 대항했다.

"프로미스 메이든이 생기고 한동안은 카이본 씨처럼 매일 밤 그곳을 들락거렸죠."

"하하, 그럼 저는 부크 씨와 같은 길을 걸었던 거군요."

달각달각. 나는 거울을 비춘 것처럼 부크 씨와 똑같이 말을 움직였다.

"이루어지지 않는 사랑에 애태우는 어리석은 젊은이…… 그렇게 여겨지던 것이 접니다. 카이본 씨와는 다르죠."

"후후, 조금 짓궂은 말이었군요."

뼈아프게 반격당하면서도 진행되는 체스와 대화.

"그러던 때였습니다. 저와 아내가 만난 것은."

"설마…… 프로미스 메이든에서?"

"……네."

밝혀진 진실.

그렇다면 다시 말해— 아이드가 하던 일은…… 모르는 사이 죽은 어머니를 모욕한 꼴이었다.

"……그래서 따님에게는 아무 말도 하지 않으셨던 건가요?"

"어떻게 된 까닭인지, 아이드는 철이 들었을 때부터 결벽증 같은 구석이 있었습니다……. 아내도 저도 차마 말을 꺼내지 못했죠. 그리고 그런 사이 아내가 먼저 세상을 떴고, 저는 이 사실을 무덤까지 가지고 가겠다고 결심했습니다. 하지만— 그게 실수였습니다."

부크 씨는 조금 난폭하게 말을 옮김과 동시에 강한 말투로 말했다.

"말해야만 했습니다. 그 결과, 저는 아이드와 떠난 아내를 괴롭게 했으니까요."

"그 사실을, 말씀하셨군요?"

"네. 이제 와서 전하자니 마음이 괴로웠지만, 그래도 필요하다고 생각했습니다."

"……지금은 레이스가 따님과 함께 있습니다. 틀림없이 괜찮겠죠."

"그분은 정말로 강하고 상냥한 분이니까요……."

아이드는 레이스의 딸이라고 할 수 있는 여성의 딸이었다.

피는 이어지지 않았지만 할머니와 손녀 같은 관계라 하겠다.

그래서 레이스는 그토록 아이드를 신경 썼었나…….

"이것이 이 일의 자초지종입니다. 여기서부터는…… 그래, 미래의 이야기를 합시다."

"미래 말인가요?"

"네. 마더가 다시 미래로 날아오르는 데 필요한 일입니다."

달각달각달각. 말을 옮기는 속도가 점차 빨라졌다. 마치 마음이 급한 것처럼.

"카이본 씨, 저는 말이죠, 레이스 양이 누군가를 기다린다는 이야기를 믿지 않았습니다. 그냥 변명이라고만 생각했죠. 어떤 사람에게도 넘어가지 않겠다는 뜻을 넌지시 전하기 위해서요."

부크 씨는 마치 말을 옮기는 것처럼 차례차례 이야기를

풀었다.

“하지만 마더는 몇 년이 지나도 변하지 않았습니다. 당시 권력자에게조차 『나에겐 기다리는 사람이 있으니까 당신의 마음에 부응할 수 없다』고 거절할 정도였으니까요.”

“하하하, 그거 대단하군요.”

하나하나 차례대로 말을 빼앗겼다. 빼앗는 것은 내 주특기인데도 이 모양이었다.

“부크 씨, 강하잖습니까? 상대가 안 되네요.”

“저는 강하지 않습니다. 이 순간이 되어서도 저는 아직 마음속 어딘가에서 레이스 양이 떠나 버리는 것을, 누군가와 이어지고 만다는 것을 인정할 수—.”

“……체스 이야기예요. 부크 씨, 당신은 아주 강한 사람입니다. 제가 장담하죠.”

어느샌가 나의 킹은 외통수에 빠져 있었다.

원래 이런 종류의 게임은 약한 편이었지만, 그걸 감안해도 처참할 정도의 대패였다.

게다가…… 본인의 약점을 솔직하게 말할 수 있는 사람은 충분히 강한 사람이다.

“하하…… 그런가요……. 저는 의외로 강했나 보군요…….”

그래. 당신은, 정말로 강하다.

그 후 몇 번이나 체스판 위에서 대화를 나눴다.

부크 씨는 떠나보낸 아내를 얼마나 사랑했는지, 딸을 얼마나 생각하는지 이야기했다.

그리고 지금까지 자기도 모르는 사이에 어머니의 마음에 상처를 줬을지도 모른다는 것을 안 그녀를 염려했다.

하지만…… 부크 씨는 딸을 믿는다고 했다. 진실을 알고 주저앉아도, 자기 마음과 마주해 다시 일어서 주리라고.

인간은 약한 생물이다. 하지만 혼자서는 약해도 받쳐주는 사람이 있다면…… 지켜봐 주는 사람이 있다면 꼭 그렇지만도 않다.

서로를 받쳐줄 수도 있으며 지켜보는 사람에게 부응하려고 강한 척할 수도 있다.

그러니까 나는 아이드를 믿어 보려고 한다.

부크 씨가 받쳐주고 지켜봐 준다면 나도 아이드를 믿어 보자고, 그렇게 생각했다.

§ § §

수차례 대국을 끝내고 잠깐 휴식을 가졌다.

결과는 전패였다. 역시 그는 강했다. 거시적인 시야로 전쟁을 헤쳐 나온 실력자다웠다.

그렇기에 당시 상황을 아는 그에게 나는 이 질문을 하지 않을 수 없었다.

"……부크 씨. 저는 당신에게 꼭 확인하고 싶은 사실이 있습니다."

"그러시겠죠. 앞으로 레이스 양과 함께 걸어가겠다면 피할 수 없는 일입니다."

"레이스를 괴롭히던, 그녀를 가혹한 길로 내몬 사람이 누군지 알려주십시오."

그것은 지금도 그녀를 괴롭히는, 그녀에게 남은 마지막 굴레.

지금 당장 끊어 버릴 수 없는, 미래에 기다리고 있을 명확한 적.

"……그의 이름은『아캄 피나르 랜드실트』. 본디 이 대륙 왕가의 일원이자 죽은 국왕의 동생에 해당하는 인물입니다."

"왕가는 멸망하지 않았습니까? 오잉크와 부크 씨가 승리하시지 않았나요?"

"교활한 자입니다. 우리가 왕가를 쉽사리 타도한 배경에는 그의 조력도 있었죠. 그는 야심으로 똘똘 뭉친 자입니다. 지금이야 광대한 토지를 길드에 넘기고 본인도 그 일부를 다스리는 영주가 되었습니다만…… 그가 우리에게 조력한 이유는 자신에게 방해되는 왕가를 없애기 위해서였겠죠. 오잉크 님은 그가 언젠가 다시 반기를 들지도 모른다고 하셨습니다."

오잉크도 그 인물, 아캄을 예의주시한다고 했다.

엔드레시아에도 오잉크에게 명백하게 적대하는 레콘 공작

이라는 자가 있었다.

하지만 그것과 이것은 사정이 조금 달랐다. 이건 이상했다.

적이 될 것을 알면서도 오잉크가 전쟁 종결 후 지금까지 그자를 방치해 뒀으니까 말이다.

길드라는 조직의 정점에 서서, 실질적으로 이 대륙을 이끈 영웅인 오잉크가 손을 쓸 수 없는 상대라면 절대 보통내기가 아닐 것이다.

"카이본 씨. 아캄은 개인의 무력으로도 타의 추종을 불허합니다. 오잉크 님조차 손쓸 수 없는 힘을 가졌고, 지금도 자신의 세력으로 오잉크 님과 대등한 싸움을 벌이는 괴물이죠……. 그런 상대가 앞으로 당신을 노릴 것입니다."

부크 씨는 나의 각오를 다시 확인하듯 올곧은 눈빛으로 그렇게 말했다.

"카이본 씨. 당신은 제게 『레이스를 지켰다』고 하셨지요. 하지만 저는 그녀를 숨기고 몰래 살아갈 수 있도록 조처했을 뿐…… 진정한 의미로 그녀를 지키고 진짜 자유를 줄 수 있는 사람은 분명 당신뿐일 겁니다."

부크 씨는 진심으로 원통해하며 자신의 속내를 털어놓았다.

자기가 사랑한 사람을 위협하는 가증스러운 자. 그를 쓰러뜨리지 못했다는 자괴감.

그렇다면 그 비원을, 그 마음을, 내가 이루어 보이겠다.

힘을 휘두르는 것밖에 재주가 없고, 갑자기 나타나서 지금까지 그가 쌓아 온 것을 부수다시피 빼앗아 간 내가, 아마도 유일하게 은혜를 갚을 수 있는 방법—.

"저는…… 가진 것이라곤 힘밖에 없는 사람입니다. 만약 그 상대가 똑같이 힘을, 거대한 폭력을 휘두른다면— 당신 대신 그자를 타도하겠습니다."

"……꼭, 지켜주십시오."

가까운 미래에 아마 그자, 『아캄』은 우리 앞길을 가로막을 것이다.

그때 나는 비로소 부크 씨에게 은혜를 갚음과 동시에 레이스를 묶는 마지막 굴레를 끊을 수 있을 것이다.

굳은 약속을 나눈 후, 그는 갑자기 소파에 몸을 파묻고 잠들어 버렸다.

요 며칠 고된 업무에 시달려 정신적인 피로도 쌓였겠고, 거기에 더해 해묵은 중압감을 내게 넘겨줘서 안심했는지도 모르겠다.

소파에 몸을 파묻은 그의 표정은 무척이나 평온해 보였다.

저택을 나오자 마침 레이스와 류에가 아이드와 헤어지며 포옹을 나누는 참이었다.

그 광경을 보고 그녀들을 믿은 것은 틀리지 않은 선택이었다며 따스한 기분이 밀려 올라왔다.

아직 쌀쌀한 밤공기를 날려 버리는 그 감각에 취하며 아이드가 저택으로 돌아가는 타이밍을 기다렸다가 두 사람과 합류했다.

이 분위기에서 얼굴을 보기가 어색했다. 직접 말싸움을 벌인 사람은 나였으니까.

……나는 무의식적으로 내 편, 특히 나와 친밀한 사람을 편애하는 경향이 있었다.

이번 일도 그랬다. 그녀의 입장이 되어 보면 이해할 수 있는 점도 많았다.

자기 아버지가 외간 여자에게 빠져 있고, 그런 광경을 보던 어머니가 숨을 거뒀다.

그것을 어린아이가 보고 있었다면 어떻게 될까?

……조금만 생각해 보면 알 일이었다.

"보아하니 그쪽도 무사히 해결됐나 봐?"

"카이 씨!"

"아, 카이 군도 나왔구나."

뒤에서 말을 걸자 두 사람은 놀라며 돌아봤다.

그런데 류에가 뭔가 하고 싶은 말이 있어서 근질근질한 모습으로 다가왔다.

"카이 군, 들어 봐! 레이스는 사실 할머니였어!"

"류, 류에!"

여러 설명을 죄다 생략하고 결론만 콕 집어 말하는 류에에게 레이스가 드물게 언성을 높였다.

하하핫! 확실히 느닷없이 할머니라고 부르면 여성으로서 받아들이기 어렵겠지.

"자세한 이야기는 나도 부크 씨에게 들었어. 레이스, 어제는 아무것도 모르면서 그런 말을 해서 미안해."

"나도 미안. 레이스는 아이드의 할머니니까 관계자였구나."

"하, 할머니……."

"하하하. 하지만 방금 그 모습을 보니 아이드는 전부 받아들였나 보군."

"네. 그녀는 앞으로 조금씩 변해 갈 거예요. 다음에 그녀를 저택으로 초대하기로 했어요."

"그거 좋은 생각이야. ……레이스도 이젠 괜찮은 거지?"

어제부터 이따금 조금 괴로운 표정을 보이던 레이스가 걱정이었다.

"네. 마음에 걸린 가시가 드디어 빠진 기분이에요……."

그녀는 달빛을 무색하게 하는 환한 웃음으로 대답했다. 그 모습을 보고 이제 미련은 남지 않았으리라고 확신했다.

"……이번 일은 북 군이 아이드를 잘 알지 못해서 생긴 일이었어. 그 아이는 생각보다 훨씬, 훨씬 강했다…… 그런 이야기였어."

류에가 그렇게 중얼거리며 일련의 소동을 정리했다.

"그렇죠. 그런 일이었어요……."

가족의 사소한 어긋남. 그것이 이번 사건의 근간에 깔린 문제였다.

“후후, 역시 레이스의 손녀야. 아이드는 강하구나.”

“우…… 류에, 그렇게 할머니를 강조하지 마세요.”

“후후, 레이스 할머니.”

“으…… 이 입인가요? 그런 방정맞은 소리를 하는 게?”

내 가족인 두 자매도 조금씩 서로에게 익숙해지는 것 같아 흐뭇했다.

뺨을 꼬집으려고 손을 뻗는 레이스와 즐겁게 받아주는 류에.

그런 두 사람을 바라보면서 달빛 아래를 걸었다.

천천히, 한 걸음씩.

아직 해결해야만 하는 일이 미래에 기다리고 있었다.

하지만 지금처럼 한 걸음씩 나아가면 이렇게 해결에 다다를 수 있다.

그렇다면 앞으로도 이렇게 걸어가면 된다. 즐겁게 웃는 이 두 사람과, 내가 세상에서 가장 사랑하는 동료들과…….

……오잉크. 너는 스스로 목적을 찾고 거기에 도달하기 위해 이 대륙에도 큰 발자취를 남겼어.

나는 그런 큰 발자취에 작은 상처를 조금씩 새길 수밖에 없지만, 나도 발견했어.

과거에 남기고 온 레이스라는 크나큰, 결코 잊어서는 안 될 분실물을—.

"레이스, 류에!"

나도 모르게 두 사람에게 말을 걸었다.

"앞으로도 함께 즐겁게 여행하자."

두 사람은 넋을 잃을 것 같은 미소와 함께 응답해줬다.

에필로그

“레이스, 레이스! 잊은 물건 없어? 손수건 챙겼어? 간식은 챙겼고?”

“류에, 제 침대에 머리 장식을 놓고 갔어요. 자요.”

“……고마워.”

“후후, 손수건은 주머니 말고 메뉴 화면에 넣어 둘게요.”

하여간, 이 두 사람은 여전히 누가 여행 선배인지 모르겠다.

아직 아침 안개가 저택을 감싼 꼭두새벽. 우리 세 사람은 저택 철문 앞에서 마지막으로 짐을 확인하고 있는 중이다.

나는 원래 필요한 물건은 모두 메뉴 화면에 넣어 두기 때문에 문제가 없었다. 류에도 마찬가지였다.

그리고 레이스는 지금 손짐을 하나하나 검사하며 메뉴 화면으로 옮기는 중이었다.

이렇게 보니 이 메뉴 화면이란 힘이 정말로 가장 사기급 능력이 아닐까 생각된다.

누가 이 모습을 보고 우리를 장기 여행을 떠나는 사람이라고 생각할까?

류에는 언제나 가벼운 옷을 입고 그 위로 로브를 걸칠 뿐이었다.

나도 평상시 사용하는 장비를 걸칠 뿐이었다.

그리고 이번에 새로이 참여한 레이스의 경우는— 하늘하늘 날리지만 움직이기 편하도록 깊이 파인 베이지색 롱스커트와 레이스가 달린 앤티크 블라우스를 입고 숄을 걸쳤다. 마치 여행에 나서는 귀부인 같은 자태였다.

그리고 그 옆에는 검은 광택이 흐르는 목재에 붉은 현이 달린 양궁이 있었다.

그 배색 때문인지 밤을 모티브로 만든 레이스의 용모와 잘 어울렸다.

"그 활, 제대로 쓸 수 있게 됐구나?"

"네. 대략 20년 가까이 걸렸지만요."

언젠가 장비하게 해주고 싶다는 열망으로 얻은 최강의 마궁(魔弓).

그것을 손에 든 레이스와 이렇게 함께 여행을 떠나게 됐다는 사실에 깊은 감동을 느꼈다.

정말로 오래 기다리게 했구나…… 레이스.

"그나저나 정말로 다른 사람들이 일어나기 전에 출발해도 괜찮아?"

"네. 아이들에게는 가능한 한 평범한 일상을 보내게 하고 싶어요…….”

“이 저택 아가씨들은 적어도 어제 피로가 풀리기 전까진 일어나기 힘들 거야.”

“보통 이런 법이야? 막 성대하게 송별식이라도 받고 싶지 않아?”

“그건 어젯밤에 충분히 즐겼으니까 됐어요.”

여행을 떠나기 전날 밤이란 이유로 레이스의 저택에서 소소한 파티를 개최했다. 그런데 어디서 듣고 왔는지 윤락가 대표들이 쳐들어왔고, 어느새 시끌벅적한 술판으로 발전했다.

그 결과, 전원 술에 취해 뻗어 버렸다. 지금도 저택 안에서는 코 고는 소리가 서라운드로 들려왔다.

사실 각 세력의 수장들이 뻗어 버린 것도 어떻게 보면 비상사태였지만, 어쩌면 이것이 바로 윤락가의 『일상』일지도 모르겠다.

“그럼 슬슬 출발할까?”

“네! 가요, 카이 씨.”

“출발이다, 출발!”

§ § §

고급 업소가 줄지은 구역은 정적에 휩싸여 있었다.

이 장소가 밤이 되면 완전히 다른 세계로 변모한다고 추억을 더듬으며 걸어가고 있을 때였다.

아침 안개 너머로 술렁이는 것 같은, 무언가가 꾸물거리는 것 같은 느낌을 받았다.

그것은 내 착각이 아니었나 보다. 류에도 경계심을 드러냈다.

하지만 곧 돌풍이 안개를 거두고 허공으로 흩어 버렸다.

"……결국 평소처럼 넘어가진 못했군."

눈앞에 펼쳐진 광경을 보며 옆에 있는 레이스에게 말했다.

"후후후, 역시 이래야지! 떠들썩한 게 제일이야~."

음지든 양지든, 길드든 윤락가든.

파벌이든 부하든, 직원이든 손님이든.

전부 다, 그것들을 모조리 포함해 이 도시는 하나의 가족이었다.

그 가족이 어머니의 새 출발을 배웅하지 않을 리 있겠는가.

길가 양쪽에 모든 사람이 늘어섰다.

윤락가를 넘어 광장을 가로지르고 도시 정문에 이르기까지 사람으로 생긴 길이 이어졌다.

남녀노소, 깔끔한 제복과 거친 장비, 술에 취한 사람과 혼내는 여성들.

이 도시의 모든 것이 눈앞에 망라되어 있었다.

"레이스, 고개 들고 앞을 봐야지. 바닥만 보다가 넘어질라."

"네……! 네……!"

더 이상은 슬픔으로 눈물을 흘리게 하지 않겠노라 맹세한다.

지금 흘리는 기쁨의 눈물만 흘리게 하겠다.

수많은 환성을 받으며 우리는 그 사이를 지나갔다.

"마더! 건강하세요! 우리는 이 도시에서 앞으로도 열심히 살아갈게요!"

"마더…… 우웁…… 스펠 양의 보조는…… 웁, 맡겨주십……."

"으악! 타키야 이 자식, 토했어!"

모두 함께 배웅한다. 어머니의 새 출발을 웃으며 축복한다.

그녀는 지금껏 느낀 적 없는 벅찬 감동을 맛보고 있으리라.

그 증거로, 봐라. 아까부터 얼굴을 들라고 몇 번을 말하는데도 우는 모습을 보이기 싫어 고개를 들지 못하지 않는가.

"부모는 아이에게 눈물을…… 보이지 않는 법이에요……."

"기뻐서 우는 건 괜찮다고 우리 어머니가 그러셨어."

"……그런가요?"

"레이스, 자, 손수건. 거 봐, 내가 필요하다고 했지?"

류에는 재빨리 주머니에서 손수건을 꺼내 레이스에게 건넸다.

하하하…… 이 애한테는 정말로 못 이기겠다.

이윽고 도시 입구에 도착했다.

그곳에는 부크 씨와 아이드 두 사람이 우리를 기다리고

있었다.

"레이스 양, 드디어 떠나시는군요."

"레이스 님, 이제 가시나요?"

"두 분…… 설마, 이 전송은……."

"아닙니다! 다들 아침 일찍 자발적으로 나왔습니다. 저도 모르는 사이 이렇게 되어 있더군요."

이건 자연스럽게 생긴 인파였구나.

그러고 보니 오늘 떠난다는 사실만은 미리 알렸었지.

두 사람에게 배웅 받으며 도시의 입구인 아치를 지났다.

그리고 우리는 돌아봤다.

이곳은 레이스의 집이다. 집을 떠날 때는 빠뜨려선 안 될 말이 있다.

"여러분, 다녀올게요!"

『안녕』이 아니다. 가족은 떨어질 때도 그런 말을 하지 않는다.

그렇기에 그녀는 자신의 가족과 집을 향해 그렇게 말했다.

문득 아치 입구에 장식된 엠블럼이 눈에 들어왔다.

접힌 날개가 겹쳐진 『윙레스트』의 심벌이었다.

"레이스의 날개는 충분히 쉬었어?"

"네! 이제 저는 다시 날아오를 거예요……. 카이 씨와 류에와 함께!"

생각해 보니 레이스의 성은『레스트』였다. 그리고 이 도시에는 레이스가 살고 있었다.

다시 말해…… 그런 뜻이리라.

그 엠블럼이 오늘은 날개를 펼친 모양으로 변해 있었다.

부크 씨…… 멋진 연출을 준비하셨군요.

"정말로…… 많은 일이 있어서 즐거웠어."

그날, 레이스와 부크 씨의 딸 아이드 사이의 불화가 해결된 날로부터 시간이 쏜살같이 지나갔다.

프로미스 메이든이 영업을 재개했고, 마지막으로 레이스와 시간을 보내고 싶다는 사람이 대거 몰려오기도 했다. 우리 집 엘프 아가씨가 체험해 보고 싶다며 종업원으로 데뷔하기도 했고, 아이드가 자신의 어머니가 어떤 곳에서 일했는지 보고 싶다며 찾아오기도 했다.

나는 정말로 이 도시에서 많은 보물, 행복한 시간을 얻었다.

"언젠가 날아오르도록…… 날개를 쉬게 하는 도시……."

자, 가자. 레이스, 류에.

앞으로 세 명이서 이 넓은 세계로 날아오르기 위해—.

"난감하네……. 해방자 수용 준비가 되지 않았다면…….
그러고 보니 본본이 윙레스트를 떠났다고 했는데, 그 사람에게
조금 상담해 볼까?"

번외편 그녀가 본 신기한 관계

"아, 요 녀석! 그건 아직 덜 만들었으니까 먹으면 안 돼!"

"뭐~?! 괜찮잖아? 얼었으니까 이건 이미 아이스크림이야."

저택 부엌. 나와 딸들이 항상 사용하는 그곳에서 오늘은 카이 씨와 류에가 즐겁게 무엇을 만들고 있었다.

신기한 두 사람. 어딘지 모르게 그리운 두 사람. 내 소중한 사람들.

내가 기다려 온 사람. 그리고 나를 바깥 세계로 데리고 가줄 사람.

"레이스, 이 훔쳐 먹기 상습범을 좀 연행해 줄래?"

"후후, 알겠어요. 류에, 같이 잠깐 기다려요. 그동안 제 일을 좀 도와주세요."

"음? 레이스, 뭐 하고 있어?"

"내일부터 영업을 재개해야 하고, 아이드도 견학하러 온다고 했으니까 아이드가 입을 드레스를 만들고 있어요."

내가 오랫동안 눈을 돌리고 다가가지 못했던 소중한 아이.

그 아이와 생겼던 불화도 두 사람 덕분에 겨우 해소할 수 있었다.

정말로 마법처럼 내 생활을 단숨에 바꾼 이 두 사람에게 나는 얼마나 은혜를 갚을 수 있을까? 어떻게 하면 은혜를 갚을 수 있을까?

"나는 손재주가 별로 좋지 않은데, 뭘 하면 돼?"

"그럼 옷감을 비슷한 색상끼리 나눠서 모아주세요. 그걸 바탕으로 재생술을 사용할 테니까요."

나는 떠올렸다. 이 은인이나 다름없는 두 사람을 처음 본 그때 일을—.

§ § §

"동행이 시끄럽게 굴어서 죄송합니다. 이름을 아직 말하지 않았군요. 카이본이라고 합니다."

"아, 나는 류에야. 너는 가슴이 무척 크구나. 조금 나눠줬으면 좋겠어."

부크 님이 데리고 온 중요한 손님.

상당히 젊어 보이는 반면, 깊은 어둠처럼 바닥을 알 수 없는 무언가를 느끼게 하는 사람이었다.

하지만…… 왠지 나는 이 두 사람에게 기시감을 느꼈다.

천진난만하게 웃는 류에 님과 그런 그녀를 상냥하게 배려하는 카이본 님.

연인……과는 조금 달랐다. 하지만 두 사람은 아주 깊은 곳에서 이어져 있다는 느낌을 받았다.

류에 님은 저택으로 들어오자마자 딸들 중 한 명, 이곳의 최고참인 스펠에게 말을 걸고 방으로 들어갔다.

여성이 이 저택을 찾는 경우는 드물었다. 하물며 엘프 여성은 이 저택이 세워진 이래 처음 온 손님이 아닐까?

분명히 스펠은 흥분하며 오늘 일을 나에게 들려주겠지.

그 미래를 상상하면서 나는 살롱의 높은 자리에 앉아 주위를 지켜보기로 했다.

그럼 어디…… 오늘 방문한 손님을 살펴볼까?

어머, 부크 님은 여전히 머리가 긴 아이에게 약한지 순식간에 붙잡히고 말았다.

다른 호위병분들도 곁으로 다가온 아이들을 거절하지 못하고 순순히 끌려갔다. 부크 님과 닮아 상냥한 분이 많아서 아이들도 저돌적으로 리드했다.

사람의 성격을 보고 행동하도록 가르친 건 나지만…….

"어머……."

그런 가운데 네 명의 딸이 붙었는데도 아직 자리로 이동하지 않은 손님을 발견했다.

카이본 님이었다.

한 번 보면 그 비범한 용모에 누구나 눈길을 빼앗겼다. 나도 예외는 아니었다. 그 아름다운 머리카락과 옷을 입고도 자세히 보면 알 수 있는 탄탄한 몸에 가슴이 설레고 말았다.

그런 그가 딸들의 권유를 거절하고 이쪽으로 걸어왔다.

그리고 나를 올려다보며—.

“여러분, 오늘은 저희 집을 찾아주셔서 감사합니다. 오늘 밤 맺은 인연은 제 딸들에게도 대단히 소중한 경험이었나 봅니다. 부디 이 아이들을 만나러 다시 들러주세요. 저도, 그리고 딸들도 여러분을 기다리고 있겠습니다.”

오늘 밤의 환대, 하룻밤 꿈이 깨는 시간.

우리는 부크 님 일행을 배웅하고 저택 문을 모두 닫았다.

오늘도 잘 웃고 잘 마시고 잘 이야기했다. 그리고 딸들 중에는 마음을 조금 허락한 아이가 있을지도 몰랐다.

“다들 수고했어. 뭔가 문제가 있거나 상담하고 싶은 일, 보고하고 싶은 일이 있으면 이따가 내 방으로 오렴.”

“네, 어머니.”

조금 들뜬 딸들을 보며 오늘도 좋은 하루를 보냈다고 안도의 한숨을 내쉬었다.

가끔 딸들이 영업이 끝남과 동시에 울음을 터뜨리는 경우가 있었다.

손님 앞에서는 결코 보일 수 없는 표정이었다. 슬픈 일이 있었을까? 불합리한 일을 당한 걸까? 그때마다 나는 내 무력함을 뼈저리게 실감했다.

그래서 나는 가급적 그녀들 한 명 한 명과 이야기하려고 했다.

뭐, 대개 그 눈물의 이유는『이별』이었지만…….

나는 방으로 돌아와 옷을 갈아입고 화장을 지웠다.

……오늘 일도 편지에 조금 적을까?

나는 내가 가진 신비한 힘, 나에게만 보이는 어떤 항목을 열어 편지를 만들어 냈다.

그러자 마침 그 타이밍에 맞춰 방에 노크 소리가 울렸다.

"열려 있어. 들어오렴."

"실례할게요, 마더."

노크한 사람은 나와 가장 오랜 시간을 보낸 장녀라고도 할 수 있는 딸이었다.

"후후, 역시 왔구나, 스펠. 오늘은 무슨 일이니?"

"마더도 아시죠? 오늘은 엄청 좋은 손님과 만났어요. 그 기쁨을 나누러 왔어요."

스펠은 뭔가 특별한 일이 있으면 꼭 내 방을 찾았다.

오늘 동성 동족 손님, 류에 님과 만나 뭔가 느끼는 바가 있었나 보다.

내 눈으로 봐도 그 두 사람에게서는 다소 특이한 느낌을 받았다.

그중에서도 특히나 류에 님에게서는 깊은, 무척 깊은 무언가를 느꼈다.

그것은 어둠이었을까, 아니면 다른 무언가였을까—. 스펠의 입으로 그것의 정체를 들을 수 있을지도 모르겠다.

"그게, 저도 모르게…… 너무 달라붙어서 어리광 부리고 말았어요."

"얘가……. 손님에게 폐를 끼치면 되니? 넌 다른 아이들의 언니잖아."

"죄송해요. 하지만 그분은 받아주셨어요. 어쩔 줄 몰라 하면서도 못 말리는 아이라며……."

"어쩜……."

부모의 색안경을 벗고 보아도 스펠의 미모는 남달랐다.

설령 동성이라도 순간적으로 그녀에게 마음을 열기란 쉬운 일이 아니었다.

심지어 스펠은 거리감을 너무 급하게 줄이는 경향이 있었다. 그 탓에 옛날에는 말썽을 일으키는 경우도 잦았다.

"대단히 풋풋한 반면 대단히 상냥하고 깊은 바다 같은 사람이었어요. ……무심코 그리움을 느끼고 말 정도로."

"……그러니? 이리 오렴."

약간 외롭게 중얼거린 딸에게 손짓했다.

이 아이는 옛날에 언니를 잃었다. 아마 류에 님을 보고 그 언니를 떠올린 거겠지.

"그 사람, 류에 언니는 아주 상냥했어요, 마더. 게다가 마술도 잘 알아서 많은 것을 보여줬어요. 후후, 살짝 마더와 닮은 것 같기도 하네요."

"어머, 그래?"

정말로 좋은 만남이었던 것 같아 나까지 기뻐졌다.

"그러고 보니 마더, 오늘은 웬일로 손님을 받으셨네요? 류에 언니와 함께 다니는 남성이라고 들었는데."

"……그래, 받았어. 정말로 간만에."

그 말을 듣고 나도 오늘 밤 일을 떠올렸다.

긴장한 모습이 훤히 보이는 조금 순진한 남성.

그래도 어딘지 모르게 여유로운, 모순된 언동.

그리고 자만은 아니지만, 나와 마지막까지 대화를 즐길 수 있었던 사람.

"후후. 나도 오늘은 드물게 술을 많이 마셨어."

"우와, 그럼 그 사람에게 함께 마시도록 했나요?"

"아니, 그 사람은 나와 똑같이 마시고 나와 똑같이 이야기했어."

듣기만 한 것도 아니었다. 일방적으로 이야기하지도 않았다. 대등하게 진심으로 『나와 지내는 시간』을 즐겨준 사람.

아아, 그래서 오늘은 나도 진심으로 즐겁다고 생각했구나.

상대방을 위축시켜 횡설수설하게 하는 나.

언제부터인가 직접 손님을 받지 않게 된 나.

그런 내가 오늘 그의 권유를 받고 오랜만에 즐거운 시간을 보냈다.

처음 봤을 때 그 두 사람에게 느낀 바닥을 알 수 없는 무언가는 아마 정말로 바닥이 보이지 않는, 흡사 바다처럼 깊은 인덕이었는지도 모르겠다.

……또 와주지 않을까?

"근사한 사람들이었어."

"마더? 별일이네요, 그런 말까지 다 하시고."

그 이후로도 그 사람, 카이본 씨는 저택을 수시로 방문했다.

빈말로도 싸다고는 할 수 없는 이곳 요금을 매일 밤 지불하면서 즐겁게 딸들과 인연을 맺었다.

나는 한심하고 치사하고, 그리고 어리석게도 그런 식으로 그와 즐거운 시간을 보내는 딸들에게 질투와 비슷한 감정을 품고 말았다.

그리고 그것을 눈치챈 순간, 나는 혼자 절망하고 살롱으로 나가길 주저하게 됐다.

내가 사모하고 언젠가 만나리라 믿는『나만의 키다리 아저씨』.

나는 그런 사람을 배신하고 카이본 씨를 신경 쓰고 있었다.

안 된다. 이대로는 안 된다. 나는 조금씩 그와 거리를 두기로 결심했다.

하지만— 운명은 그를 내게서 떨어뜨리려고 하지 않았다.

어느 날, 한 여자아이가 보호를 바라며 나를 찾아왔다.

그리고 그 여자아이를 이곳까지 데리고 온 사람은…… 그 사람이었다.

무슨 인연이 있는 것일까?

한때 나를 연모하고, 어느 순간 내 딸과 마음이 맞아 이어진 청년이 있었다.

……나는 또 친해진 사람이 다른 누군가와— 아니, 그게 아니다.

가슴속에 소용돌이치는, 나조차 이해할 수 없는 감정에 애를 태우며, 나는 그날도 카이본 씨에게 이별을 고했다.

그리고 그 다음 날— 드디어 그가 움직이기 시작했다.

§ § §

"후후…… 생각해 보니까 저도 처음부터 마음을 빼앗기고 있었네요."

"응? 레이스, 뭐라고 했어?"

"아무것도 아니에요."

카이 씨. 저는 당신이 제 키다리 아저씨가 아니었더라도 언젠가 당신을 사랑했을지도 몰라요.

하지만 그건 분명히 불행한 사랑이 되었겠죠.

이루어지지 못하고 그저 당신을 마음속으로 그리며, 떠나가는 당신을 바라볼 수밖에 없었겠지요.

하지만— 저는 지금 이곳에 당신들과 함께 있어요. 함께 여행을 떠날 수 있어요.

그 행복, 그 운명에 감사의 마음을 바치며 나는 당신의 등을 바라봅니다.

즐겁게 콧노래를 부르며 부엌에 선 그 모습을 눈에 새기며…….

“후후, 레이스도 욕심쟁이구나? 그렇게 뚫어지게 쳐다보다니.”

“네, 그러게요. 전 욕심쟁이예요. 아주 좋아하거든요.”

싱글벙글 웃어주는 당신의 미소도.

가끔 쑥스러워서 얄미운 소리를 하는 그의 언동도.

전부 다 아주 좋아해요.

“좋았어, 완성했다. 오늘은 디저트를 만들어 봤어.”

“오오~! 아이스크림이다! 대단한데? 과일이 흘러넘치겠어!”

“아름다워요, 카이 씨.”

물론 먹는 것도, 좋아한답니다.

■작가 후기

(´·ω·`) 여러분 오랜만입니다. 아이아츠시입니다.

우선, 이 작품을 읽어주셔서 정말로 감사합니다.

이 작품도 어느덧 3권이 나왔습니다. 그리고 이미 아시는 분도 계시겠지만, 이번에 코미컬라이즈, 다시 말해 만화 제작이 결정되었습니다.

카츠라이 선생님이 그려주시는 아름답고 진중한 일행과는 또 다른 새로운 본본 일행을 작가 본인도 두근거리는 마음으로 기다리고 있습니다.

저번에 담당 만화가분을 뵈었는데, 작품이 무척 마음에 드셨는지 작품에 관해 정열적으로 이야기하셨습니다. 저는 내심 기뻐서 어쩔 줄 몰랐습니다.

카츠라이 선생님께도 전면적인 도움을 받아 감개무량하다는 말밖에 나오지 않습니다.

그럼 마지막으로 3권에 관해 이야기를 조금 하고자 합니다.

이번에 등장한『레이스』는 작가가 가장 좋아하는 캐릭터이기도 합니다.

2권 마지막 부분에 등장시켰을 때부터『빨리 두 사람을

만나게 해주고 싶다』는 마음이 강했고, 이번 권에서 다행히 일행으로서 참가하게 됐습니다.

새로운 멤버를 맞아들인 일행의 모험과 만화에서 펼쳐질 모험, 계속해서 넓어질 이 작품의 세계를 부디 앞으로도 응원해주셨으면 합니다.

후기
안녕하십니까, 카츠라이입니다.
어느덧…… 백수 마왕 3권 발매!
감사합니다―!
만화로도 제작된다죠! 와~!
앞으로도 잘 부탁합니다~!
잘!
부탁♥
드려요.

백수, 마왕의 모습으로 이세계에 3

1판 1쇄 발행 2018년 3월 10일
1판 4쇄 발행 2020년 3월 31일

지은이_ Aiatsushi
일러스트_ Yoshiaki Katsurai
옮긴이_ 김장준

발행인_ 신현호
편집부장_ 윤영천
편집진행_ 김기준 · 김승신 · 원현선 · 권세라 · 유재슬
편집디자인_ 양우연
국제업무_ 정아라 · 전은지
관리 · 영업_ 김민원 · 조은걸 · 조인희

펴낸곳_ (주)디앤씨미디어
등록_ 2002년 4월 25일 제20-260호
주소_ 서울시 구로구 디지털로 26길 111 JnK디지털타워 503호
전화_ 02-333-2513(대표)
팩시밀리_ 02-333-2514
이메일_ lnovelpiya@naver.com
L노벨 공식 카페_ http://cafe.naver.com/lnovel11

HIMAJIN, MAO NO SUGATA DE ISEKAI E TOKIDOKI CHEAT NA BURARI TABI Vol.3

First published in Japan in 2016 by KADOKAWA CORPORATION ENTERBRAIN
Korean translation rights arranged with KADOKAWA CORPORATION ENTERBRAIN

ISBN 979-11-278-4407-3 04830
ISBN 979-11-278-4210-9 (세트)

값 7,000원